浪影·暮雨花开

LANG YING · MU YU HUA KAI

郑浩然 著

时代出版传媒股份有限公司
安徽文艺出版社

图书在版编目（ＣＩＰ）数据

浪影·暮雨花开 / 郑浩然著. -- 合肥 ： 安徽文艺
出版社，2025. 1. -- ISBN 978-7-5396-8256-3

Ⅰ．I247.5

中国国家版本馆 CIP 数据核字第 2024M0L303 号

出 版 人：姚 巍
责任编辑：王婧婧　　　　　　　　　封面设计：安 吉
....
出版发行：安徽文艺出版社　　www.awpub.com
地　　址：合肥市翡翠路 1118 号　　邮政编码：230071
营 销 部：(0551)63533889
印　　制：武汉鑫佳捷印务有限公司
....
开本：880×1230　1/32　印张：11　字数：300 千字
版次：2025 年 1 月第 1 版
印次：2025 年 1 月第 1 次印刷
定价：98.00 元
....

CONTENTS | 目 录

序　章

"有那么一段日子，或许是人生必经的，似乎很多人都拥有过，无论他们珍惜与否。"

微风轻轻吹拂，拂过花丛，拂过浪人的衣角，随着山崖所指的方向，无声，无息，一点，一点，飘荡在天空里，融化于暮色之中。

在暮色中，万物都被笼上一层橘黄面纱，面纱之下又有一丝温度。

"如同初生的花苞，纯粹，浪漫，不问世事，似乎比任何事物都要美好。"

声音有些沧桑，带着风霜，掺了些苍茫，不知发源于何处。或许只是一句又一句源于他内心或大脑深处的念头，似吟诗，似诵词，似哼曲。他放眼瞧去，没有任何听众，自然却听到了他的叙述，便开始摇曳起他周身的一切，以风拖起些呼啸，为这无人倾听的念白伴奏，似为钧天之乐，和以长歌。

这声音很轻，也很温柔，他曾经听到过，转念细想，好像是很早以前了。

温柔？早就不属于自己了吧。不知自己为何有如此的想法，但他也没有给予否定。

或许他没资格否定。

夕阳将头深埋入地平线，逐渐隐藏起自己的轮廓，但是又有些恋恋不舍这漫山的花，于是便洒出了更多的暮光，似乎是道别，可能它自己也不知还会不会再见。

抬头，他看到了什么，也是同样的光，上次看到似乎就在不久之前，只不过那是一场朝霞。而且与现在不同，他记得那时对上光芒的身影有几道之多。

可是不知道什么时候开始，一切都变了。

浪人伸出手，轻触小路旁肆意盛放的暮雨花。

他从来没见过这么美的花，尤其是在如此烂漫的暮色之下，淡淡橙红的色调配上隐约可见的墨绿，加以夕阳金光之衬托及微风在指尖与花丛中的流动，毫不做作。可想到接下来便是黑夜，这落幕前的表演却有些可惜。

"如同这花一般，到最后各自伸展……随后像梦一样烟消云散。"

他一点一点向前走着，一开始脚步非常轻，如同只踏着云彩。可他并非云中仙鹤，他没法使自己真正静下心来，没法停止心中荡漾的那些念想，更没法将自己融入这一片花色之中。走着走着，他越来越没法保持轻盈的步伐，那步伐随着心跳越发沉重。他不小心折了一枝暮雨花。

花枝被折断后，只是如鸿毛般轻柔地落在地上，在他的心里重重地响了声。

咚！

重重地响了一声，似炮弹炸裂，又似怒雷划过天边，与巨大声响相伴的冲击化作重拳，狠狠击中他。

花瓣落地，如同那身影倒下时，他的身心重重地一颤。

鲸落般震撼，生命消散。

他企图让自己不再想那些事情——那些狠狠击中他的心的事情。

他已经记不清了，早就已经记不清了。

可他比任何人记得都要清楚。

谁知道呢？

"又像梦的开场，也有真实无比的结局。"

站在山崖的边缘，他伸出手，向着夕阳的方向伸出手。似乎是感应到什么一样，漫山的花都不安分地骚动起来。他好像听到有谁在轻唤自己的名字，便轻轻转过头去，原来只是风起。

"这是个英雄也没法拯救我们的时代。"

接下来，伴着风声，又不知从哪儿飘来无数花瓣，它们逐渐靠近，围绕在浪人身边，在他的周身盘旋，打量着这个"异乡之客"，借助着暮光，将他脸上那复杂的神情一览无余。而他也在打量着这些花瓣，似是与陌生人对视，冰冷、无情，掺杂着戒备，还点缀着一丝藏在瞳孔深处的危险。

一阵眩晕，他才意识到那时无数漆黑又深不见底的圆指着的人是自己。

"我们曾相约到这里。"他开口，也不知他是对着这些飞舞之灵倾诉，还是单纯地自言自语。

"很多人说，暮雨花的花语是大义，是勇气、奉献、牺牲，但他们没有说过，或者从来没有人说过……"

他看着眼前飞舞的花瓣，这些在自己目中起舞的女郎。他缓缓将眼神收敛，长叹一口气。

"在古沃尔兰语中，'暮雨'和'离别'同音。"

他看向远方，再也没有说什么。纵使内心百般不愿，但人总要回到自己想要尘封的那段时光去看看，想必大多数人都是如此，总会在心里给自己留一片暮雨花丛，沉浸在暮色之中，明知接下来就是漫漫长夜，却还能短暂沐浴在光里。

若是这么看来，或许他也一样，和别人没有什么区别。

暮雨花都开了。

一 光荣使命

得知自己入选时罗里克心情很激动。在没有人注意的时候，他心绪波涛汹涌，出汗的拳头忍不住在半空中挥舞。虽然说距离现在已经过去了好长时间，但直到现在那种感觉依然没有消散。

他将表情绷得很紧，依旧保持着认真的态度，心里的一块大石头落了地，他早就该手舞足蹈起来了——但现在不能这么做，那是一种失态。他身上的军装显得十分精致，这与他平日里所穿的完全不同，在他的认知里，就连那些坐办公室的主管们都没有如此打扮。这套衣服完全看不出雨水和尘土的痕迹，每一个扣子都是精心缝制，甚至不是由他自己亲手扣上去的，这个重担交给了自己的服装师来完成。服装师在解释原因的时候，旁敲侧击地吐槽了一下罗里克那粗暴的系扣子、打领带的指法。

他并不是很喜欢别人在非公开场合直呼自己的大名，但绝大部分时候，他只是压着心里的不爽，告诉对方："叫我里克就好。"但此所谓大部分的时候，并不包括考试、参军入伍、会演之类的正式场合，以及现在。

现在他高兴都来不及。你不相信吗？不相信的话就放大些镜头，多观察一下他那快要翘上天的眉头和笑起来连妆都遮不住的皱纹，你会相信的。

不过他依旧提醒着自己：在正式的场合还是不要太得意忘形，该做的事情还是要做好，自己是个军人。他应该想的是怎么像彩排一样完成今晚的这一切，一步一步走上去，就像自己当初一步一步走到今天一样；他应该想的是如何稳定住自己的情绪和态度，如何展现出自己从容的神态，如何在有些潮湿的木地板上站稳，不要走过头或者滑倒——这个场景可不太妙，他得想办法彻底忘掉。

当主持人做完介绍，对着台幕之后的自己招手示意时，他跨出十分标准的正步，气势雄浑，似砸地有坑。聚光灯突然打在自己身上，射进眼里，有那么几秒像直视太阳一样，眼前就是一片白，什么都看不到。对于他来说，这反而是一种心理上的掩护——当知道有无数的观众就在台下、电视前，无数双眼睛集中在自己身上，但自己却因为有些过度的光线而看不到他们时，他心里便多了份不知从何而来的安心。

自己为了这一天着实是经历了不少。台上一分钟，台下十年功，确实有这么个道理，他想着。但他还真不是个演员，也许在台上稳定心态的能力，还得向演员们讨教讨教。对于他来说，保持风度，一半是出于长官的命令，一半则是出于自己的要求。

当主持人的身影出现在眼前时，他立马从轻微的恍惚中缓过神来，停下脚步，在没有多少人注意的时候，给主持人抛了个示意性的微笑。

停顿半秒，向右转，并脚，每一步都是一个指令，由大脑传递给身体，直截了当。

敬礼！

他将双手缓缓举起，手心向前，两手四指与大拇指各形成半个圆，摆在胸口前，正对着观众。这便是沃尔兰的特有礼节"托路萨"礼。不同于其他国家的军礼，其动作并不剧烈，却也算得上刚柔并进，象征着对外人敞开心扉坦诚相待，也意为让外人见识到自己的心胸、气度。

很显然他的气场是到位了，此刻他已经成了整个大会堂的焦点，虽不知是否所有人都对他有看待英雄般的仰慕，但面对此情此景，他感到自己的肩上有很重的担子。

他十岁不到便开始训练，无论是身体还是意志，都是向着人类的极限来的。参军后又摸爬滚打了几年，他隶属于沃尔兰空军，一步一个脚印，军衔一次一次往上升，身上的担子也一步一步变重，但他的步伐却越来越踏实，技能也越来越完善。他驾驶战斗机执行过许多巡逻任务，每一项指标都几乎完美地完成。如今这年代没有什么仗可打，但他依然在各种军事活动中表现得特别出色，至少给领导们留下了好印象，沃尔兰议会成员之一的"火"亲自给他颁发过勋章，倒也算是战功赫赫了。时间逐渐消磨了他对军事的热情，却又培养起他对航空航天的兴趣。对他而言，不变的是效忠国家的信念。

总会有一些东西让一个人打心底里去热爱。而在他的心目中，最值得热爱的就是脚下的这片土地。

说到这里，也应做些基本的介绍，至少应描述下在里克以及绝大多数人眼里这个国家是什么样的。

沃尔兰，一个议会制的国家，领土面积约30万平方千米。沃尔兰是个"居安思危"的国家。正如其名在英文中的含义——战争之地，倒不是说这里的国民有多么好战——千年历史上他们并没有和外界爆发过什么大规模战争，而是因为他们的祖先因战争来到这片土地。

如果用今天的技术来追溯沃尔兰人之血脉，会发现其复杂程度难以用三言两语来厘清，其最初的居民是来自不同时代、不同地域的难民，正应了那句"苛政猛于虎也"。对于他们而言，冒着在风暴中沉船溺死的风险去寻找一片净土，总好过在家里绝望地等待未知的苦难。

他们带来了各种各样的东西，先是丝绸、香料、各种水果，接下来是矿产、新品种的木材，还有各种珍馐奇物。或许是出于深受战争之害这一共鸣，他们一直相处得不错。大抵花了几百年的时间来磨合后，他们终于做出决定——做些什么来巩固他们所创造的这一片天地，沃尔兰共和国就这么诞生了。

或者我更应该告诉你的是，在这个时代他们的情况如何。

近年来，沃尔兰不仅没有任何大规模的冲突、内战，更是抓住了几乎所有的发展机会。当其他的国家忙着征服、吞并或者联盟时，沃尔兰人后来居上，飞速创造了自己的语言与文化，发展起了自己的一套体系，并且引以为傲。

对于忠诚的要求，沃尔兰并不亚于其他地方，甚至更加严格些——毕竟没有哪个地方会容忍叛变者。所以，每一个沃尔兰军人甚至是平民都会经历大量的培训，里克就是如此，他是对此深信不疑，并且付出了许多实践的那一类人。

主持人开始介绍里克，在他听来，似乎她是把自己当成一个亲戚了吧，好像恨不得把自己小时候喜欢过哪个女孩、有过多少个对象、怎么在军队中认识爱人，然后结婚、生孩子的大大小小的人生经历都给台下的观众介绍一遍。对他来说，那些观众听到的光辉战绩似乎都没什么大不了的，可这些东西却能让他们倒背如流——他并非不理解这种崇拜，因为他在幼时也是这么崇拜着别的比他还要功成名就的英雄的。就像主持人刚刚说出来的那句话：

"我们追随着英雄的光芒，最后也成了英雄。"

这倒是他的心声，因为长久以来他确实如此，在未来想必也会继续这样下去，那是他的使命。现在他的使命并没有结束，反而即将达到新的高度。

"如今，里克已经是我们吟游者计划中的航天员。"主持人用非常骄傲的语气介绍道，"在不久的将来，他就将乘坐吟游者一号飞船，前往太空的深处，为我们探索更多的秘密，为我们的国家能够成为世界最快探索深空无人之境的先驱而奋斗！"

音乐很合时宜地响了起来，场馆舞台上的大幕拉开，一段视频开始播放，一艘洁白的宇宙飞船出现在所有人的视线之中。

又是掌声雷动，在空气中化为无数的喝彩，附在里克的荣光之上。

要知道，政府策划这些事已经有些时间了。不仅是吟游者计划，在军事、生物、科研等领域，他们也展开了许多计划，甚至细化到了接下来每年要做什么。但里克不打算操那些心，他只管参与进去并且最大限度服务国家而已。

而对于沃尔兰大众来说，这理由已经足够。

掌声、欢呼声响彻整个场馆，也响彻那晚的整片夜空，直到里克和同行的队友们告别，从壮行仪式的现场回到家中，深夜行将入睡时，那些声音似乎还不绝于耳，久久停留在脑海中，不舍得散去。

妻子靠在自己身旁入睡，他也没有再想太多。此刻，他更想享受当下，毕竟不久的将来，他要有好一段时间与妻女相隔万里。

如此值得珍重的时光总是飞逝而过，对于里克来说也是如此，当清晨的阳光挤入房间，轻轻拨开自己眼皮的那一刻，他就意识到要出发了。

在内心深处，他不想出发，他长久压制着这种感觉，他也不清楚这么做是否可行，他唯一清楚的是时至今日无论如何他都无法回头了。

太阳也是刚爬起身来，光芒总是比温度更早上班。早上的风还凉快得很，又由于住处不在闹市区，周边显得尤为清静，确是个好睡觉的地方。

小女儿抱着他的大腿，由于起得实在是太早了，她还有些迷迷糊糊，嘴里喃喃自语着些什么，凑近了听也分辨不出是什么字眼，大概就是"爸爸别走"的意思吧。

他换好衣物，整理好仪容，且快速检查了一下行李是否齐全，随后轻轻拖着明明睡意还很重却死死抓着自己的女儿下楼。一辆白色的轿车老早之前就已经停在门口。同事等久了，本来还有一些抱怨，在看到小姑娘的那一刻，那些抱怨似乎马上消散了，取而代之的是脸上洋溢着的微笑与静静地等待，等待这一家人的告别。

"宝贝……"里克蹲了下来，轻轻抚摸着女儿的脸颊。

"等爸爸回来的时候就给你带一颗星星，好吗？"

"拉钩！"

小姑娘一听到这个就来了精神，立马说话都不含糊了，看着爸爸的眼睛，好像那星星就在里边。她快速举起小小的手指。

"拉钩。"

"好……但是你也要听妈妈的话哦，很快爷爷也会过来住，不要惹爷爷生气，好吗？"

里克的老婆站在旁边，静静地看着父女俩互动，努力地微笑着，却总感觉笑起来有点艰难。

里克就算没有看到，也很快察觉到妻子神色上那丝丝的变化。他站起身来，抬起手臂拥抱她。

两人从认识到现在也十年有余了，从校服到军装，如今却还是会依依不舍。两人身体间传递的温度一直暖着他们的感情，不曾冰冷过。

小女孩也抱着父母的腿，她才四岁，和当兵的爸爸妈妈的身高比起来，就是个小不点，但里克相信，总有一天她会成长得更加高大的。

在那之前，他会继续守护着她们，哪怕是在万里高空，哪怕是在九霄云外。

汽车行驶在路上，他坐在后座发呆，没有理会滔滔不绝的同事和不断提示着短信的手机，他一直看着天空，窗外的天空还是那么湛蓝，正如年轻时看到的那样。对于年轻的自己来说，那里充满了无限的诱惑，每一次在天空中遨游都似乎被挑动心弦，这种诱惑如今可能已经没有那么强烈了——毕竟在大地上有着更加重要的人。

想到这里，他的信念更加坚定了。

发射控制中心也已经开始直播，当然，这并不是发射的直播，只是个预热节目，让人们看看宇航员在前往准备中心前即将出征时的状态。尽管只是如此，大部分手机上的视频平台以及将近九成的电视频道都在转播，每次发生这种全国性大事件都是如此，包括议会大选、卫星发射、阅兵仪式、影子部队成立或成员换届等。今天也是如此，全国上下将近两亿人口都在等待着英雄的入场，尽管距离发射还有好一段时间。

里克在做着一系列的检查，包括身体、心理和技术等层面。这往往是最考验他忍耐力的时刻，但幸运的是，他从来都不缺少忍耐力。

在他的心底，紧张和兴奋早已炸开来。

今天要做的都是些准备工作，沃尔兰载人航天发射场有块世外桃源般的地方，以绿叶蓝天和清风流水装饰，如此景象确实有效地缓解了里克差点遮掩不住的紧张感。他和三名队友将在这里进行一段时间的准备，他需要认真对待，因为在发射前，他随时可能因为某种条件不合格而被后备梯队的人换下。

明天发射之前会进行最后的测试，当然，也是最严格的测试，包括内科、外科、神经科、五官科检查，等等。如果即将出发的航天员过于兴奋、激动或者紧张、忧虑，都会出现微小的生理变化，对于检查的人来说，这种微小的变化就已经足够成为换掉一个人的理由。

他自然非常不希望那样的事情发生，不管是发生在自己还是队友的身上，与自己心目中最为期待的神圣时刻擦肩而过，谁都不会好受。

他有些担心，而且不久之后他就察觉到，貌似忧心忡忡的不止他一个人。

"有些小激动了，是吧？"

晚饭的时候，他的队友乔伊斯察觉到了什么。

"很多人都说，当你从天上看向自己的家时，会有种特别自豪的感觉。"

"有意思。"里克没有正面回答，"我感觉你也一样。"

"哈哈哈。"乔伊斯笑了笑，显得有些憨态可掬。

"此话怎讲？"

"你想啊，当你看到地球灯火通明、色彩缤纷的样子时，你会不激动吗？"

"嗯嗯……确实。"

"我就希望这样，等我离开之后我想看到整个世界的颜色，要是只有素描里那些黑白灰，那多没意思。"

乔伊斯已经开始美好幻想了。

"来找我就是为了说这些的？"里克没有理会他那番话，而是开门见山地问道。

乔伊斯听了先是愣了半秒，随后将手上的餐盘轻轻放下，坐得也离里克更近。

"这件事情很少有人知道，很多人都被要求不能问太多问题。"他的声音瞬间小了几档。

"嗯？"

里克依然很自然地将土豆送进嘴里细细咀嚼，同时用余光四下打量，似乎周围的同事都没有注意到自己。

"这是真的吗？"

"什么真的？"

"没有人在听，里克，别跟我装傻。"

"你是说那个流言吗？"

"是的。"

里克抬头看着天花板，这件事情有些难以启齿，因为在心底掩藏了好些时间。

"我们这次任务所乘坐的飞船研发的时间特别短，甚至都不及一些航天器……"

"嗯嗯……"

此言不假。他们所乘坐的吟游者一号，乃至整个吟游者计划存在的时间不过半年多点，里克从来没有见过哪个大型的航天航空或者军备计划在如此短的时间内就能完成研发，并且开始执行任务。好在他们并不是真的要去实现那些特别天马行空的目标，不然他自己都不敢想象明天的太阳是什么样的。

"是的。我想，确实是的。"里克说，"而且我想我知道原因。"

"什么？！"

里克没有理会队友那略显惊愕的口气，心平气和地告诉他。

"很快就要到建国四百周年了，议会要求我们尽快完成这一系列的计划。而且这次我们要把一些暮雨花晶体的能源也带上去，至于要不要应用还不好说，但是能确定的是，这样一来，沃尔兰的国际地位能提升一大截。你不用想都知道，无论是议会还是一些投资者都等不及了。"

"可是……"

乔伊斯有些着急，似乎想张口说些什么，多少还有点不服气的意思。

"没有可是。"里克的语气变得有些严肃，"我是队长，自然知道这些，但是我觉得我们要相信国家，更何况有暮雨花晶体加持。如果你怕了，那就直说，我帮你跟总部好好解释一下，让你不用执行这次任务——如果你觉得心里过得去的话。"

两个人对上眼神的时候，一人犀利，一人心慌。

"我们都有相同的愿景，就算会冒风险，我也希望能给世界带来一些光明，你也一样，没有错吧？"

"你变了。"

沉默良久，队友才从齿缝间轻轻挤出这句话。他拿起餐盘，头也不回地去了别的桌子。

另外两个队友听到方才的热闹，都围了上来。

他们其中一人率先开口："他又多虑了，是吗？"

"也许……也许是吧。江源，希望如此。"里克躲过他们的眼神，勉强笑道。

唯一的女队员开了口："听你这语气，好像你也没有十成的把握。"

是的，里克看着这个叫汉娜的队友，她说得没错。这四人做了那么久的战友，还看不出来对方藏在眼皮子底下的那些小心思吗？

"不过这里的伙食可不怎么样。"江源将筷子放下，"合成肉的味道，呕……"

他装出干呕的样子，引得两个队友笑起来。

"等回来了咱就去邕沙城，我知道那里的海边有家店牛排做得特别好。"

"你请客就行。"

"你报销油费就行。"

　　江源和汉娜打趣着，直到他们收拾干净餐盘里剩下的那点米饭，然后率先离开，把里克丢在寂静中。

　　里克独自在座位上沉思良久，有些后悔刚才那番道德绑架的说辞，他也打心底里觉得乔伊斯如此担心并非什么杞人忧天。他吃完剩下的那点饭就回房间去了。

　　进屋后他甚至没脱下外套就直接拨通了电话。

　　"里克同志，你这边的准备进行得如何了？"

　　"报告长官，一切顺利。但是……"

　　"有什么心事，是吧？"

　　"没有。"

　　"不用否认，同志，有什么事情尽管说吧，别等将要起飞的时候给自己憋坏了。"

　　里克看着屏幕里领导们的眼神，稍微犹豫了一下，最后叹了口气。

　　"是的，关于我们这一次任务的安全性，我的队友们提出过质疑，毕竟这一次的飞行器研发周期并不算长，我担心计划中存在赶工的因素，会影响到执行任务时的安全。"

　　"嗯嗯。"

　　"虽然说现在提出这件事情有些不合理，但我想能不能将研发周期和检查的时间再延长些……"

　　"里克。"

　　领导中最资深的那一位听到里克的请求后，立马打断了他。

　　"我可以向你保证，我们的飞行器是不会有任何问题的，自从暮雨花投入使用，我们就解决了绝大多数的能源问题和生产能力问题，三个稳定原则，你应该没忘记吧？难道你是在质疑这点吗？"

　　"质量稳定，速度稳定，效率稳定。"

这些东西里克已经倒背如流了。

"那就好。"领导们满意地点了点头。

"我们已经制订好了一系列计划，你也知道，毕竟祖国的诞辰日不会拖延，与其他国家的竞争更不会拖延。而且这次任务虽然打着深空探索的名号，但最重要的其实是新能源应用，我们不要求在起飞和降落阶段使用，只要在巡航途中走个过场就行了。除此之外，你们就像往常训练和之前的任务一样收集数据，平安返程就可以了。"

"是。"

里克没有多说什么，也没有什么能说的了。

"而且，私下来说，这也和你将来的发展有很大关系，四大议员也在关注着这一切呢。这种等级的功劳，足以让你将来拥有和我们坐在同等席位的机会。最重要的是，你会变成大家眼里的英雄，人类文明的推动者之一。我当然能理解你对其中风险的担忧，但我想你也能理解，我们都认为这样的担忧是多余的。"

"是。"

里克向议会领导们敬礼。

"很抱歉，打扰你们了。"

他感到有些内疚，好像确实是自己多虑了，既然议会领导们都很肯定，那自己好好埋头做事情就行了。

"没有关系的，希望你做好出征前的心理准备，切实调整好自身状态，毕竟……"

他已经猜到领导在挂断前的最后一句话了。

"这是国家给你的光荣使命。"

二　和事佬

"去他的光荣使命！"

凯罗索在心里大骂。

桌子另一头的教官跷着二郎腿，用老父亲的口吻讲些掺满大道理的"鸡汤"，听起来都是些干干巴巴的、完全没有实际意义的废话。

真是烦透了。

凯边这么想着，边在脑子里构思好了反驳教官每个观点的话，却又不得不同时微笑点头，并且极不情愿地发出点点哼声，假装自己听懂了。

他开始尽量分散自己的注意力，去观察办公室的装修，比如那深红色木头墙板上的花纹图案，据说有种庄严肃穆的气质，他并不是很理解。桌上摆着些凌乱的文件，和旁边书柜里放得整整齐齐的册子不像是同一个地方出来的东西。教官的秘书听他的吩咐离开，让他们有机会私下谈话，那秘书也只带走了他桌上许久没清洗过的茶杯，上边还有棕色的茶垢。

教官又说了一长串，什么职业素养啊，人文关怀啊，好在没有什么人能和他一唱一和，不然凯当场退出的心可能都有了。

幸运的是，这种折磨并没有持续特别长的时间，毕竟凯还是影子小队的准成员，也没犯下什么滔天大罪，这种程度足够了。

"记住了，我这么说是为了你好！还有，你们已经临近影子小队正式役的选拔了，下回再有这种事你知道会发生什么的。"

训话完毕，凯却一句也没听进去，他嗖一下站起身来，扶了下眼镜，整了整衣服，头也不回地就往门外走，关门的力气还不小，还好那是个有些分量的木门，不至于响得特别厉害。

他回头对着门悄悄骂了一句，甚至还有种补上一脚的冲动，可在那个念头闪过的瞬间他转过头来，才发现自己的朋友们已经等候多时了。

"你本来可以不用插手这些破事的。"

克莱尔在一旁的凳子上跷着个二郎腿，一副了解事情来龙去脉的样子，似乎是听到风声就来这里等着了，看到凯罗索出门她便开口说道。

看到克莱尔在，凯顿时感觉脑子有点发热，刚才不爽且恼火的神情也收敛了些，取而代之的是脸颊上略微显著的红润。

"你都听到了吗？老兵和新兵的矛盾多多少少都会有，不是吗？"

克莱尔没有直接回答这个问题，也许是还没来得及开口，站在克莱尔身边的埃里克·李就抢答道："但我们这种特殊部队的就不用管了吧，你没事当个和事佬插手到他们的冲突里面，搞得现在这么狼狈干什么？"

三人似乎不约而同地都想尽快离开这因为受大量的墨蓝色消光玻璃影响而显得有些阴暗的走廊，边走边聊。

"我那是调和矛盾……你们也没看到我包庇哪一边吧？执勤安排而已，也不是什么你死我活的事情。"

如果是其他人跟他说这些，凯绝对会因为嫌弃他们太烦人而头也不回地加速离开，甚至会甩一个难看的脸色。但是跟他俩，又不是生死攸关的大事，没有必要和好朋友们闹得不愉快——他们是愿意听自己的想法的。

"我知道你是好心。"克莱尔没打算专心听他滔滔不绝地讲自己的观点，"只不过如今看来，不管是从过程还是从结果看，都还是得选边站，若想保证一边的利益自然就得牺牲另外一边。"

"又没有人规定每次都得这样。"

"也许这不是规不规定的问题。"

克莱尔心平气和，但还是撩起刘海，让凯看着自己的眼睛。

"处在中间的人，总要去理解两边的境遇，总要去寻找两边和解的可能，总要去背负两边都讨不好的结果。在中间的人，立场往往是最不稳的，也是最累、最吃力不讨好的。"

"但也是看得最清楚的，不是吗？"

克莱尔微笑道："那不代表什么都能做到，或许是出于自身的顾虑，或许是出于能力的有限，像你这次一样……这不是我们所期望看到的。还好这回只是老兵和新兵站岗安排这种闹一阵就好的小事，两边人把你告上去让教官说你两句就差不多了。若是这矛盾再激化些，可能你就要鼻青脸肿地进教官办公室了。"

"那就不是我的问题了吧？"

"虽然你不应该背这个锅，兄弟，不过对于他们来说，你看起来很适合背这个锅。"埃里克拍了拍凯的肩膀。

"唉。"凯浅浅叹气，"怎么所有事情都好像一定要选个是非对错一样？"

"你总是这样，从小到大多少次了？"

"哈哈哈……"凯听完这话却笑了起来，克莱尔用眼角余光瞟了一下他。

"用他们的话说，活该孤僻是吧？"

"那是他们的话。你还不知道要听谁的吗？"克莱尔几乎是立马回答道。

"同意。"埃里克附和。

"哈哈，行。"

凯感叹着，但似乎没有对那些陈年往事流露出任何伤心的感情，于他而言，时过境迁之后更多的是释怀。

"你是想继续煽情，还是去食堂吃点东西？"克莱尔用胳膊肘顶了顶他。

"等你等得我饿坏了，今晚要早睡，明天还有任务，去埃齐奥城保护发射，记得吗？"

"走吧。"

三人有说有笑，在走廊尽头左转，离开了没有多少阳光进入的办公楼后，天色豁然开朗，雨过天晴般的畅快感瞬间涌上他们的心头。

凯很快就让自己把教官的训话忘了个一干二净，把更多的注意力转移到了美味的意面、新鲜的大白菜和刚刚出炉的煎肉上。他们现在要做的事情就是放松，明天的任务确实值得紧张，但也不是什么要命的大事，干完这趟至少能有两周的假期，也许这些时间足够他彻底忘掉近期那些不快了。

他一直告诉自己没有必要在乎不重要的人，没有必要把温度留给过客，某种意义上，这也是他的人生信条之一。再说了，如今有克莱尔、埃里克，于他而言，也足够安慰了。

对……有克莱尔。

凯偷偷看了两眼在旁边细嚼慢咽的克莱尔，并及时在对方发觉之前把浮动的眼神移了回来。

克莱尔没有留意到这一切，反倒是埃里克似乎察觉到了，好像他也看着她一样，只不过没有凯表现得那么——花痴？这是埃里克当时能想到的最好的形容词。

"认识十几年了，从小到大她一直没什么变化，至少看上去是这样的……"

那天晚些时候，埃里克就和凯打开了话匣子，他们认识的时间并不如凯和克莱尔相识得久，但如今也是无话不谈的好兄弟，埃里克自然看得出凯的心里有多少意思，只不过没立刻说破罢了。待到了休息的时候，两个人就靠在宿舍的窗边聊天。

男女分寝，两人还是室友，两人间，哪怕如今他们所在的影子部队预备役训练营也一样。只有被影子小队录取才会得到自己在部队里的私人房间，并且在一定程度上摆脱那些烦人的内务要求。这里的隔音比办公室那个破门好上几十倍，所以他们有了一天中难得的畅聊机会。

凯拿起桌上的水杯，眼睛却看着好兄弟："你怎么就那么肯定呢？"

"在食堂里你偷看克莱尔的眼神，我还看不出来吗？"

"好朋友罢了……"

"你们总归要更进一步的。"埃里克一副不是很满意凯如此说辞的样子，"你们有那么多的机会和时间。"

"还不确定，"凯缓缓放下水杯，将两手撑在窗台上，"没准她对别人有意思呢。"

"怎么可能？"

凯摇了摇头："克莱尔一直都是外强内软的那种女孩子，只是你还不完全了解罢了。"

"外强内软？"

"嗯。"凯转而问起埃里克，"如果是你的话，你会对自己喜欢的人做到什么地步？"

"不计代价保护好对方吧。"埃里克回答得毫不犹豫。

凯微笑起来："但愿如此。但对于我与克莱尔来说，似乎又没那么简单……换句话讲，她所需要的保护也许比你想象的还要复杂。"

事实也确实如此，借着月光，他们逐渐将话题聊开来，在埃里克听来，凯在不发脾气的时候，讲话总是有些文绉绉的——尤其是现在聊起自己的青梅竹马的时候。

"她的姐姐克洛伊，与她的长相和个性居然天差地别，当然异卵双胞胎姐妹出现这样的状况似乎不足为奇，但在当时确实让我很震惊。"

说着说着，那张熟悉的面庞似乎就在凯眼前了。

"她们生在普通人家，小时候父母就离婚了，一个跟着爹，一个跟着妈，好在没有对她们的感情产生什么影响。我们是在一个老咖啡馆认识的，在我们老家邕沙城海边的一家咖啡馆。说是咖啡馆，实际还兼售各种杂七杂八的吃的，算是物美价廉的那种。两姐妹似乎是攒了些钱，想去吃点好的，钱却被人偷了，后来是我爹给她们垫上的……我们自然就认识了，那时不过四五岁。"

"青梅竹马。"

"青梅竹马"，凯已经好久没听过这个词了，他愣了半秒。

克莱尔如今就在左右，而克洛伊对他而言是一个并不遥远的友人，但总感觉每当讲述起来时，又似是远在千里之外，邈若山河。他们最初也只是以朋友的身份有些接触，不过时过境迁，他们之间的感情早远不止于此了吧。

夜色渐凉，他的心里也不由得泛起一丝悲怆。

"就单单看这几年，克洛伊确实展现了她的天赋，她天性向来不甘居人后，加上绝对的努力，在同龄人里自然脱颖而出，也自然而然成了许多人口中的别人家的孩子，各种意义上的。"

是的，随着凯的讲述，埃里克逐渐认识了克洛伊这一传奇人物。早在四年前，克洛伊就已经加入了"影子小队"计划。

对了，影子小队，常常有说书人和媒体讲述关于他们的各种各样的故事——尽管大多是杜撰的。这是沃尔兰特种部队的一个分组，二十一世纪初就已正式建立，总部在沃尔兰的首都提兰城。

其成员为国效力的时间也有三四十年了，是各种超自然现象或者大事件发生时冲在第一线的特种部队，为国家安全立下汗马功劳，基本每一个入选的队员都成了国民偶像。

当然，不管是现役还是退役，他们的个人信息以及家人都会得到特殊的保护。很早以前，有人试图攻击影子小队成员的亲人，现在坟头草已经一米高了。似乎黑白两道都有不要惹上影子小队成员的共识，这足以见得这些人在这个国家人民心目中的地位。

每四年都会有一批新的年轻队员通过训练和一些实习表现加入小队的预备役，同时正式成员也会重新选举——毕竟总会有哪个家伙表现得太不长眼——换下不适合的队员，表现优异的预备役就拥有获得正式席位以及那个席位对应的称号的机会，比如克洛伊，她在职的时期就用着"魅影"的称号。

而且克洛伊只在预备役里待了半年不到就被破格提拔了，而同样处于预备役的凯只能勉强混个过关，三十分满分的测试能拿十八分就已经很不错了，要不是今年竞争的人少，他可能一点机会都没有。克洛伊到底多么强大，他简直难以想象。

"这么厉害的吗？我只听说过克莱尔确实有个姐姐，不过没想到这么牛。"

埃里克把胳膊肘靠在窗台上，叼着根蛋白粉棒，那架势像是在抽烟一样，因此他没有发觉凯表情里的不对劲。

"但克洛伊死了。"

突如其来的转折让埃里克有些猝不及防。

"啊？！"

"你没听错。"凯喝了口水，尽量将自己的话掩饰得特别平静，"克洛伊甚至是有记录的、在位时间最短的'魅影'。"

"那是专门给女性成员的吧？"

"先听我说完。"凯打断了埃里克突如其来的尴尬言论，"废话，没有哪个大老爷们会给自己起一个代号叫'魅影'吧。"

"克洛伊确实拥有很强的天赋，在理论和训练方面都是顶尖中的顶尖，但是有时候这种天赋放到实战里，真的就什么都不是了。"

"此话怎讲？"

"很简单的道理，兄弟。规矩、条例、道理，那都是死的，而人是活的，所以，人拥有更多的变量，她就是再好不过的例子。"

凯下意识地将声音压低了些，埃里克也很配合地关上了窗。

"她参加了那一次反恐行动，你懂的，就是现在被他们极力雪藏的那次。"

"七二八？"

埃里克的反应还是很快的。

凯做了个"嘘"的手势，埃里克的声音有点太大了。

"我并不是很了解那件事，可能是当我想了解的时候信息已经被封锁得差不多了。"

"七二八"，官方对此事的描述就只有三篇文章，一篇添油加醋讲述，一篇说牺牲的警员们多么伟大，一篇号召大家安慰逝者的家人，仅此而已。

凯明显知道更多内幕。

埃里克不想表现得饶有兴趣，但又抑制不住求知欲："跟我说说，我知道的并不多。"

"五年前的七月二十八号，就在克洛伊加入影子小队后没过多长时间，沃尔兰最大的恐怖分子被逼到走投无路，但当时他们手上还是有些暮雨花的泄露技术。上边自然不希望这些内容被人们知道。影子这种特别部队自然就承担了对付泄露技术者的职能。"

"包括我们。"

"是的。"

埃里克用眼神示意了一下凯，提醒他别跑题太远了，对方也心领神会，拿起水壶抿上一口，便将故事接着讲述下去。

"嗯嗯……说回当时的情况，政府派出了大量特种部队试图围剿，影子小队也在其中，但那场行动实际上有些失败，在对外公布的原因中，只说明是因为恐怖分子的什么阴谋、顽抗。

"遇难的那些前辈，其家属都接到了通知，克莱尔自然也告诉了我，她所信任的人多多少少都知道一些情况。"

"……好吧。"

埃里克的眼神逐渐变得暗淡了些，他也知道接下来对方会说些什么，早早做好了准备。

"克洛伊当时所在的队伍遭遇了陷阱，我记得没错的话，好像是些隐藏炸药，但是我也说不清，有一种说法是有一些恐怖分子注射了暮雨花的能量，变成超级战士什么的。或者更应该说是某种怪人，毕竟他们注射的能量并不纯粹。而另一方面的原因是克洛伊和队友们确实撞到了枪口上。她训练时哪见过那种阵仗？当时她和几个队友没有被直接干掉，却都成了俘虏。"

凯说着，声音有些微微发抖。因为接下来发生的事情似乎更适合藏在记忆深处。

"她被卸掉所有装备，然后被摁在桌子上……他们轮着羞辱她，然后将她一丝不挂地关在笼子里给送了回去。"

"这么狠？！"

埃里克怒火中烧，差点没忍住吼出来。

凯微微点了点头。

"禽兽！"尽管压住了嗓门，他还是止不住地骂。

"受到这样待遇的女队员不止克洛伊，但我并不清楚其他人的情况……他们宣称遇难的警员都是光荣战死的，但其实不然，克洛伊不堪含污忍垢的生活，一头撞上墙壁自杀了。"

埃里克伸手示意凯打住，这些信息确实有点超出他的认知。

"唉……"

凯很识趣地转移话题，言之将过宜止。

"当时克莱尔只是个准新生，预备中的预备，甚至都没踏进招募营，就算后来我们一起开始训练，她也没有自己的姐姐哪怕四分之一优秀，至少之前看来是这样的。"

他顿了顿。

"你知道的，就是那种刚开始本身不是很优秀，又活在姐姐强大光环下的故事，克莱尔无疑就身处那种情况。当然也自然像那些故事后续的发展一样，她下定了决心去努力，但不同的是，当她下定决心超越自己姐姐时，克洛伊已经没有给她留下任何机会了。我没法想象那时克莱尔心理遭受的打击，但这也侧面反映了她到底有多坚强……当她发觉自己真正想要做的事情时，真的有那种砺山带河之志。

"我们从小到大，从来没有经历过这样的事情，然后我们两个都加入了影子小队的预备役，她越来越刻苦，成绩突飞猛进，后来你加入了，就有了直到今天的故事。"

"难怪她那么恨恐怖分子。"埃里克若有所思地点了点头，"这对她不公平。但是，世界本来就是不公平的，不是吗？也许就是这种经历才让她变得更好了呢，不然像你说的，搞不好她现在还在……相对平凡地生活着。"

"那也不能让它继续不公平下去。"凯说。

"早点休息，明天就要执行发射任务了，还得提早赶去埃齐奥城，别忘了表现好的话，我们几个都可能有席位。"

最好是如此，凯想着，不过他倒感觉无所谓了，于他而言似乎更吸引人的是明天完成任务之后的假期。

"我听说这事了，'血影''魅影''鬼影'，好像还有个什么来着，现在都是空出来的，刚好现在我们的竞争者不多，看来挺幸运啊！"

"但是你还是不要再提为好，尤其是对克莱尔。"

凯转过身去，没有让对方看到自己五味杂陈的表情，他留下了这句话，就像埃里克突如其来提起这个话题一样结束了这个话题。

两人都去做各自手头上的事情，然后钻进被窝里，把自己埋进那夜晚的轻轻虫鸣声之中，没有再多说些什么。埃里克倒是没有顾虑什么，很快就入眠了。

而凯在床铺之上翻来覆去好一阵，脑子都是两个字：魅影。

对克莱尔而言，她一定非常期盼拿到这个代号，至于自己，为什么会对这些并没有那么在意了？他胡乱思考着。

三 挚爱之父，憎恶之女

我怎么就是不能把这破事也忘了呢？

尽管每天都要尝试成千上万回，阿斯特丽德真的忘不掉自己身上发生的该死的事。

睡到中午，她被楼上的施工声吵得无法呼吸，那尖锐刺耳的声音让她感觉全身隐隐作痛。

"怎么到哪都有这种施工的家伙？！"

"该死的，说了多少次，不要趁我睡着关我房间的灯！"

她暗骂了两句，突然开始浑身颤抖，又立马见到了鬼一样猛地惊醒，像受了什么重大的伤一般痛苦地在床上滚了两三圈。她疲软地用手支撑着身体坐起来，脸上写满恐惧，整个身体都贴在床侧，好像面前有个持刀的歹徒要害自己一样，一只手扶着身体，另一只手伸向床头的开关，疯狂拍打着。

快啊！快啊！

冷汗直流，喘息声也逐渐沉重起来，她开始不停地祈祷："随便哪个开关都好，别把我留在这么黑的地方……"

啪！

她一巴掌拍在开关上，调光玻璃终于将日光放了进来。

呼……

好像大病初愈，面对眼前开阔敞亮的房间，她长长地叹了口气，顿时感觉轻松了许多。

是的，又做噩梦了。

"真是太好了！"她叹道。

她没有管凌乱的头发，没有管身上不整的衣服，也没有管放在床头柜上的手机，她知道就算有消息也不过是骚扰电话而已。

在走出房间的路上，她顺手从自己房间的小冰箱里拿了瓶柠檬汽水，尽管保姆常常唠叨："阿丽小姐，这东西不适合早上喝，对你的身体不好。"但她根本就不在乎。

她家是挺大的——可不是嘛，沃尔兰首都提兰城市中心高楼层大公寓，还是最新修建入住的，什么智能家居、健身房、空中小泳池等都有。这房子没有个一千万沃尔兰元还真买不来，但是阿丽家不缺钱，她父母甚至她自己都把那钱赚够了，加上家庭的身份地位，没人敢打他们的歪点子。

可她有时候是真心讨厌这样的生活，尤其是现在。

保姆休假去了，看到智能餐桌上保温着的那几盘食物，她就知道阿斯特拉也已出门。

空荡荡的大房子。

说起阿斯特拉，她不喜欢叫他"爸"或者"爹"，上一次这么叫距离现在快有十年了。自从母亲因执行任务去世之后，她便一直叫他"老头子"。要是他哪天深夜搞得一身狼狈回家而她又还没睡——这种情况常有发生，她便直呼"糟老头子"；要是还有更糟糕的情况，就比如起床时这一出，她便只想大骂"老浑蛋"。

很明显，今天老家伙又假装很暖心地关了阿丽房间的灯——他才不信阿丽会敏感至此。每次阿丽和他讲时，他都觉得是女儿过度夸张了。他早早就出门去跟科学院那帮一样没头发的家伙谈什么项目了吧？她想着，从一堆摆盘还不错的饭菜里随手抓了个小包子啃起来，有点噎着了就再灌一口汽水，舒舒服服躺在客厅的长沙发上，好不快活。

可打开电视的时候，她差点把一口汽水连带着刚咽下去的那些东西喷出来。

老头子上电视了，甚至精心打扮了一番，别说，还挺上镜，至少没以往那么不修边幅了。上一次看到他这样还是在某个多功能科技灯的宣传视频里——那玩意后来还因为极不合理的涨价涨税被骂到下架。

她心想他又在讲些大家听不懂的术语了，过了好几秒她才意识到：今天他没去科学院那鬼地方，而是跑到了沃尔兰另一头的埃齐奥城的火箭发射现场去了，正在接受记者采访呢。

让她感到无比讽刺的事情是，屏幕下方还特地打上了一行字：科学院"暮雨花"主管阿斯特拉。而且生怕别人不知道，旁边还有一小段：其家庭都对国家做出过伟大贡献，其妻女都曾是光荣的沃尔兰女兵。

阿丽一想到他看到这个就会感觉到无比地骄傲，摆出那副假谦虚的神情，反胃之感便涌了上来。

"似乎您的女儿并没有来到现场支持，据我们所知，她也不在影子部队的区域，是吗？"

"是的，我的女儿已经完成她在部队的使命，光荣退役了，她很好地接过了我的妻子的……"

没等"衣钵"两个字吐出来，阿丽就换了台。

"再拿我和我妈说事，小心等你回来我砍了你！"

她对着电视破口大骂，甚至还想把手上能够到的东西抄起来直接砸过去。

不行，这样子还不解气。

她直接蹦了起来，从衣柜里随手抓了一套运动内衣换上，然后头也不回地朝着健身房走去，盘算着不出几身汗都不够。每一个糟心的上午她都是这样度过的——逼着自己累到想不起来这些破事。

自从搬进这里之后，阿丽就把这里当成了自己的小世界，反正吃穿样样不缺，又没什么朋友、闺密天天烦心。搞不好从电梯出去就得迷路，因为她出门的次数一只手都能数过来。

她宅在家的时间得有几年了。

刚才记者提起女儿的时候，阿斯特拉就已经搬出了自己重复了好几十遍的说辞。

"我很高兴我和我的家人都能够献身于伟大事业，我的妻子和女儿都是巾帼不让须眉，也许这是她们应该做的吧，而我，我不是当军人的料，但是我觉得我可以用我的才能完成更伟大的事业，所以我今天才会站在这里，不是吗？"

他尽可能装得特别光彩夺目，争取给别人留下个良好的印象，过去他自己都时不时地向同事打趣：没有人希望带头开发国之重器的人是个邋遢的秃头中年老男人吧？

采访结束，他在保镖的簇拥下回到了休息区域，等到其他人的采访结束，他们便会一同开始准备发射工作了。火箭基地的休息室还是很豪华的，装修得像个高档餐厅，他看到有几个影子部队的成员在周围，应该是负责安保工作的，貌似还跟了几个实习生？

对，就是几个预备役的实习生，他想起来了，在那次事件之后影子小队还没有立马填补那几个席位的空缺，现在用些预备役的实习生合情合理，其中甚至还有个熟悉面孔。

"克莱尔！"

他向在角落站着的克莱尔打了个招呼，克莱尔笑着，以"托路萨"礼回应，众人并不惊讶于他们之间居然认识一事，当然也没有死板到让他们像陌生人一样板着脸假装没看到彼此的规矩，只有站在克莱尔身边的埃里克神色之中有些疑惑。

"近来可好？"

见到熟悉的人以一个自己意料之外的身份出现在这里时，他半是欣喜，半是好奇，却没有将任何一丝担忧流露于面上。

"托你的福，还挺顺利的。"

克莱尔看着阿斯特拉对自己上下一阵打量。

"可以啊，好久没联系，你都准备进影子部队了？"

"运气好的话，可能有机会吧。"

"唉！"阿斯特拉挥了挥手，"你想做到的话一定可以的！"

克莱尔的眼睛却直直盯着前方："嗯嗯……对了，阿丽姐姐怎么没有来？"

"别提她了，现在她就是纯纯的一个懒妞！退役之后啥都不做，家门都出不了几回，现在还怕黑，睡觉都不敢关灯了！也不知道怎么搞的，你可千万别像她那样啊！"

"嗯嗯……"

克莱尔抿一下嘴唇，微微点了点头。

"替我向她问好。"

"好的。"见克莱尔现在变得那么懂事，阿斯特拉感觉很骄傲。

"克莱尔长大了！"

他拍拍克莱尔的肩膀，又对她旁边的队友们点了点头，送上一个致敬的微笑，随后转身离去。

凯眼角的余光看见克莱尔尴尬地低下头，耷拉着脑袋，有点无精打采的样子，但这种情况只持续了两秒。她清了清嗓子，又全神贯注起来。

"那个影子小队预备役的女孩，刚才在休息室站岗的那个，你认识？"

"那当然了！"

前往控制中心的路上，阿斯特拉和刚才在身边的同事聊起克莱尔。

"听你们聊天好像关系还挺不错的？"

"那是克莱尔啊！"

"什么？"同事都有些惊讶，很快，眼神中取而代之的就是尴尬。

"就是那个很早以前来我们实验室参观过的小女孩？和你女儿一起来的那个？"

"是的，那两姐妹中的妹妹，没想到已经长这么大了吧？"

"这……真的是时过境迁啊，现在在街上遇到，我肯定都认不出来了！"

"我老婆还在的时候，就是她姐姐的导师，两姐妹打小就和我们家女儿关系好。唉……我那女儿一蹶不振，克莱尔能打拼到如此地步，已经很争气了。"

每每想到这些事情，阿斯特拉心里总是止不住地酸楚，但是如今看到克莱尔那么努力，也算多多少少填补了自己的一些遗憾吧。

"行了，八卦到此为止。"他说道，既是对同事，也是对自己。接着他又习惯性摆了摆手，打消他们还想再问些什么的念头。

"比起这些家长里短，我们还有更重要的事情要完成。"

"呼——"

阿丽一身大汗地从健身房出来，好像恢复了好心情。

洗了个澡，世界豁然开朗，胃口也来了。

她又开了瓶汽水且一喝就是大半，享受那种片刻的清爽感，好不痛快。随即开始吃牛排。

嗯，煎老了，但是她无所谓。

电视还没关，但很幸运的是那些冗长而且无聊的采访已经过去了。

她看见里克和几个队友已经穿着宇航服在各自的座位上做检查，另外那几个宇航员她都没有什么印象，都是些素未谋面的生面孔，唯独对里克还有几分记忆。

日复一日地在这大房子里待着，没有什么值得回忆的事情，倒是几次少有的出门，每回都能遇到些有意思的事。

上次出门是一年多以前，那天是科学院开放日，"糟老头子"死缠烂打让她去捧个场。在事后看来，她小时候在科技馆里面到处乱玩，都比看这些又不是艺术作品也不能碰的奇奇怪怪的科技产品好上千万倍。

而且这帮家伙一直围着的那块屎黄色的晶体——阿丽当时就是这么形容的，与什么琥珀、暗金，不都差不多吗？人们还赞不绝口，好像整个场馆的东西都是看那玩意儿的附赠品一样。

暮雨花晶体，似乎在远古时期就存在于宇宙之中了，这个晶体里存有些不断流动的物质，隐约呈现猩红的颜色，其中的成分暂且还不得而知。据说这些东西就是其中的能量，含量测算不出来，可以直接理解成无穷无尽吧。引用《暮雨花档案》里边的信息，这个晶体是在太空航行时被发现并带回沃尔兰本土的。这些年来，它一直在被研究，虽说对外传出来的名头挺响，但其实哪怕是最顶尖的沃尔兰科学家也还没有搞明白这玩意儿。从外观上来看，这个晶体和沃尔兰最出名的暮雨花非常相似，它也因此而得名。

不就是个天外来物，长得像本地的花，有点能源在里边，给你们用得顺手了些——一句话就能解释的内容干吗包装得像个大英雄一样？

但阿丽记得，她本来想转身离开的，无奈旁边站了个一身军装的男人，一个小女孩骑在他脖子上，这样就能看到前方。人群特别拥挤，自己有些剧烈的动作差点吓到他们。

"挺漂亮的吧，这东西。"

这个男人就是里克，为了缓解尴尬，他和阿丽搭起话来。

"都说跟暮雨花差不多漂亮，那为什么不直接去暮雨山上看真花？"

"哈哈哈……"

里克笑了笑，阿丽自顾自地预判着阿斯特拉的台词："这个地球上有几百个国家，但暮雨花偏偏被我们最先拿到手，这是一种幸运，如果我们不好好开发，就会变成一种不幸。"

她摇头晃脑地学着，也不知是给谁看给谁听的。

里克觉得阿丽的吐槽还挺有意思的。

"来看这东西，也要花点门票钱。"

"是吗？"阿丽感到有些惊诧，"脱裤子放屁的事。"

"你是工作人员？"

"不，但那个糟老头子是。"说着，她向台上讲得火热的阿斯特拉抬了下头。

"幸会幸会，可以直接叫我里克。"

他一边礼貌地介绍，一边习惯性伸出手。

"抱歉，不习惯别人碰我的手。"

阿丽下意识脱口而出，随后意识到自己有些失礼："我名字又臭又长的，还拗口，叫我阿丽就行。"

"好的。"

……

"你是军人吧？"她见对方有些尴尬没有接下话题，于是继续开口。

"是的。"

"空军？"

"算是，不过现在在航天航空那一块了。"

"哦。"阿丽点了点头，"看得出来。"

"你也是吗？总觉得看你有些眼熟。"

"可能只是和你记忆里的某个人撞脸了吧。"

她答道，然后留下了几分钟的沉默。

算了，不该提这个的。

里克见对方没有再说话，也没有察觉到阿丽心里的那些翻涌，便主动开口："这东西能提供能源，似乎还是取之不尽用之不竭的，这是真是假？"

"我也不清楚。"阿丽无聊地耸耸肩膀，"貌似外边这层晶体是个容器，里边那团东西才是最重要的，听说还能治疗疾病，就是现在太不稳定了，他们没那个胆用。除此之外我知道的也不多，搞不好这些信息还是幌子，呵呵，他们不是向来很擅长这一套吗？"

"治疗疾病？癌症吗？"

"可能吧，把这玩意儿吹得天花乱坠的。要是被变异昆虫咬了，被远古瘟疫感染了，被宇宙辐射糊了一脸，搞不好都能安然无恙呢。你信吗？反正我不信。"

"真要有那么神奇，没准也是件好事。"

里克说完，阿丽叹了口气。

"理论上可行的事情多了去了……"

是啊，理论上可行的事多了去了。回忆到这里就停止了，取而代之的是一些感慨。谁能想到当时身旁这个男人如今准备一飞冲天呢？

要是真的能和理论上一样，这糟老头子没那么贱，那可真的就是再好不过的事了。

凯突然感到有一些紧张，暗暗环顾一周才发现周围的同伴们似乎也是如此，这倒让他松了口气。清场之后，整个发射现场都进入了紧张的倒计时状态。广播不会告诉他们怎么办，他们要做的事情早就应该被教官和领导告知，然后烂熟于心。

他站在控制中心的角落，争取让自己缩进墙里，不打扰这些忙来忙去的工作人员。但这个地方是真的热啊，没有哪一个角落不是亮堂的，也没有哪一个角落有那么一丝冷气。木制的墙饰还有让人眼花的雕刻，让这里看着像个现代化、数字化却又有些追求复古风味的宫殿一样。放眼望去，除了人头，最多的就是屏幕，上面都是些很陌生的程序，显得这里庄重且专业，可大屏幕正上方又很不适宜地贴着一条红色横幅，写着"吟游者一号航天器发射现场"。

他看到了阿斯特拉，刚才那个和克莱尔特别亲近的秃顶大叔，而随着其中一块大屏幕的画面转移镜头，他才发现那些现役的影子小队成员都去干吗了。

他们在保护暮雨花晶体本体——是的，它也在这里，从提兰城专门运过来的。它连接了数不清的管线，那颗琥珀般的花形结晶里面的能量在翻涌，似乎随时会变得无比狂躁。凯从阿斯特拉额头的汗可以看出来，好像他也没有十成的把握。而另一队成员驻守在贵宾室里，这他倒是早有耳闻，毕竟今天四大议员中的"火"以及"山"都来到了现场。

显然，他俩的到来也是所有人紧张的原因。沃尔兰政体演化了千百年，如今，中心的组织乃是由人民选举出来的人民议会。议会有四大议员，"风""林""火""山"，议会成员主导着国家的一切，而人民主导着议会成员的上任与退场。

"风"议员负责国家的外交法律制定、修改以及情报等工作；"林"议员负责农业、医疗、畜牧、经济等，确保每个人能吃好穿好不生病；"火"议员可以说是影子小队的直属上司，一般都是德高望重的大将军、大司令，统领全国的军事以及执法部门；"山"议员则管辖着基建、交通以及科研，也是这些科研计划的主导者。只有遇到全国性的大难题，四大议员才会一起做出决定，比如宣战、和谈，甚至是动用毁灭性武器，不过如今外界本就是和平年代，沃尔兰更是如此。

他并不知道两位议员在贵宾室里坐在长条桌的一边，抽着名牌的雪茄，"山"议员将他那有些庞大的身躯往后靠，将头缓缓转向一边，手下心领神会，快步离开了贵宾室。还有影子部队的四人，他们其实不是很情愿被议员差遣，但他们也不得不到门口等候，有些议员之间的话题他们还是不知道为好。

"如果你告诉我这几个家伙就是最顶尖的那一批战士，我可不买账。"

"山"议员对着自己的同事说，而"火"议员没有回应，只是拿起桌上的水抿了一口。

"不需要你买账。"他语出惊人。

"你也别告诉我在大厅站着的那几个小年轻就是这个部队的未来。"

"也许吧。"

两人有些搭不上话，只能各自看着窗外忙碌的人们，好一阵沉默。

但其实他俩都知道对方脑子里究竟在想着什么。

"所以，你之前所说的计划可曾有什么进展？"

"这你可没法催促，把那玩意儿的能量抽给航天器用已经算大跨步了。"

"那可是你的部下在研究的项目。"

"确实如此。""山"议员说，随即又点起一根雪茄。

"你安心带好你的部下吧，这个项目没发展到成熟的阶段我不会向你借小白鼠。"

"你觉得还得要多久？"

"不好说，已知的是这种能量不会要人命，这已经算是幸运的了。但你应该比我更明白，人和人的体质不能一概而论。"

"有意思。"

"火"议员站起身来："我不想把这个事情拖得太久，你知道的，我们需要战士。"

"'七二八'差点要了你的命，是吧？"

"……"

"近十年来部队头一回大规模减员，被炸死的，被活活打死的，被俘虏的，三个俘虏里甚至还有两个被强暴的……其中一个后来还自杀了？"

"那都是过去的事了。"

"过去你可花了不少时间来摆平这事，而我也很清楚，你并没有把这些事情处理得干干净净。"

"山"议员见对方背过身去，知道这个话题是聊到头了，便也不再刁难："放心吧。我还是该帮的时候就帮，毕竟这涉及我们所有人的连任，我又岂能坐视不管？"

"那就好。"

听到让自己比较满意的答案后，"火"议员敲敲桌子，身后传来一阵细碎的响动，保镖和影子部队的成员又回到了原本的位置。

在两个议员为一些常人不能理解的话题侃侃而谈时，阿斯特拉盯着屏幕上面那一大片黑压压的参数，系统显示从暮雨花晶体中抽取出来的一部分能量正在转移到火箭的储能上。这是首次利用它的能源来帮助飞行器完成航天任务。他本来是不同意的，几个月时间还是太短了，但想到完成这件事对整个国家意义重大，他最后还是答应了下来。

现在就算他想后悔也来不及了。

好在暮雨花晶体只需要象征性地提供不到航天器百分之五的能量，而且还是放在备用能源那一块——这件事情是他当着议会众人的面亲口劝下来的，要是像他们想象得那样让暮雨花晶体中的能量承担大头，又得在这个对于科研来说只够塞牙缝的时间里解决，那基本就是拿里克这帮航天员的命来开玩笑。

现在应该问题不大，嗯，阿斯特拉这么安慰自己。

在场的众人看见红黑色的能量被从琥珀般的晶体里抽出来了一点，但能量本身无论是从数据上还是肉眼看来都没有明显减少，就好像永远都用不完一样。

脱离了晶体，那些红黑色的物质突然变得像有灵性的纳米机器一样，进行着一种有秩序的流动，它们一点一点转移到航天器特制的储能器中。阿斯特拉总觉得这些能量是非现实的，也会用非现实体来称呼这些东西——这不是官方称呼，只是他能想到的最好的形容词。

阿斯特拉和同事都在目不转睛地监控着整个过程，真正的度"秒"如年。

直到航天器开始将数据回馈到主屏幕上，他们的眼睛才突然亮起来，阿斯特拉心里一块大石头落了地。也是，毕竟都实验过好几回了，有什么理由在这种时候出错呢？他不禁有些想笑。

确实没出任何岔子，一切都顺风顺水。

"开始第二步。"

他对着身边的同事发出指令，对方点点头，并轻轻拉动手旁的银色拉杆。

能充不代表能用，所以在出发前他们还需要检查这个新的能源能否按预期应用。为此，阿斯特拉还专门设定了一个值，故意加入多些的暮雨花晶体的能量，来抵消测试中的消耗。按照他的经验，只要这些能量不受到刺激变得特别活跃，那储能器里这点量是不足以造成什么影响的。他们甚至已经准备好了预案，万一现在的测试没有预期那样顺利，怎么掩饰这件事，怎么封住那帮媒体的嘴……

可测试没有问题。

是的，真的没有问题，一切参数都是稳定且靠谱的，特制的储能装置充得满满当当，这一块特别的备用电源随时可以投入正常使用，不过在沃尔兰这几十年来的航天史中，几乎没发生过什么意外。

这代表着他们团队这段时间做的那些研发没有白费。这就是说，对于阿斯特拉而言，他没有辜负祖国寄予的厚望。

所以他现在有欢呼雀跃的资本，他的任务已经完美完成了。

但他没有那么做，他没有当着一群人的面跳起来，身为科学院一院之长的他应该带头沉稳，但他还是用颤抖的手摘下眼镜。回头的时候他吓了一跳，因为领导不知何时站在了他身后。

两人愣了下，继而相视一笑。

"暮雨花能量成功注入！"

西装革履的领导大开嗓门，也不知道是不是在对幕后的议员汇报。在场的每个人，甚至屏幕另一头的里克，还有全国的民众都听到了这个消息。

掌声雷动，似乎全国都掌声雷动，新闻媒体也开始大肆报道了。阿斯特拉耳边尽是哗啦啦的声响，他有些不知所措，但还是示意同事礼貌地鞠个躬，然后退回到等候区域。其他部门的同事和航天相关的人员会接手接下来的所有工作——是的，比起整个火箭的发射，他们所做的只不过是给电池充了点电而已。不过毕竟是暮雨花的新型能源，哪怕象征意义大于实际作用，在别人看来也算是丰功伟绩。

他走之前很激动地和领导握了个手，尽管对方和自己差不多年纪，甚至可能还小自己几岁，他却表现得像个刚考了满分准备回家领赏的孩子一样。

全场再次爆发掌声来表示对他的认可，只有千里之外的阿丽不屑地哼了声。

"所有仪器正常，一切准备就绪。"

"收到。"

过了不知道多长时间，里克接收完塔台的信息，偷偷叹了口气。这个时候讲两句笑话缓和一下气氛也不是不行，但话到嘴边他就是说不出来。他并不知道队友们是怎么想的，但仿佛他们都在不约而同地看着自己。

他真的不知道，他自己心里也没有底，第一次执行这样的任务，或许全球都没有能引以为鉴的经验，更何况是……

那几个字出现在脑海中的时候，他害怕得颤抖，但他很快就压制住了这种莫名其妙的冲动——要是心理波动太大，会被检测到。理性很快占据上风，他一个劲安慰自己，开弓没有回头箭，现在自己只能硬着头皮上。

况且领导们都亲口答应不会出事的，尽管他们都是些外行。

"进入发射倒计时！"

这句指令扼住了全场所有人的呼吸，也止住了所有人脑海之中的幻想。

发射台上的所有人都撤得老远，每次他们都会有种生怕火苗蹿到自己身上的感觉——尽管那并不会发生。

"十！"

终究还是开始了啊……

无线电里传出倒计时，里克闭上眼睛。

"九！八！七！"

阿丽放下了手中的食物，目不转睛盯着电视。

"六！五！四！"

阿斯特拉在心里跟着数，不知道有多少人和自己一样，两眼放光地，激动且虔诚地倒数着。

"三！二！一！"

凯罗索愣住了，他从来没有感受到过整个世界如此安静，永恒流逝的时间在这一刹那静止不动，他甚至感觉不到其他人哪怕一点点的呼吸声。

"发射！"

轰！

刹那间巨响炸出，火光纷飞，数以吨计的冷却液瞬间蒸发为细小的水汽。里克早就准备好了一切，也瞬间感觉自己身上压了几个人，他无比冷静，默默承受着。

没准任务很快就能结束，然后再一眨眼就能回到家了呢？他在心里琢磨着。

终究是自我安慰罢了。

但是其他人不这么想，看到火箭升天的时候，他们眼里尽是光亮，或许那份光亮比太阳还要旺盛。

心里没有什么波动的有且只有现场的凯和远方的阿丽，前者似乎不太理解其他人莫名其妙的自我感动，而后者心里只是单纯的毫无波澜，甚至对那些激动的嘴脸有些憎恶。

阿丽的父亲阿斯特拉则完全是另一种情况，他感觉整个人都沐浴在了荣光之中，这也可以理解，毕竟自己花了大半辈子的时间在这个晶体之上，如今终于能够把自己的研究用于小范围供能和制造实验性药品之外的地方了。

四 "不负众望"

火箭的尾焰消失在视野之中的时候，凯长舒一口气。

说难也没那么难，这又不是像打游戏那样，到了最后一关还要给你来个狠的。任务顺利完成，没出任何岔子。

于他而言反而有些不习惯。

……

似白驹过隙，又似度秒如年，他们不知道怎么形容这种感觉，矛盾得很。

克莱尔还在焦虑，从长官宣布可以散场的时候，她就开始担心今天的表现会不会影响到评估。在整理装备准备回程的时候，她就在休息室里满屋乱走，一刻也停不下来。埃里克试图讲几个笑话，见没人搭理就识趣地闭了嘴。

何必？凯像看着一个小女孩一样看着她，该来的总会来到，更何况是这种十拿九稳的事。

但他其实更多表现出来的是无所谓，忙活这么久他亦是疲惫不堪，拼抢这个位置这么久，他的心态反而被磨砺平滑了。

本来他们还要护送暮雨花回到提兰城的科学院，但不知怎么的，这项任务被转交给了其他部队。他们也不知道更多的消息，只知道暮雨花要改为空运，那就与他们无甚关系了。

所以现在只剩焦急的等待，如果有什么事情宣布，现在是最好的时间。

直到他们的长官敲门走进来，身后跟着假装面部表情很紧绷的教官。

"凯罗索、克莱尔、埃里克!"

教官把声调拉得高了些,高到有点失控的感觉。

"到!"

凯愣了一下,而埃里克与克莱尔可是一秒也没等,就笔直地站在原地,并在发出洪亮的声音的同时,敬了一个标准的礼。

"我现在正式宣布,鉴于你们三人在预备役中长期优秀的表现,以及影子部队正式役的席位空缺,'火'议员正式批准你们三人退出预备役并且加入影子小队。休假之后,你们三人可以直接到影子部队总部报到,且分别使用'血影''魅影''鬼影'代号,详细的入职细节将会在我们回到提兰城之后向你们公布。"

话说到这里的时候,教官和克莱尔、埃里克脸上的喜色都已经无法伪装,凯呢?他好像早就预见一样,没有表现出太多的惊讶。

至少表面如此。

"这是刚才批准的决定,还不是正式的入职,但已经可以先通知你们准备了。"似乎长官自己也知道好像这么说有点不正式,便补充道,"我们允许提前告知亲属,毕竟你们都需要准备准备,但在官宣之前,不要大范围传播。"

"还傻站着干什么?"

教官开了口,克莱尔第一个反应过来。

"谢谢长官!"

她大跨步上前,接着就是个深鞠躬,脑袋都快磕到前面的桌子上了。

那长官也是第一次见如此大礼,上前轻轻扶起克莱尔:"好了好了!这也是你们努力的结果。"

虽然说这一届多少有些赶着收新人,仅仅是走个过场,最后把优秀的几个照单全要的感觉，但是影子小队哪是那么容易就能进的？再怎么样也是三人在预备役里摸爬滚打了好久的结果，也许过不了多久，这些内幕就会为世人所知，但现在并不重要，现在是恭喜与庆贺的时候。

"好好干！你姐姐会特别欣慰的！"

教官拍了拍克莱尔，喜笑颜开，克莱尔努力挤出微笑来回应，也扼住了眼神中流露的欢喜过后的悲凉。

"你也是，资质很不错，是个能干大事的料！"

"谢谢教官！"埃里克有些激动过头，双手不知道乱舞着什么，说话都好像语无伦次了……总之就是一个劲地道谢。

"我会好好努力的！"

"至于你……"

教官看向凯，笑容似乎没有那么灿烂，却也没有消失。

"好好干，别惹事，到了影子小队我可管不了你了。"

"嗯嗯。"

教官也欣慰地拍了拍他，虽说成绩最终不及另外两人，但凯也非庸劣之徒。教官已经带过不少学员了，还从没有一次性把三个人都送进影子小队那种级别的地方过，倒也是史无前例。

希望他们不要昙花一现就好。

三人跟着部队的车回到提兰城的时候，夜色已悄然盖住天地，一件人生大事顺利完结，他们的心情特别舒畅。下车，长官们夸了几句，很快就宣布解散了。他们有说有笑，去食堂吃了顿饭，然后才往宿舍走。

"啊哦……"

情况貌似不对。

他们仨的宿舍已经被人收拾整理，衣物、电脑等物品都要打包带走，他们下次工作就要直接到影子总部去。这是历年来的正常操作，在内部通知入职的当晚，就会有人来帮忙收拾行李，毕竟第二天就会有新人来报到。

在这里等着功成名就的年轻人一抓一大把。

三个人面面相觑，脑子里想的都一个样：忘记了还有这茬。

本来打算在这住上最后一晚，然后再慢悠悠回家的，谁知道他们现在就开始赶人了。

看见自己的东西出乎意料地都没有被打乱，反而井然有序排列好，等着他亲自确认并且塞到行李箱的时候，凯突然觉得好像没那么烦人。

"这可能就是幸福的烦恼吧，哈哈哈……"埃里克打趣道。

"只不过得带一堆东西回去休假了。"

"我不在乎。"埃里克已经开始把衣服往行李箱里塞，丝毫没有顾及整齐这回事，"我家离这也不远，更何况家里人会来接我，唉，舒服！"

"呵呵……"

凯干笑一声，没好气地看着他。

……

"这几周好好放松放松，等下次见面咱就是影子部队里的战友了！"

临别前克莱尔轻轻拥抱埃里克，旁边的凯费了九牛二虎之力才把自己和克莱尔的行李塞进自己的车里，一边塞一边咒骂自己为什么买的是辆两门小轿跑，现在看来就是纯折腾自己，他忙活了大半天，后座和尾箱都已塞得满满当当。尽管如此，他仍然盘算着在拿到影子部队的年终奖后去买辆新车。

"你俩也是，开夜车千万注意安全，你俩的老家好像挺远吧？"

"邕沙？三百公里左右吧。无所谓，他才是有驾照的那一个。"

"哈哈哈……"

嗡！

凯轰了一脚油门，用引擎澎湃的声浪打断了两人的打趣。

他巴不得现在就把这小子留在这里一个人等车。

"时候不早了，我们先走了！"

克莱尔笑着，埃里克脸颊有点泛红，愣了一会才想起来要礼貌地打个招呼。

"好……再见！"

"再见！"

埃里克目送克莱尔上车，他自己都不知道脸上的笑有多浮夸，凯突然猛踩油门起步，扬起一点地上的尘土，给他吓了一跳。

一路上，凯开得无比平稳，路况也相当好，几乎不见其他的车辆。黑色的夜，天空只划过一颗流星，有些耀眼，却也没有打破夜的平静。

克莱尔一直醒着，也没有看手机，只是盯着右侧车窗外无边无尽的黑色山林和远处寥寥无几的灯火发呆。

"来点？"

凯一手握着方向盘，一手掏着杯架上放着的零食罐，把薯片送进嘴里。

她只是摇摇头，视线并没有从窗外飞过的世界中移开。

"有心事？"

凯在明知故问。

克莱尔从来都是一上高速路不出几分钟就睡得跟猪一样，除非在惦记着什么。

"我在想我姐。"

克莱尔的视线没有从窗外景象中移开，好像在那里能看到克洛伊的身影。

"是吗？"

凯憋了一会儿才应道。五年来他几乎从来不在克莱尔面前提起这个名字，也不愿主动去聊关于克洛伊的任何事情，万一伤害到她那就不好了。

除非是克莱尔主动提起来。

"她会怎样想？"

"什么怎样想？"

凯超过一辆大货车，瞬间的分心让他下意识脱口而出。

"肯定是我们晋升的事啊。"

"我……不知道，我不是她，但是如果真的要我说，她绝对为你感到自豪。"

"废话。"

克莱尔在吐出这两个字的同时捂住了嘴。

"抱歉，有点失礼……"

"哈哈，没事。"凯并不在乎。

"你还记得我们今天看到的那个院长吗？"

克莱尔开始转移话题，尽管她知道凯不会觉得尴尬。

"什么院长？"

"就是跟我聊了两句的那个大叔，今天我们在科学院人员休息室见到的那个。"

"他是科学院的院长？阿斯特拉博士？"

"你应该听说过他啊，这么有名的人物。"

"他比我想象的还憔悴。"

"他老婆是我和姐姐以前的导师，在部队里职位还挺高的。"

"这我可没怎么听你提起过。"

"我们两家本来关系很好的……不，好像我这么说有点不对，现在关系其实也不差啦，就是……"

"我懂。"凯打断她。

"不过我看过资料，你们的导师……不在了？"

"是的，当年为了掩护部下被打伤，失血过多没救回来。"

"唉——"

凯长叹一声，面对两个家庭的悲剧，他也不好多说些什么。

"不该提到这个的。"他悄悄对自己说，"我真是个蠢货。"

"不幸中的万幸是她女儿活下来了，在克洛伊那事之后……我多希望克洛伊当时也能那样……"

克莱尔还在讲述，好像有些控制不住自己。凯有点蒙，却不敢再多问——他不需要转头就能感受到克莱尔湿润的眼角，不自觉将油门松了些。

"凯。"

"嗯？"

"该怎么办好？"

听到一声微乎其微的抽泣声，凯下意识地转头看了眼克莱尔。

她的脸和眼睛都红了一大圈。

"我不知道现在是应该兴奋还是伤心……明明晋级了，却是继承我姐的代号……取代我姐……"

"想哭就哭吧。"

凯悄悄把纸巾从口袋里取出来，放在克莱尔腿边的杯架里。

"这里不是部队，没人规定不能哭。"

他一句话像是直接打开了克莱尔的泪腺，呜咽一声，她开始肆意发泄自己的伤感。夜晚的道路很空旷，只有凯倾听着她的伤感。

而凯心里自然也不好受，有句话在他脑海之中反复萦绕着：

"凯罗索，以后你可得当我妹夫啊！哈哈哈……"

那是克洛伊在最后一次任务之前，与自己和克莱尔道别时开的玩笑，又好像掺了那么点真心，可他们都没有机会验证了。凯和克莱尔当时都只是尴尬到不知如何应对，一边逃避着对方的眼光，一边紧张地跺脚。本来这件事他们很快就能抛之脑后的，可如今想做到已经是天方夜谭。

不知过了多久，似乎是没有那么多气力了，克莱尔缓和了些。

"哭完了，继续做自己就好了。"

凯终于把下半句给说了出来。

"与其说是取代，倒不如说是传承，每个影子小队成员都是如此。你很幸运，至少找到了自己想要的目标，知道自己想要做什么，现在你有那个机会了，如果是克洛伊，我想，绝对会支持你去把握住。"

是啊，比起自己这迷乱的前景与心态，克莱尔付出的努力绝对更加有意义，同时也更加沉重。

"我经常不知道自己心之所向到底是什么，小时候我可能嚷嚷着想做什么超级英雄，什么正义卫士，但那些幻想都是过眼云烟罢了。可你不一样，你们两姐妹都不一样，你们知道自己向往的是什么，这就足够了。"

他相信克莱尔也能够理解这些。

"我……"

憋了大半天，克莱尔终于开始咬着牙努力组织语言。

"绝对不会放过……伤害克洛伊的人，还有像他们那样的……"

最后三个字说出来的时候，她的牙都快磨尖了。

"浑蛋们……"

凯心里有些发抖，他从没见过克莱尔这么可怕的一面。

"你说得有道理……凯。"过了几秒，或许是意识到自己刚才表现得过于凶狠，心底的仇恨快要溢出来了，克莱尔尽力变得理性些。

"姐姐倒下了，我一个人努力也可以的。"

"也许她从来没有离去呢。"

"嗯？"

克莱尔愣了愣。

"克洛伊也许从来没有离开我们。"

"你是对的。"片刻后，克莱尔说。

"所以，你要好好的。"凯一字一句说得很清楚，却没有对上克莱尔的眼神。

"记得哦，有机会了咱们几个一起去暮雨山上看花。"

"那件事……多久以前就约好的了，一直没兑现吧。"

她好像也在明知故问。

一起去看真正的暮雨花，是克洛伊完成最后一个任务之前三个人的约定。

克莱尔脸上浮出久违的一丝笑容，是一种很矜持、有些微妙的轻笑。

"总有一天会的。"

凯在心里长出一口气，手又不安分地往罐子里掏。

"真的不来点吗？"

"一看就是晚饭没吃饱。"

"呵呵呵……最后两片了。"

"我要了。"

克莱尔主动伸出头张开嘴，凯只能把刚拿到的薯片乖乖送上。

"我跟你说过多少次了！"

阿丽扯大嗓门"欢迎"老头子回家。

"别！关！我！灯！"

"你房间不是有台灯吗……"

"那点光要是有用，我都不至于应激那么久！今天早上那种该死的感觉又来了，你都不懂有多痛苦！"

"你都多大一姑娘了，还怕黑，怎么可能呢？你表现得太夸张啦！"

"你怎么知道我心里怎么想！"

阿丽回到房间，把自己锁起来。

"好啦好啦……"

阿斯特拉有些"阴魂不散"，还在房门外说着。

"过两天给你装个声控灯，好不好？"

"过两天？"阿丽不屑一顾，"这句话你都快说了一年了。"

"这不是工作忙嘛，理解下好不好？"

阿斯特拉有些不耐烦，要不是今天心情好，他可能早早就撂挑子不伺候了。

"你理解过我吗？"

门剧烈地震了下，给阿斯特拉吓了一大跳。

冷静下来后想想，阿丽定是又拿什么东西砸门了吧。

"唉……"

以前女儿可不是这么凶悍的，他感觉原因就藏在她自己心里，但就算挖掘出来了也不一定知道如何去修复。

"一切都是为了你好……"

阿斯特拉扯出最后的苍白辩解，摇了摇头，感到有些天昏地暗，便离开了。

"家家有本难念的经啊"，他常常跟保姆这么诉苦道。桌上那些吃的并没有减少太多，难道阿丽不喜欢自己做的菜吗？

应该还不至于，他转念一想，保姆做的菜也都差不多是这个下场，甚至有可能她自己也不清楚吃的东西是谁煮的。

也可能只是不在乎罢了。

阿斯特拉回房换了身舒服的衣服，把几道看着好像还能吃的菜拿去热热。打开电视——阿丽不知为何开了静音——然后换到航天频道，也许是不间断地直播飞船内部的画面太无聊了，现在在重播"吟游者"起飞的那一刻的画面。

尽管他已经在现场以亲临者的角度见证过，激动感早过去了，但他多少也感受到了一些宽慰。

"你真的不负众望啊！"

凯将克莱尔送到家后，本来心情还有些复杂忐忑。回到自己家小区门口时，发现父母都在那站老半天了。

见面第一句话就是如此之感叹，凯偷偷叹了口气，好在自己不用一个人把行李从后座一点点拉出来，但坏处是还得听他们唠叨上好一阵子，这可不是他现在想听的话。事实上，他现在只想安安静静收拾好，往床上一躺，像猪一样睡到自然醒。

但事情往往比他想象得更糟。

沃尔兰部队之间信息的加密分级还是比较明确的，自从"七二八"之后，政府费了很大的心思去保护影子部队成员的一切，当然也比较有成效。原本新成员的录取是要进行贝塔级加密的，如今却是最简单的阿尔法级：谁都可以知道，反正迟早官宣，全天下都会知道。领导早就通知了家属，并且没有明令禁止把这事外传出去，这么做的结果就是好些个亲戚都等在他家里，看到他进门时一齐欢呼开来。

而他本人却快要炸开了。

"苍天啊，给我个消停会儿的机会吧！"

然而他并没有得到这样的机会，又不好意思主动去争取这样的机会。

东西是都安顿下来了，可惜时候还不算太晚，父母将他死死按在沙发上，像两个等着听故事才能睡觉的孩子一样，想让凯讲述一下事情的过程。然而他并不想理会他们，用词也极为敷衍，说的都是些无关紧要之事。

"那你现在进去了，心里什么感受？"

老爸瑞尔斯·罗索的话倒是一针见血。

"没有什么感受。"凯应道，这倒是真心话，他现在也没力气去编些好听的辞藻了。

"啥意思？"

其他人还在不停追问。

"怎么可能没有感受？说点什么吧！"

"从小就觉得你有出息呢！"

"怎么呆了？"

"你用了好几年才拼到的位置，拿到的时候就这么轻描淡写，有点不正常吧？"

"你小时候不就嚷嚷着要当英雄吗？这回可有机会实现了呢！"

凯的脑子突然之间有些发热，今早遇到的那些记者都没有那么多话。

"我累了！"他嗖地一下站起来，"我很累了好吗，我也并没有想好什么前景不前景的，能给我些时间安静安静吗？"他已经不打算给亲戚们面子了。

"什么从小的梦想，我嚷嚷着梦想的时候，有哪一个不是看我笑话的？"

这话倒是直接从心里搬了出来，没有虚假。他以前学着电视剧里主角的样子，把被子系在身上当披风跳来跳去时，这些人可没少嘲弄他。

他甚至还记得眼前就有那么几个人曾对自己的孩子说："你看看这个家伙，傻里傻气的，平日里没事，切勿和他深交！"

"那你现在不是打我们脸了，不也是件好事吗？人啊，总要学会向前看！老计较以前的事，算什么呢？"

"像个工具一样，日复一日地练，上头有任务了我还得被拉去充数，干的都是些吃力不讨好的活，到了晚上休息的时候还得去听那些讲座，天天背着和正事无关的条条框框，你当我愿意吗？你以为我干了什么很伟大的事情吗？"

"哎呀，都说吃苦是福……"

"那我祝你福如东海！"

"凯！"

见儿子这么无理，当爹的已经受不住了。见父亲这么叫自己，凯愣了神，这语气听着像是个凶狠的陌生人。

瑞尔斯看不下去了。"怎么跟长辈说话的？"

"就是！你小子，别敬酒不吃吃罚酒，明明是来庆祝你得到这个位置的！没有我们，你怎么会坚持到现在？"旁边的大姨也扯开了嗓子。

"呵。"凯只是冷笑一声，转过头去，专门对着她说，"从一开始我去报名，到现在各种考核，哪一项是你给我帮过忙的？"

"那我们的支持也很重要的啊。"

"够了！"

凯这回是打算彻底翻脸，他恼火得有些面红耳赤，也不管父母尴尬在一旁不知道说什么的表情了。

"不觉得很讽刺吗？"

"那你不当英雄，你想去当罪犯啊？"

英雄，呵呵，凯听着对方有些狗急跳墙般的强词夺理，心里越发觉得好笑。

"我不觉得以前想象的英雄和现在的我有什么相似之处。"

"你本来就可以不负众望的，忘了？"

"是。"凯转头就向着自己的房间走去，并不打算奉陪到底。

"不负众望，差点负了自己。"

总算吐出心底的那句憋了许久的话，他痛快地摔上房门，任其他人七嘴八舌评头论足。

他不在乎了，他真的累了。

坐在床上，他感到无比舒坦，这可比预备役那个铁架床舒服得多，但他此刻却更想念那个铁架床。

世界逐渐安静，脑中的不平和亢奋逐渐散去。事后想想，一切都发生得如此之快，甚至都没有给他像现在这样静下心来思索的时间。他打开手机，第一件事就是给克莱尔打了个电话。

开口，他把语气尽量控制得很平静。

"收拾好了吗？"

"嗯，刚洗漱完，准备休息了，你呢？"

"唉。"他仰天长叹。

"我爸妈又把那些亲戚叫过来烦人了。"

电话那头传来克莱尔的轻笑："这样啊……不理他们不就行了？"

"说得倒是简单。"凯微微一笑。

"他们不会又开始指点你了吧？"

"那是自然，自打进更年期之后，这二老就没怎么消停过……有时候你都想不通，两个做大学老师的怎么这么不通情达理。"

"你……没事吧？"

"没事。"凯愣了愣，答道，似乎还想张口补充些什么，但最终打消了念头。

"你今天也挺累的，早些休息吧，记得滴点眼药水……还有，替我向你爸妈问好。"

"好的，谢谢你今天送我回来。"

"谁叫我们是老搭档呢。"

听着对方若隐若现的笑声，凯没有立即挂断电话，他把手机在耳边举了好久好久，直到克莱尔似乎也没有什么话要说的时候，才憋出一句"晚安"。

五　有因必有果

"里克。"

"在。"

"准备按照计划进行。"

"是。"

里克收到从地球传过来的指令，这居然是"山"议员亲自下达的。哪怕是透过通讯器，他的声音也尤为浑厚有力，开口就让空气中充满不容反驳的压迫感。

这一刻终究还是到来了，无奈之下他深吸一口气准备开始操作。队友们很配合地让出空间，显然他们也知道即将发生什么事。

此事早已谋定，而且是在发射之前由议会领导通过视频向宇航员们下达的指令。到达位置之后，里克会启动装有暮雨花能量的蓄电池，这也算是他除了起飞、落地之外最为提心吊胆的一刻吧。地球的时间到现在已经过去了差不多一日，为了直播的顺利，他们还在地球轨道附近巡航着，貌似这个环节比其他的任务都重要。

如今他并不知道会发生何事，冷汗止不住地流。

他想起自己敬仰的一位议会成员亲口对他说的话：

"这件事情一定要由你们来完成，老百姓都等着用上新能源，开上新能源车、坐上新能源的地铁……能享受到的更多的福利，我光是掰着手指数都能给你数上好几天，而你，你不仅是一名光荣的军人，你还是很多人心目中的英雄。我知道这对于你们来说会有一些冒险，但是我想你们已早有觉悟了吧？"

到现在他才彻底参透这段话背后的含义。

"女士们，先生们。"

此刻各大新闻频道的主持人口气出奇地一致，他们都被要求话语中带有无尽的骄傲之情，而且要非常"生动形象"，不能像是装的。

"接下来我们将见证历史性的一刻，由我们国家所研发的暮雨花晶体能量，将首次应用在航天领域，为'吟游者一号'飞船供能，接下来宇航员罗里克将会启动储能装置。这一次新能源的应用，将会是沃尔兰科技发展新征程的重要一步棋，是沃尔兰提升国际地位以及时代发展的重要标志，是推动国家发展行稳致远的关键转折。"

里克动作还是太慢了，不知道是不是在太空里的缘故，主持人见他还在敲敲打打做各种准备，还没有开始的意思，便又补上几句，生怕有人不知道这个事情多么举足轻重。

"新能源成功应用于航天之后，将会投入生活中的各大领域，比如内燃机等都将会被新式的能源取代，真正实现'碳中和'，所以请大家多多支持新能源的开发，那事关我们每个人的美好未来！"

与此同时，阿丽睡醒了，但这回她没有做噩梦，也没有什么应激反应——老头子没有关灯。她长出一口气，又将头埋在枕头里，但不久耳边就传来骂骂咧咧的声音。

她悄悄走到客厅旁，发现阿斯特拉正对着手机发火，电视上播着里克操作储能装置的画面。

"我明确跟你们表态过，这个储能装置不能随便打开！"

"这是议会领导的决定，请你不要激动……"

可阿斯特拉完全不领情："你们现在搞这一出我怎么可能不

激动？你们有我懂这玩意儿吗？发射前明明说得好好的，对外称应用实际只搭载，不会使用能源，现在又出尔反尔了是吧？知道多这一个动作需要做多少模拟实验吗？我早说过了我们没那个时间！"

"议员们的意思是，单纯的搭载不能起到足够的宣传效果，所以他们临时做出决定，让宇航员们启用这些能源。"

电话那头的小秘书还在不紧不慢地向他解释着。

"和科学院达成的协议中，并没有明令禁止使用这些能源，只写有'可以在科学院有关人员的指导下启动该部分能源'，如今条件符合，所以议员们做出这个决定是合情合理的。"

"有相关人员指导？"阿斯特拉一时间气血上头，还没有理解这句话的意思，"少给我在这扯淡，马上让他们接电话！"

"好的，我会替你传达你的意思。"

这句话刚说完，议会秘书就挂了电话。

"喂！喂？喂？"

见对方不想和自己废话，阿斯特拉恼羞成怒，一脚踢上旁边的木头桌子，然后他痛苦地捂着脑袋，直勾勾望着电视里的画面却阻止不了。

他早就警告过那些高高在上的家伙们，没想到他们那么敷衍地答应，居然把自己这个老糊涂给糊弄过去了。

在一旁静静看戏的阿丽嘴角浮出冷笑，这么久了他们还是没有改变，连那小秘书的口吻都和当年一样。她拿了瓶汽水回到房间，还把平板拿出来，就为了看直播画面。

她等着这帮人出糗。

"啪！"

客厅又传来手机摔裂的声音，阿丽估计他是联系不上还留在发射中心的同事了，他们指不定现在就被要求乖乖帮宇航员们启动那玩意儿。

　　他们可以找无数种理由，但是最有用的无非就是"这是领导们的决定"以及"全国人民都在看着"。

　　"最后检查。"

　　里克见木已成舟，再不情愿也身不由己了。不过如今还有时间来核对下数据什么的，小心驶得万年船。

　　但又有什么用呢？他暗暗感叹，自己手头上能收到的数据都没有什么问题，能量的应用也是控制中心的同事们事先预设好的，想必也不会发生什么大事吧。

　　队友们看着他，空气里尽是紧张。

　　不能再这样下去了，开弓没有回头箭。

　　"控制中心，控制中心，倒计时三秒。"

　　所有仪表的指针都指着正确的参数，所有开关都处于它们应该在的状态，也没有不合时宜地亮起什么红灯警报，里克的手已经放在操纵杆上，现在航天器内部的操作台几乎都是电子仪表和屏幕，这个操纵杆是为数不多的实体控制器。

　　其实说实话，他也没有做什么复杂的计算和操作的必要，智能程序已经预设好了绝大部分的工作，他只需要检查数据以及硬件连接，并且拉下开关，就那么简单。

　　手上都是汗，他能感觉得到。

　　"三，二，一，启动！"

　　在无数人的注视下，里克拉动了操纵杆，储能装置发出一些金光，电流的声音瞬间布满整个船舱。

　　这下屏幕前的观众是高兴了，但现场的他们都开始浑身冒冷汗。

　　整个航天器都有些莫名的抖动，接着是一阵很奇怪的声音，很沉闷也很骇人，好像有人拿着锤子敲打飞行器的外壁，同时捶打着所有宇航员的心。

"我们应该关掉这玩意儿。"

其中一个队友直言道，那人压着嗓门，里克没有分清是谁。

"这声音听起来有些不妙，别告诉我你不这么想。"

"放心，不会有事的。"里克安慰着队友，却不敢直视他的眼睛。

绝对不会有事的。他一不能随意违抗命令，二不能让指不定正在看着自己的妻子、女儿失望。

好在也没有发生什么事，那诡异的敲打声只持续了一小会儿就结束了，能量传输的声音也逐渐稳定，最后随着逐渐暗淡的金光归于平静。

"检测到新型能源，请确认是否同步使用。"

人工智能机械的女声响起，冰冷且完全不通人性，让里克惊了下，他转头看向主机屏幕，并且点下了那个大大的绿色虚拟按键。

"新型能源已成功应用。"

这一刻冰冷的女声中似乎也蕴含了激动之情，里克握了握拳，身旁的队友也都松了口气，四人终于互相对视一番，却又没从对方的眼神中读出个所以然来。

"呃，有感觉到什么不同吗？"

"完全没有。"他的队友回应。

"那么，等我们回去之后，要想想这个问题该怎么编了。"

里克终于勉强挤出句笑话来，队友们也会心一笑，看来也没什么要紧的。

阿斯特拉现在满脑子都是侥幸，心却还在嗓子眼提着，他习惯性地双手合十祈祷。而阿丽似乎有些失望，不会就这吧？她心想，自己好歹也算是和暮雨花晶体有过不少接触的人，那个对她来说出了名的不稳定的东西，这回居然靠谱了？

别急。

轰！

这可能是有史以来首次有那么多人同时被一件事情惊吓到，剧烈的抖动伴随雷鸣般的巨响传来，无情且直接地震碎了里克刚刚建立的信心。

一声巨响，初步推测是来自中心能量传输器那个位置，所有宇航员立刻严阵以待，里克立马打开了刚刚才关闭的界面，眨眼的工夫，那些看似稳定的数据都暴躁地跳动起来，其他队友意识到大事不妙，第一时间来到各自的岗位进行检查。

"能量泄漏！"里克对着通讯器大吼大叫，但只有发射中心和他的队友听到了这句话，这句话让他们的心凉了大半截。

"您拨打的电话暂时无人接通，请稍后再拨。"

"您拨打的电话暂时无人接通，请稍后再拨。"

"您拨打的电话……"

自打那声响传来，阿斯特拉就疯狂地拨号，但结局似乎是注定了，他无力地放下电话，整个人瘫软在沙发上。

画面在这时候就已经被切断了，只有主持人在用假装平和的语气来向大家解释："不好意思，我们的飞行器出现了些微小的故障，我们会暂停拍摄，宇航员们修整好之后会恢复信号，请大家耐心等待。"

"修整好？"

阿丽笑着，笑得有些没心没肺，好像有谁怀疑过她的判断一样，笑声尖锐且讽刺。当年那个主持人在切断信号之后，也说自己和队友们会修整好。

如果让她来翻译一下，她定会从主持人的话语间抠出三个字，并且用戏谑的口吻一字一顿说出来：

"没救了。"

事实也确实如此，当里克发现暮雨花晶体的能量已经疯狂外泄时，他脑海中也是这三个字。他们都太低估这些能量了，从晶体传输到储存器时，它们尚且表现得安分。但如今这股能量投入应用，像正常的能源那样被消耗时，它们开始躁动起来。换句话说，他们根本就没想过这股能量竟然是"活"的，在出现故障的时候它们表现得更加不安且躁动，以至于即将完全失控。

他瞄了一眼窗外，在自己下方储能器的位置，有些绯红的颗粒正在向外涌去——那些就是原本封存在暮雨花晶体中的能量，一开始还需要用肉眼细细观察才能发现它们，但能量很快就像大坝崩溃一样释放出了更多。他立刻就意识到没救了。

轰！

现实往往不给他太多思考的机会，船舱随着第二声巨响直接出现一道裂缝，外泄的能量已经超过他们所能控制的范围。

"上逃生舱！"

他下达了指令，语气意外地冷静，冷静到有些可怕。

大家立刻动身，没有丝毫的犹豫，集体向逃生舱所在的方位狂奔而去。而里克还欲垂死挣扎，在屏幕前一番敲敲打打，却无济于事。

"天杀的。"他止不住地骂，但是现在又能怎样呢？他自己也知道这件事的风险，却不承想自己真会落得如今的下场。

"重启保护系统！"他对着语音智能大喊大叫。

"系统故障。"

这回机械女声里又尽是无情。

"重启保护系统！"他尽量压制住怒火来保持清晰的发音，

并且在语音输入的同时，在屏幕上疯狂点击。

"系统故障。"

加载了好一会，换来的还是同样的提示，他心一狠，也决定弃船而去。

轰！

随着第三声巨响，剧烈的抖动让他好一个踉跄，队友已经等不及，纷纷按下按钮弹射出去了。逃生舱内置的导航以及充足的燃料会保证他们回到地球——至少航天中心的人是这么说的，他曾经尝试过询问缘由，却没有得到一个明确的答复。现在顾不了那么多了，他只能靠求生本能来行动，拖起越来越沉重的身体，完全顾不得什么形象，手脚并用朝着逃生舱冲去。

"千万别在这里死了！"

他重复着这句话，并且强行让自己想起家中的妻子和女儿，此刻，这种思念比任何强心剂都要有用得太多。巨大的响声越来越频繁，他意识到航天器已在解体。这回所有的系统都已经失去作用，想必是支撑不住泄漏出的能量，他们所有人都远远低估了这种能量的可怕程度。而他眼前直接被撕裂的线缆印证了他的观点，要是没有宇航服护体他现在就到达九泉之下了。

骇人的声音消失，这意味着他已经完全处于真空之中，唯一的好处也许只有耳膜不至于被震碎。

他不知道自己挣扎着用半奔跑半游泳的姿态前进了多远。一切都像该死的空中梦游，却完全没有惬意和幻想，一切都无比可怖，意识渐渐开始模糊，只是本能地求生。里克只感觉到最后抓住了些什么，然后猛地将自己拉了进去。等到意识清醒的时候，他已经身处玻璃罩子里了。

他立马开始操作逃生装置，并在脑海中反复提醒自己正确的步骤。

走啊！走!

逃生舱卡顿了一下，就这一下，他就绝望了好一阵子，好在最后逃生舱底部还是喷射出了火焰，带着他向地球的方向狼狈飞去……

他看到了此生不愿再看到第二遍的场景——原本无坚不摧的航天器现在已经在深空之中彻底碎成了渣渣。

更让人绝望的是，一位战友的尸体正在这片残骸之中飘荡着，他认不出那是谁，直到查了逃生舱内另外两名队友的生命信号，才发现那是乔伊斯——他的装备出现了问题，乱飞的碎片打坏了他的面罩，让他暴露在真空之中，他没能赶到逃生舱那里。在刚才玩命的"奔跑"中，里克也没有看到他，可能在那时他就已经被吸到太空中，甚至连求救的机会都不曾有过。

他永远留在了这个地方。

用肉眼去看，红色的能量密布这片空间，也似乎影响到了每个离开的逃生舱，自然也包括了里克自己身之所在，不远处则是另外两名队友。他发觉自己浑身上下都是汗水，整个逃生舱热得跟桑拿房一样，但现在也顾不上那么多了。

一切尘埃落定时，活着便是万幸。但代价是他不得不在这极短的时间内，接受他们三人要带着恐惧与耻辱的心情回到沃尔兰。

只不过现实往往不给他太多喘息的时间，他的通讯器里传来另外两名队友的哀号。

"江源、汉娜，你们怎么了？听到请回答！"

"啊啊啊！"

他呼唤着剩下两位队友的名字，逐渐撕心裂肺起来，彻底失去了好不容易保留下来的理智。他看向逃生舱窗外，目光焦急地搜索着对方所在。他们的逃生舱还在自己的视线范围内，并且没有偏离航向，但圆柱形的逃生舱只有一面有窗，在他们转过来之前里克什么都看不到。

但不需要他们转过来里克就能感同身受了。

"呃呃呃……"

一丝不适的感觉涌上他的心头，他瞬间感到事情不妙。果不其然，接下来是头痛欲裂，似乎自己身体里还有一个生物正在不断锤击着自己的内脏，试图向外冲。

"原来……如此。"

他终于知道为什么航天中心那些研发人员告诉自己，逃生舱会拥有足够的燃料送他们回到地球，哪怕自己可能要前往很深的宇宙之中。

他曾经有那么一瞬间担心泄漏的能量会侵入逃生舱之中，但是他万万没有想到：逃生舱的能源供给里面也有暮雨花晶体的能量。不过相比之下，这些能量都是微量的，它确实正在供能，但受到外部的影响不知怎么的也开始变得躁动不安，所以外泄了一些，绯红的烟雾很快笼罩了他的身体。

里克甚至想打破玻璃，提前结束自己的生命。

"里克！听到请回答，听到请回答！"

控制中心那帮人还在止不住地喊叫，但里克他们哪有心思顾得上那些？

"千万不要放掉逃生舱中的暮雨花晶体能量，不然你们将无法返航回地球，坚持住！"

坚持住？要不是现在痛苦万分，他早已破口大骂回去，口头说永远比亲身经历简单上无数倍，他也很乐意让这帮家伙和自己换个位置。

除了痛苦，占据他身心的便全是愤怒，他不断扭动、颤抖、挣扎，外边是无尽的深空，里边是无止境的折磨，他曾经在梦里想象过地狱的场景，却没想到如今便身处地狱之中。

控制中心里，从通讯器中只能听到三位宇航员不约而同地吼叫，很多人一边尝试着做些什么，一边感到非常揪心。

"山"议员向身旁的同事招了招手转身离去，秘书反应慢了些，过了几秒才转头跟上。她踩着高跟鞋好不容易追上议员时听到的第一句话就是："马上召开新闻发布会，还有让那些多嘴的家伙安静。"

地球上，阿斯特拉随手抓了件衣服披着，刚才已经耽误了太长时间。他向着卧室的方向喊了一声，有些着急，声音模糊不清，也不知道女儿听到没有。管不了那么多了，他也顾不得什么多余的事情，径直冲进自己的车，一脚油门踩了下去，车子差点原地打滑起来。他现在只想不顾一切地冲回控制中心，拎起那个应该负责的人的衣袖痛骂一番，要是有可能的话，他命都可以不要了，直接逮着那个议会的蠢货狠狠批一顿再说。

"院长。"

谢天谢地，终于有个人接电话了。

"我说了多少回了？你们几个要看着他们，别动手动脚的，现在出事了吧！"

"什么？！出事了？"

"你在控制中心吗？"

阿斯特拉顿感事情不对，这个语气好像对方完全不知情一样，他不禁疑惑这人到底是不是留在控制中心的那个，还是说自己被气糊涂了？他还瞟了一眼手机通信的界面，确实没联系错人啊。

"之前都说好了搭载上去走个形式，但是他们非说什么'允许搭载，没说不允许使用'，反正就是抠那些字眼……我本来想和他们讲道理的，结果被警卫直接押到这个小房间来关着了。但是有几个人没有和我们在一起，他们被带到别的地方去了，也没有人押着，天啊，我怀疑他们是不是收了什么好处。现在外面好像有点吵吵嚷嚷的，网络也连不上，我真不知道咋了。"

"我千不该万不该教他们怎么操作！"

阿斯特拉捶了下方向盘，但很快就深呼吸，尽量让自己保持冷静："航天器出事了，能量泄漏！我估计是控制中心的人没有预估好应该预设的应用量，要么就是立刻打开开关之后没有及时介入调和，过多的能量直接撑坏了传输装置。"

"传输装置！我们好像从来没有亲自检查过，他们之前说他们会负责的。"

"他们能负责啥？就那么点时间，还瞒着我们搞操作，能不出事就有鬼了。"

阿斯特拉挂断电话并加速。

六 铭记

凯睡醒的时候，整个世界都天翻地覆了。

他本来还以为家人会为自己昨天的表现生气，自己出房门就会止不住地被唠叨，但好像房外的整个世界出乎意料地平静，父母都坐在电视机前，呆住了。

"根据最前方传来的消息，'吟游者一号'航天器出现了问题，此时已无法继续执行任务，宇航员已经通过脱出舱准备返回地球，相关人士透露，这次事故可能是由于……"

记者话还没说完信号就被切换了。

"目前，控制中心正在与宇航员们保持密切联系。"

画面一转，"山"议员在新闻发布会上正襟危坐，那浑厚的声音取代了之前的播报。

"虽然是意外情况，但我们正尽全力将一切损失控制在最小的范围之内，但很可惜我们失去了其中一位宇航员的生命信号……"

这话让屏幕前的父母听着都很揪心，而凯，他细细回味了一下，却感觉不到议员口吻中的伤感。

"请问是新能源应用所导致的事故吗？"

"不是的，我们遭遇了一场意外的太空辐射，一切都属于意外的范畴，现在最重要的是与宇航员们取得联络并且将他们安全带回家，在这之后我们会全力查出原因。至于我们的新能源，我可以向你们保证它 100% 没有问题，几天后官方发布的事故分析会解释一切。"

听得出来，他在背稿，他似乎很擅长这件事。

"过了多久了？"

"什么？"

"事故，"凯说，"到现在过了多久了？"

"今天一早，到现在有几个小时了吧。"

"那他这反应可真够迅速的。"凯说道。

父母有些听不懂这年轻一代话里有话的口吻了。

"议员先生……"

发布会上那个记者还想再问些什么，却被议员挥手打断。

"我很遗憾地向大家宣布，乔伊斯·杨，我们的英雄航天员，在这次事故中不幸遇难。"

接下来便是冗长的悼念语录，他甚至没有看稿，那黑洞洞的眼神全程向着观众，用肉眼去看还有一丝告诫之情。

他开始讲述，灯光突变，整个会场好像只剩黑白二色，背后的屏幕上已经用黑白的画面播放着乔伊斯的人生。

有时候很多人都会纳闷，他们是怎么收集到那么多素材的？但其实大家心里都知道答案。正在他讲述的时候，新闻频道在下方播出了一行滚动字幕：为了表示对乔伊斯的敬意，为了将他铭记于心，从今天开始往后一周沃尔兰全国禁娱，并且每天上午七点拉响警报，望全国上下的公民都能停下手中的事情，与我们一起哀悼，以此来纪念我们逝去的国家英雄。

"又要这样了，"一旁的瑞尔斯开了口，"今年第四回。"

"呵。"

比起老爸语气中的感慨，凯更多的是唾弃，好像早就猜到了会发生这样的事情。他原本还挺庆幸老爸没跟自己延续昨天晚上的鬼脾气，如今却又顾不得了。因为他那花了整晚的梦来压下去的怒意现在又蹿了上来。

"怎么了？"

"没什么，老爸，鸣不平而已。"

"你能有什么鸣不平的？"

"不然你以为我会抱怨什么？"凯持续发泄着心中的不满。

"有多少人拼了一辈子就为了让世人好过些，结果我们还要用力揉自己的眼，不管伤不伤心都要挤出些泪水来，不给别人看到都好像显得自己没心没肺。"

"现在不都这样？这不都已经变成一种惯例、一种标准的程式了？习惯就好。"

"习惯就好。"

他用奇怪的语气重复念叨这四个字，摇着头走开，还好自己未雨绸缪提前下载了很多想看的电影。

"我马上出去买菜，然后去和克莱尔聊聊再回来。"

"家里还有菜。"

"要是出了什么幺蛾子，之后年轻人冲上街去做点什么，搞不好超市就没菜了——你们一般称呼他们什么来着？'怨青'！对了，冰箱里那点菜撑不了一周的。"

"你不要跟他们混在一起就行。"老爹那警告的语气让凯很是不爽。

凯便披上自己的风衣，这是他感觉特别舒心的一刻。好不容易不用穿那种蓝黑配色的制服了，那玩意儿材质好是好，但就是没有做好配色，还十分修身，也许对于埃里克或者克莱尔那种身材好的人还显得有些美感，对于自己这种壮实到有些虚胖的身材简直是折磨。

好在自己早有准备，虽然说海边沙滩估计是去不成了，但在家里看点电影什么的倒也说得上惬意。

想着想着，他两只脚都踏出了家门，老爸的声音在背后响起，听着多少有点模糊。

"注意安全。"

同样一边庆幸自己提前下载了很多电影，一边嗤笑着看别人假装伤心的样子的还有阿丽。

但看笑话的心情散得一干二净后，想到又有不曾相识的人因为某些只有她自己清楚的荒唐原因而丢掉性命，她感到悲哀。多少年了，这样的情况就没有改变过。此时社交媒体上几乎都炸锅了，中年人疯狂转发各种纪念的文章，并附上一些语录；孩子们都在纳闷为什么明明是周末，自己却没法打开游戏；还有一些人发布消息，直接痛斥着自己工作上将要受到的影响；甚至有直接开骂的，要多难听有多难听那种，不用想都知道他们因为这样的事情遭遇了什么损失。

看着看着，花哨的应用界面通通变成了黑白色，她最反感这样了。也许她比任何人都有资格讨厌没有色彩的世界。

她叹了口气，心里泛起一丝怅然若失之感。她放下手机走到窗边，用手拉开薄如蝉翼的窗帘，盯着天空，用一种望眼欲穿的神情看了好一会儿，好像天上有些什么东西一样。

"安息吧，朋友，至少你还能在平静中离开。平静已经是你能得到的最好的礼物。"

阿丽转过身来，捋捋头发，好像想起了某人。

"会铭记你的人自然会做到，除此之外不要奢求其他。"

她走出房间，又是空荡荡的大房子，天空好像也变成了灰的，外边响着闷雷，飘着毛毛雨。

算了。

倒一杯白开水，坐在大饭桌前，桌上还是摆了些饭菜，她拿起筷子一点点吃起来。

她讨厌这一切。

"爸爸。"

"嗯？"

"你说，天上的星星，是不是每颗都代表了一个人啊？"

星夜略有些迷离，叫人情不自禁入神，小女孩躺在草坪上，她天真懵懂又有些糊涂的问题似乎并没有难倒身旁的父亲。

"也许是的，为什么你会这么想呢？"

"我不知道，也许，呃……星星都在发光，你以前经常教我，人也是，要一步一步变得更好，最后能够发光，为其他人照亮黑夜！"

"爸爸确实说过。"

"人真的会发光吗？"

"哈哈，小宝贝，那只是种比喻而已。"

父亲摸着女儿的脑袋，她有些不自觉地撒娇。

"但是啊，有些星星其实是恒星，它们自己就能发光，比如我们的太阳，只不过大了很多。但还有一些星星，其实一直在反射别人的光，它们自己却没有发光。"

"嗯？"

"等你长大了，科学课上会有老师给你解释的。爸爸想说的是，重点在于你长大之后想变成什么样的星星，是跟随着别人的光，还是自己发出光……"

"那假如一颗星星没有其他光照亮，自己又没有发光的能力，怎么办呢？"

"也许还是有机会的吧，比如说流星，哪怕不知道会落到哪去，但还是在天上留下了自己的一道光。除此之外，也许真的有星星待在黑暗里了吧……当然，爸爸肯定不希望你是那样的。"

"我不会的！"

小女孩扯开小小的嗓门，向父亲保证。

"那就说好了哦？"

"拉钩！"

"好……"

　　克莱尔走在海边街上，感觉自己平时喜欢的穿搭都有点松了，有点难受。海风夹杂着些许潮湿的水汽，打在街边多少有些寒凉。海浪拍在身侧的石墙上，掀起的水花如鬼魅舞动，连带着风的呻吟，好像要将路人都拉进这清冷的梦里。她拐进巷子，摸索着记忆中熟悉的路线，小心翼翼地走上狭窄的旋转木梯，穿过楼道推门进去，店铺翻新得快让她认不出来了。

　　这里算是繁华街道里面不起眼的一角，不是什么网红名店。没有花花绿绿的招牌，但也算是个老店，装修得古色古香，墙上挂着好些老旧的照片。一旁的落地窗能看到整片大海，但今天的窗雾蒙蒙的，老板似乎也没有去处理的意思，所以只能看到朦胧的海景还有远处那依稀可见的亮黄的雾灯。空灵的音乐比平常放的更轻些，也许是因为那海风海浪的衬托，反倒更显得悦耳。

　　服务员是新来的，从那未经润色的生硬笑容就可以看出来。克莱尔只是微笑着摆摆手，表示自己早已将菜单背得滚瓜烂熟。

"克小妹？"

　　在克莱尔想证明自己对菜单的熟悉程度时，这家店的老板注意到了这个熟悉的女孩。

"嗯！"

"终于回来了！"

　　老板上了年纪，见到这个自己从小看到大的孩子，乐得像老顽童一样，旁边的服务员被吓了一跳。

"这就是我跟你说过的老顾客！"

老板向自己的雇员解释，同时轻轻夺过他手上的单子。

"还是老样子？"

"嗯，老样子，两份。"

"好！"

老人在单子上飞快地写着，那手飞舞的速度就和解自己家门口的密码锁一样。然后把单子丢回给服务员。

"你……选上了？"他轻轻坐在克莱尔旁边，先是左顾右盼了一阵，然后轻轻凑过来问。

"等好消息吧。"克莱尔露出一丝顽皮的笑。

"真不愧是我的好姑娘！"

老人好久没有高兴成这样了。那年迈的身体此刻迸发出年轻时才有的活力来，平时走路都小步小步的他这回直接带着风似的来去。

"凯呢？"

"一样，他马上就到。"

"马上就到？好啊好啊，今天你们这顿我请了！"

"不用吧……"她有些腼腆地摆摆手，收敛着表情里的惊喜。

"要的，这可是个大好日子！"

老人的激动与旁边寥寥无几的顾客有些格格不入，旁边还有人投来了鄙夷的眼神，只不过皆转瞬即逝，也不知是迫于老板的身份还是如何，不过那都是正聊在兴头上的两人难以捕捉的瞬间。

寒暄一阵后气氛难免有些尴尬，好像话题用尽之后年龄的差距还是使得两人没有更多值得聊的东西，于是不约而同地，两人的注意力都转移到了电视上的报道。

"根据专家的调查结果，这次恐怖的航天器事故是因为航天器全新应用的防辐射层并没有达到理想的效果……"

"火箭发射的时候，你在场吗？"

老板看向克莱尔。

"是的，但是我的任务只是维持发射现场的秩序，我也没想到会这样。"

两人面面相觑了一会儿，新闻里的记者继续说道："至于大家都在质疑的暮雨花晶体新能源，专家表示它并不是事故的原因，在接下来的日子里新能源依然可以继续稳定地使用。"

"但是这话我保持怀疑态度。"克莱尔说。

"同意。"那老板倒也很快表达了自己的态度。明眼人都看得出来，更何况一些视频平台上，有经验的非官方人士已做出了更加条理清晰的分析。

"可能你没什么机会看新闻吧？尤其是上个月有辆新能源车，好好地在路上走着突然就失灵撞在花坛上烧起来，整个系统都报废了，车主抱着孩子冲出来，差点丢了两条命。"

"我看了。"

克莱尔回忆里确实有这么回事。虽说自己忙，但还不至于对外界不闻不问。

"现在找不到事发时的视频……车主还说要去告他们，唉……估计是不会成功的。"

门口的铃声再次响起，打断了两人这略显"消极"的谈话，另一个熟悉的身影出现在老人的视野里。

"哟！"

凯习惯性地打了个招呼，克莱尔注意到他在进门的那一瞬间切换的表情，老板笑得更加灿烂了，上去就给他个拥抱。

"新换的大灯？"

"是。"

"之前推荐给你那个用得这么快吗？"

"事实上，不是用得快不快的问题。"

老人家微笑着看着凯。

"是压根没用多久。"

凯感到有些尴尬，向克莱尔投去了求助的眼神，她却仍然坐在原地，两手捧着咖啡看戏，还满脸笑容。

两人后来又和老板好一阵寒暄，不过大多是些家长里短、鸡毛蒜皮的小事，直到服务员端上餐点——两份招牌牛排，各配一点番茄意大利面，看上去大差不差，只不过牛排一个全熟，一个只熟了五成；两杯拿铁，提前加了糖和奶精；一杯奶茶和一杯牛奶，都是常温的——那老人家才很识趣地给他们点二人空间。

"昨晚打电话没吵到你吧？"

"没有啊。"克莱尔看着他，"不过你是怎么知道我还没休息的？"

"我不知道。"

"你是想说些什么又给憋回去了是吧？"

"嗯。"

思索了大半天，凯决定不再遮遮掩掩。哪怕他仍然觉得这事说出来会感觉特别丢人。

"其实在我们打完电话之后过了没多久，我那帮七嘴八舌的亲戚就散场了，然后我爸又闯进我房间。"

"骂你了？"

"严格来说也算不上吧。"

"那他说了什么？"

凯似乎还有点犹豫，片刻之后才继续开口："那时候我在跟亲戚吵架。我送你回去之后已经很累了，他们还在那给我说个不停，至于他们说了些什么，都不是很重要。"

"这些东西也不会特别困扰你，不是吗？"

"对，但和他们讲的那些'好听'的话相反，其实……选上影子部队之后，我就有了种……该怎么形容呢，未知感。"

"未知感？"克莱尔有些好奇地打量着他。

"这是我能想到的最好的词。"凯有点手足无措，"怎么说呢，好像你一直追寻的东西真正到手之后，不知道接下来做什么一样……总之就是有些怀疑，有些迷茫，他们七嘴八舌地表扬你多么多么努力，多么多么值得，可你却完全没那种感觉……我想你可能不会有这感觉吧。"

"的确如此。"克莱尔喝下一口咖啡，也听懂了他想表达的东西。

"我想，影子部队真的是我唯一的出路吗？会不会之前我还有更多的选择权，或者在未来……"

"瑞叔叔是怎么说的？"

"引用他的原话吗？"

"对。"

"没有。"

"……"

"他就是这么说的，就这么简短的两个字，还以为我是小孩。"凯其实真心挺不愿意回忆这件事的，好像自己就是个啥都不会，啥都不想做，啥都做不了的混混一样。

"我没打算跟他吵，他也就出去了，但是这个话让我很烦躁。我以为睡一觉就能解决的，结果起来又看到天上出那档子事，议会又搞那些幺蛾子……唉，祸不单行吧算是。"

"我以为你也一样。"

"嗯？"克莱尔的语气让凯感到有些奇怪。她还抓着之前的几个字眼，没有理会他那些碎碎念。

"我以为你也一样，从一开始就做出了选择，我确实不是很清楚你下决心去做这件事的理由。"

"其实吧，在经历那么多之后，我多少有些疲惫。每个人都跟我说要向前走，但是我越来越搞不清楚的是：到底哪里是'前'？"

克莱尔看着这个与自己共过风雨的男孩，欣然接受了他那从不对其他人展示的脆弱与迷惘——就像他先前对自己那样。

"你知道吗？"她轻轻说着，将纤细且有温度的手盖在他手背那冰冷的皮肤上，可惜她的手还是太小了一点。

"在我看来，不管你想去哪里，不管你想往什么方向走，也许都是向前。"

凯也看着克莱尔，暗淡的瞳孔中似乎亮起些许光亮来。

在凯轻轻叹了口气后，克莱尔借着咀嚼食物的片刻思索了一下，便打算试着转移重点，去聊点对自己来说应该会更加轻松和谐的话题。

"你现在还会想起一开始那个激发我们热情的东西吗？"

"《浪仙》？"凯故意往嘴里塞满菜叶，含糊不清地回答道。

"我们以前不是很喜欢看的吗？"克莱尔笑眯眯地回忆起凯拉着自己和克洛伊穿着剧里角色的服装，练习那些有些中二的台词，就只是为了能够在学校晚会上表演的往事。他们并不避讳提及这些过去的美好，但他们确实有很长一段时间没有提到过这些。

那是一部有些复古的剧集，在沃尔兰是一代人的青春回忆，基本上每个"90后""00后"，甚至有可能"10后"都对这部剧了如指掌——毕竟剧情真的脍炙人口，特效深度等软硬包装水平都是顶尖中的顶尖。

克莱尔还扮演过里边的女主角"小狐仙"，在试衣服的时候还因踩到道具狐狸尾巴而摔倒。

凯特别喜欢里面的男主角"浪人"，他来去如风——是真正意义上的来去如风，在那部电视剧里浪人的超能力就是有极快的移动速度，和召唤无数的飞剑或者复制其他人的武器战斗。当然了，这些道具多少也让凯遭了些罪——当他发现自己上台没带齐东西时又屁颠屁颠跑去取的样子，真的让人啼笑皆非。那可真是段有些疼痛，但更多的是快乐的时光。

"就是因为这部剧吧？"

"什么？"

"因为这部剧某人开始有了些奇怪的想法，拿个床单披在背上，跑来跟我们炫耀，晚上睡在床上时还念叨着那些台词……"

她说的都是凯回忆起来便觉得尴尬的童年过往。

"不过我们实现梦想的办法不是靠演绎，而是扛着枪真上而已。"

她是为数不多的了解凯小时候那些白日梦的人之一，更是唯一和他做过相同白日梦的人。他们两个人都曾经把毛巾扎在背后当披风，从玩具店里买把木剑，然后互相"切磋"。凯还假装自己有男主角的超能力——一种现实中不存在的东西，能让人快速愈合、高速闪动以及拥有超强体能的能力。克莱尔则是假装自己会女主角的仙术，能够治疗万物的仙术。小时候的他们也不知怎么形容这些，只能称之为"非现实体"。

比起早就没有多少幻想并沉浸于现实的克莱尔，他才是留下了更多童年青涩回忆的那一个。可奇怪的是，他们总是在这件事上不自觉地羡慕起对方来。

"我确实说过。"

凯并不打算否认，在青梅竹马面前他也没什么需要加以掩饰的。"可那是小时候了。"他向椅背上一靠，感到有些怅然。

"我希望未来的自己能够穿越到现在，告诉我怎么样做才能更加完美一些。"

"那样也好，也许我们还有的是时间。"

克莱尔笑着，用那部剧里女主角的台词回应道。有时候克莱尔自己也会这么想，要是自己有女主角小狐仙那样的魔法，也许现在就不会有那么多糟心的事情了吧。

"还记得呢？"凯反应过来。他也笑着，那确实是一段美好回忆。

凯想到这里不禁有些唉声叹气。

"现在我已经不会想自己过去那些犯中二病到处乱跑乱喊的样子了。"

他说完才发现克莱尔正看着自己傻笑。

"你在想什么呢？"

"我在想你过去那些犯中二病到处乱跑乱喊的样子。"

凯又忍不住被逗笑，不过这回笑得有点无可奈何。

这一刻好像世界没那么灰暗了，虽然说对外人而言这并没有那么好笑，但对他们来说这可都是些弥足珍贵的回忆。打趣结束，他瞟了一眼克莱尔，发现对方也在用同样的眼神偷偷看自己，两个人不约而同笑了起来，笑容里带了三分尴尬、七分默契。

"嗯……"凯心里想着，嘴上也悄悄说着，"至少咱俩还有时间，总能找出个路子不是？"

"嗯嗯。"克莱尔点了点头。

咚咚咚……

一阵敲桌声震散了两人正要擦出的些许火花，凯转过头去，发现老板已经面如死灰，彻底没有任何笑容。吧台前站着三个人，一身邋遢，他们都戴着牛仔帽，穿着已经发黄了的白衬衫和棕色马甲，显得特别凶恶。

克莱尔也注意到了这些家伙，老板似乎对他们唯唯诺诺，不敢大声说话，忙吩咐店员从收银机里拿出些什么打发他们。

"今天就这么点？"

其中一人压着嗓子，好像下一秒要把老板给吃掉一样。

"最近生意不景气。"

"和我有什么关系！"对方手已经摸到腰间的刀柄上，而另一只手已经拎起老板的衣袖。

"保护费这种东西可不能赊账哦，除非……你还想再体验一下用血来还的感觉。"

"咳咳咳……"

凯假装咳嗽打断他们。

"我说见好就收吧，拿我们当空气呢？"

"哟！"对方显然有些不知天高地厚。

"还请帮手啦？"

"不不不，那只是普通顾客而已。"老板忙解释道。

"早说啊，我都不知道最近有地痞流氓找上你们。"凯却完全没有恐惧之意。

"你管谁叫地痞流氓呢？"

凯站起身来，从容地走到窗边，轻轻将窗帘合上，随后把旁边的门给带上。

"看你这样子，是想较量较量了？"

"不。"克莱尔仍然坐在原位，跷起二郎腿，用戏谑的语气打断小混混的话。

"对付你们称不上较量。"

凯转身，眼神中的散漫尽数转变为犀利，他迅速出手，目标直指混混头子，一个箭步上去便瞬间夺下混混刚要拔出来刺向老板的刀子，白花花的刀光还没亮出来，就被他打断了。

接着他没给对方惊讶的时间，一肘子砸在对方下巴上，这个时候混混头子倒是反应过来了，摆拳就要反击，却被凯原地侧身左手一摊化解了，同时凯右手又打出一拳。

见老大被压制，另一个人也拔出刀冲上来，没想到直接被凯一脚击中，五脏六腑都在这时震颤了一下，向后跟跄几步摔倒在地。凯稳住重心回身用手一劈，以极度优美的弧线精准地打在混混头子袭来的手腕上，同时右拳已落在对方鼻梁之上。

他并不打算给对方喘息的时间，向前跨步连续冲拳，疾风骤雨般的攻势不到两秒就把对方打蒙了，随后补上一肘，没有人知道对方是否有骨头断裂的感觉，但是凯自己很清楚，这下够混混头子躺好几个月了。

这一切只花了凯不到半分钟的时间，完事之后他扯扯衣袖，把两把打下来的刀拿起来递给老板。

"别让他们拿到。"

第三个混混站得有些远，见两个同伴都被打趴下，自己也有些犹豫了。在凯想把刀递给老板保管时，他找到机会想上前偷袭，却不想螳螂捕蝉，黄雀在后，克莱尔直接从座位上飞起，闪身过来抓起一把木椅的椅背，力从地起，以一个大开大合的动作将整个椅子在他身上拍成了几块，空气里尽是飞舞的木屑，还发出巨大响动。这场战斗让小混混们吓破了胆，他们挣扎着站起身的时候，脸上的神色已经没有了先前的嚣张跋扈，取而代之的是极度的恐惧。

"这个……我会赔偿你的。"

凯向老板致歉，好像这件事不是第一次发生了，有时他自己也还没习惯克莱尔那样的打法，但还没来得及说些什么，一阵闪光从门口传来——门上还是有个小玻璃窗的。

"该死的。"凯心里暗骂。

七　当局者迷，旁观者清

"你是拿脑子去炒菜了吗？！"

阿斯特拉不顾门卫的阻拦，直接冲进控制中心，抓起还在指挥现场的领导的衣服，上来就是一顿亲切的"问候"。

"那是议员的指令！"

"他叫你吃屎，你就去吃屎，是吧！"

对方也不服气，顾不上什么形象，张口想辩解些什么，尽量以从容掩饰狼狈。反正有人拉着，阿斯特拉再怎么嚣张他也不会吃亏。

阿斯特拉倒也真不惯着这家伙："你没能力自己做，就有能力指指点点是吧？"

阿斯特拉并不打算跟这个小人浪费时间，丢下一句话就往控制台那里走，负责通信的工作人员看他气势汹汹赶来，很识趣地让到一边，不然自己没准就会被他从椅子上拽下来。

"能听到吗，里克？"

"院……长……"

听到是阿斯特拉来了，里克拼命挤出一句话，阿斯特拉或许早就想好了怎么办，至少现在试着帮助他们还不算太晚。

"你们三个都听我说，暮雨花晶体的能量不是致命的，我知道暴露在其中会很痛苦，你们需要做的是尝试冷静，尝试去压制住这种力量，这并非不可做到！逃生舱的程序设定会保证你们回到沃尔兰的国土，你们很快就会进入大气层，降落程序会自动应用，你们需要做的就是坚持下来！"

话说完，他便转头向旁边的工作人员半吼半问："GPS 预计的落点会在哪里，还有多久？！"

"预计 10 分钟后逃生舱进入大气层，最终降落在圣巴依尔东北方向地区。"

"那还愣着干什么？赶紧组织救援队！"

他大吼大叫着，那张饱经风霜的脸上布满了愤怒，他不在乎别人是否因为自己的态度而变得紧张，相反，他们最好是这样。

"你无权在这里指挥！"旁边西装革履的领导恼羞成怒，"赶紧把他架出去！不要妨碍公务！"

"我看谁敢！"阿斯特拉转身吼道。

那些本来要一拥而上的保安全都愣在原地，见对方不敢再做什么动作，他回过头来继续和宇航员们联络，帮助他们缓解落地之前的痛苦。

"你没有想过这件事情会造成多么恶劣的影响吗？"

隔着屏幕，长官的愤怒也毫无掩藏，距离咖啡馆那场打斗已经过了几个小时。风声很快就传遍大街小巷，但摆平这种风声却要花上更长时间。

"你们两个都是即将踏入影子部队的人，在这个关键的节点上闹出这种事情来，是对你们自己的不负责任，知道吗？"

"抱歉，抱歉，我知道我们的行为不好。我保证下次不会再犯！"

克莱尔一个劲地道歉，也不知是真心之言还是装的，凯在旁边整个人都看愣了。

"长官，恕我直言，我们做的事情不能算是见义勇为吗？如果我们不出手，那个老板就要遭到抢劫或者人身攻击，而且我可以向你保证，长官，这种情况已经不止一回了。"

"那些记者可不是这么认为的。"

长官压着怒火，打开共享屏幕，他知道凯这么说也没有什么错，但他还是想要这两个小毛孩知道他们所作所为的代价。

"你们自己看看，这是新闻部刚才截下来的未发布的稿子。"

两人都愣了。

"两名影子部队预备役学员殴打咖啡店中的无辜市民。"怕他们没看清，长官还一字一顿念了出来。

"要不是我们及时帮你们拦截，你们两个都得变成众矢之的。那三个混混还想向警察告你们两个，知道吗？这样的人不会和你讲什么道德。我花了一整天时间就为了调停这个破事，最后还得赔他们钱。"

"那个偷拍的家伙，你们找得到他吗？"

"找到了又怎么样？他就是想捞笔钱而已，公关部门已经帮你们解释了，但是我估计不是所有人都信，你们两个反省一下吧。"

"我……"

凯还想开口说些什么，面色却猛地狰狞了三分，他突然感觉大腿根被克莱尔狠狠掐了一把。

"忍忍吧，要不然还得挨骂。"她轻声说道，但这句话也是用力从牙缝里挤出来的。如此一来，凯也只得作罢。

"知道你们是好意，所以影子部队不会追究你们的责任，这次不会，你们应该感到很庆幸，但下不为例！"大段大段的说教结束之后，也没有什么好多说的，长官便甩了一句话做收尾。

语毕，视频会议也随之结束。

凯一掌拍在桌面上。

"唉……"克莱尔长叹了一口气，整个人瘫着。

"是啊，"她感慨道，声音有些嘶哑，"要是不出手，搞不好又得怪我们冷血。"

"算了，"凯倒不后悔，"老人家没事就好，这才是最重要的。"

"嗯。"

与此同时，房间外边传来响动，凯的父母也来到了克莱尔家。

"你小子！"

不见其人，先闻其声，凯直接翻了个白眼。

瑞尔斯早就已经憋了一肚子气，哪怕现在打不得了，也恨不得冲上来就指着凯鼻子骂。

"叔叔……你听我说……"

"克莱尔，你先别插嘴，好吗？"

瑞尔斯的声音已经尽量温柔，还挤出个和善的微笑，但还是充满不容置辩的意思，他咬着牙转过头。

"你没事逞什么英雄？！"

瑞尔斯越说越激动，本来这几天就存了一些气在心里，这一下更是藏不住，要不是还有个女孩子在旁边，可能都要横起一掌拍下去。凯的母亲倒还算冷静，轻轻拉住丈夫，还用手掌一个劲地拍他的肩膀，提醒他别在克莱尔面前失态。

"没事的，孩子，我们先回家吧，不要打扰克莱尔他们了。"

凯板着脸，他也知道这个时候去争论没有什么用，于是拍了拍克莱尔，站起身来迅速逃离。他恨不得马上结束这糟心的一天。

送走了凯一家，埃里克的电话马上打了过来。

"天哪，克莱尔，你俩没事吧？我刚从派对上回来就听说你们这边出事了，你没受伤吧？"

"我没事。教训了几个小混混而已。"

"真的？"

"真的。"

"嗯嗯……我相信你。"

埃里克也不好多说些什么，一宿的庆祝派对之后又睡了一整个白天，大梦初醒，他现在还有些糊里糊涂的。

"也没什么好说的。"克莱尔的想法其实很简单，虽然在外人看来，事后她表现得有些唯唯诺诺，但现在她完全没有感到后悔，如果能通过电话看到她的眼神，会发现其中满是坚毅。

"我说过，我不会放过那种人。"

声音从她灵魂深处响了起来。

"我就是做我认为应该做的事，除此之外，没别的理由。"

尽管口头上还算硬气，但眼前的一切还是让凯忍不住想要转身回避。

"你觉得真的能把这事做得十全十美？"

"我本来可以的，好吗？但是就有一个人非得过来拍照，刚好又是那种张口就来的家伙，本来就是个很简单的事情，为什么所有人都想搞得越来越复杂？"

"利益，懂吗？"

瑞尔斯把视线从窗外转移回来。

"什么？"

凯感到有些烦躁，但老爸说的确实有点道理，他在潜意识里也是这么认为的。

"有人想要赚钱，有人想要流量，有人想让自己少丢脸，本来这个世界就够复杂的了，所以，你得想清楚什么是不该做的！"

凯满怀质疑地摇了摇头："哪怕是我真心认定的事吗？"

"对！"

他愣了下，没想到父亲真的会这么回答。

"我昨天就说过，这个世界不会跟着你转，好好听你长官的话，进影子部队，别搞这种节外生枝的事情，这就够了。"

"影子……"听到这个名字，凯陷入了思索。

"你当年吵吵嚷嚷的，又想做什么风云人物，又想和克莱尔一起，那影子部队不就是你最好的方向吗？要不然我跟你妈妈怎么会同意你跟着克莱尔他们加入青训？要不然你大学毕业也只能去做个卖冰棍的，这你都忘得一干二净了？昨晚和亲戚们搞这一出，我们脸都丢光了，现在你还差点葬送自己的前途……唉……你自己好好想想吧。"

凯脑子里一团乱麻，当爸的也意识到自己又上头了，但他不知该如何转换语气，只能轻轻拍拍儿子的背，然后转身离开房间，但依然忘记把门顺手关上。

给他些时间安静下吧。

凯望着天花板发呆，刚才手机响个不停，是埃里克的电话，但他并不想回。他重重地关上房门，又伸手关掉房间的灯，然后躺在床上，在漆黑里闭上眼睛。

泪花从他眼角溢出来，好像他们越是想让他坚定些，他就越迷茫。

他是真不知道该怎么做，也想不出个所以然来，随着眼皮和精神都逐渐变得沉重，他渐渐进入了梦乡。

这样也好，睡觉吧，睡醒了没准就好些了，就算没有好，那也能暂时逃避个几小时不是？

当电视机的画面再播报关于吟游者号宇航员们的情况时，距离事故已经过了许久，对于一些人来说，这段时间定是无比令人揪心的，每一秒都是折磨，尤其是那些亲手把宇航员们送上天的人。

　　天上，三个火球正在向地面靠近，那是逃生舱摩擦大气所发出的火光，进入大气之后宇航员们都在痛苦之中祈祷着，在烈火之中祈祷着。

　　很快，很快就能回家了。

　　很快了。

　　"没事的，没事的。"

　　所有在观看救援队直播画面的人大概都是这么想的吧。

　　接近一定高度时，早已设定好的程序打开了降落伞和缓冲装置，强烈的抖动席卷三人，他们不约而同地感到战栗、恐惧，现在他们都只能直挺挺地站着，咬紧牙关不去看疼痛到快要撕裂开来的身体，并渴望着早些结束这一切，或者结束自己的生命，总之，来个痛快的就好。

　　不幸中的万幸是，降落程序没有出现问题，逃生舱的舱体也没有像航天器那样在半空中碎成渣渣。

　　好几支救援队都已经在附近待命，带着大车小车的设备，阿斯特拉亲自检查了每个队员的防护服，随后自己也蓄势待发。只要确定了航天器降落的地点，他们就会在第一时间赶到并且展开救援。

　　而在这之前，等待往往是最让人揪心的。

　　闭上眼，好像有那么几丝蜜色的光透了进来，仔细想想，那好像是透过窗帘的阳光，洒在温暖柔软的床上，小憩方醒，舒适又惬意，房外孩子用稚嫩的声音念着一首什么诗，模模糊糊的听不清，却也能感到其中的温馨。

　　可他并不在家里。也许自己正身处死刑室中，或者更糟。

　　等他猛然惊醒的时候逃生舱已然落地，那只不过是个幻象，幻象罢了。但回到现实的时候总是最痛苦的，于他而言好像被人瞬间从天堂拉下地狱。

砰!

第一个逃生舱落地,在平地上砸出了一个大坑,激起尘土飞扬,响声震天。

砰、砰!

另外两个逃生舱也在不远的地方先后落地,发出碰撞的响声,在烟尘散去后,它们安安稳稳地躺在那里。

原本舱内泄漏的能量也不知飘散到哪儿去了。

里克在恍惚之中,眼前尽是伸手不见五指的黑,他的心思也不在别处,直勾勾地盯着这片黑里可能存在的萤火。不久,他依稀看到窗外有了闪烁的灯光,他不确定那是不是接二连三的幻象,有那么一刻,他还以为自己来到了天堂。

他瞪大了眼,身体不自觉地颤抖着……直到他彻底失去意识。

"打开舱门!"

不知谁吼道。

在意识到宇航员们皆已丧失回应能力时,营救人员只能强行开门,他们立刻从运输车上拿下对应的工具并且展开操作。指令简洁明了,极具专业效率且毫无感情。一旁的人还不忘一边敲打逃生舱舱体,一边呼唤里边的人,但他们所期望的事情并没有发生。

阿斯特拉瞪大了眼睛,试图透过屏幕望穿这层烧焦了的玻璃,好在还是能看到隐约的人形。

但毫不夸张地说,光是看到的这一点点就够他冒一身冷汗了,他颤着嘴唇,缓缓摘下眼镜,其他人继续忙碌着,他没有在意,只是缓缓低头道:

"老天在上,我都干了些什么啊……"

大清早,克莱尔溜出门去。

天气还不算太冷，即使是有预报说是阴雨天，但万里无云，亦不见什么风霜。她把自己包得严严实实，还专门穿了双摩擦力大些的鞋子，从地铁站里出来，右转上公交，一路坐到终点站，那里已经是市郊了。沿着记忆之中那条熟悉的路线，她暴走了一大段距离。

今天这里也是该死的热闹，她想，也许大家都不希望这里太热闹吧。她把目光埋在兜帽下边，却观察着从身边经过的每一个人：先是个穿着旗袍的女人，有些矫揉造作之态，不知在这里做些什么；然后是一个老态龙钟的先生，穿着一袭黑衣，似乎有白发人送黑发人之苦；还有几个小孩子跑过去，手上卡纸叠成的风车呼呼作响。

烟花爆竹的声音响起，气味有些呛鼻，声响倒是嘹亮得很，却无法卷走此地的寒凉。

而天上飘下来一点雨水，寒凉早已席卷了这里每个人的内心。

她来到姐姐墓前，将提前买好的奶茶轻轻放在石碑旁边。

珍珠奶茶，半糖、去冰，加西米露。

寒意料峭，爆竹声也消停了，四下没了动静，两姐妹不相视，且无言。

良久，克莱尔打开手机，在联系人列表里置顶的那个便是克洛伊。

"姐。"

她打起字。

"老妹儿想你了。"

这七个字发送出去，她已经成了个泪人。

她抬起自己颤抖的手指，将消息记录一点一点地往上翻，这段时间以来，消息记录也存了几百上千条，除了不会被系统保存的图片和视频以外，克莱尔一条都没有删过。她一直翻着，好像忘记了还有聊天漫游这项功能，直到翻到不知多久以前姐姐的最后一条消息。

"放心好啦。"

回想起那时候克洛伊的笑容——她的眼睛都快眯成两条缝，露出标志性的牙床。

想起那可能是克洛伊最后一次笑得那么灿烂，克莱尔的心里充满苦涩。

这不可能是真的，她想，绝不可能。

想必那时自己还是太年轻、太天真烂漫，未经世事，无法理解自己所学的一切背后有着怎样残酷的意义，无法看透走这条路会有什么样的结果。

也许我们早就不是自己命运的主人了。

她轻轻抬起头来，似乎在天空的映衬下，有谁向她微笑着，随着风的线条和天空的色彩变成柔和的、清晰的回忆。

但是她知道那种幻想只会停留一阵子，就像自己很快就要继续前进。

"好好休息。"

她轻轻地说，随后转身慢慢离开，没有让姐姐看到自己险些崩溃的样子。

离开墓地的时候她迎面遇到了管理员，那是个年近六旬的人了，满头的白发，经常把眼睛藏得很低，埋在帽檐之下。他难得抬了次头，带着谦和的微笑看向了克莱尔。

克莱尔以微笑回应，点了点头，便继续走着，突然感到有些不知所措。

我刚才是不是又忘记擦干眼泪了？

八 不知所措

阿丽今年头一回感到有些不知所措。

这种情况确实罕见，那糟老头子忙里忙外却每天晚上都会回家，虽然大多时候都是回来打个招呼然后倒头就睡。

哪怕碰到了少有的出远门时，保姆都会在第二天的上午十点准时来到，还带着一些精心准备的糕点，而且往往比她还清楚老头子出差的时间、地点。

但直到现在，连钥匙的碰撞声都没有传来过，而从日历上看，休假已经结束了。

她感到有些烦躁，尽管自己平日喜怒无常也不是什么新鲜事，但这样的烦躁感是少有的，让她坐立不安：打开电脑想看些什么，却连片头都没有坚持看完；换了身衣服进健身房，却完全找不到感觉和节奏。

"也许是生理期到了吧？"她对自己解释道。

也许她需要一个更能静下心来的办法。

她在书房挑了本以前爱看的小说，找个板凳坐下来，里边好像还有几个篇章自己喜欢反复去看。

她翻到了那一页，纸张有些发黄，但文字还是清晰可见：

"我知道这么选择能够放下过去的那些恩怨情仇重新来过，但我不能接受这样的恩泽而舍弃我来时的路。"

他对着狐仙说，眼神坚毅。

"小狐仙，我不会丢下你一个人的，我只希望在一切的风雨之后，你还能陪在我身边。"

当年这段话被改编进电视剧里可是迷倒了万千少女，也包括当时的自己。阿丽看到这里也不由得感叹。

现实往往没有这么浪漫。

她站起身，捧着书回到房间，一头钻进被窝里看，一是那样更有小时候的感觉，二是书房的红木椅子总会让她想起那冰冷的手术台。

这个办法奏效了，它确实吸引了阿丽的目光。

阿丽一个字一个字地看，同时在心里朗读着。"我醉了，"阿丽想，"现在我一定身处那片浪漫的世界中，背着把长剑，此时无论哪个江湖都似是我足下之物。除了风吹起的时候，脸颊有些凉飕飕的，全身上下都很温暖。白昼时分我行走在酒楼的觥筹交错之间，入夜了便站在屋檐上眺望星空，既有人间烟火气，又不缺侠义情长。"

她可以在这样的世界中沉醉。

有个身影从面前闪过，她下意识地以为是个什么酒友，愣了片刻才猛然惊醒：此人可不是在书里的。

她猛地起身，好像再迟一秒自己身上就会被砍一刀似的，随手抓住床头柜上的什么东西就要砸，回过神来的时候才从头发缝中发现站在门口的是个刚系好围裙、神色有些慌张的中年女人。

"阿丽小姐，真的抱歉，我应该先敲门的。刚刚你爸爸给我打电话，说他这几天都回不来了，你没饿着吧？我现在去做点东西给你吃。"

"哦……"阿丽缓缓放下手上的东西，"他又去忙什么了？"

"他也没解释清楚，胡乱跟我说了一大段，大概就是宇航员们的事，落地之后他们的情况似乎很糟糕，他要留在那边的研究所。"

"他又不是医生，留在那里干吗？"

"这我也不清楚了，他只说和暮雨花有关，所以他必须留下。"

"说过什么时候回来吗？"

"没有，只是说忙完之后会第一时间回来的。"

"当然了。"

阿丽盘腿坐在床上发起呆，眼神有些迷离，如梦初醒般懵懵懂懂的，还没有消化这短短几分钟内发生的事。

算了，给她点时间。

阿斯特拉穿上防护服，这玩意儿也并非没有穿过，但他的动作还是显得生疏，没活动一会儿就满身大汗。

但他出汗的理由可不仅仅是闷热，更多的是紧张。这里一股医院的味道，寒冷，干净。

不知从哪里传来一阵奇怪的声音，听起来像有谁把一盒牛奶喝完之后还在不断地吸着，但更为持久，以至于所有听到的人都会打消这样的猜测，然后朝着那个方向看去，才发现是仪器的震动。

应该不会有什么东西出错了，应该不会，那只是正常的机器磨损而已。他这么想道，但最近出错的事情可真不少，好像多这一个也没什么好稀奇的。

他跟着几个同事——如果他没有认错人的话，他们都穿着相同的防护服走在前往隔离舱的洁白走道上，紧张到有些颤抖，他现在打心底希望里克他们的状态不是上次他在屏幕里所看到的那样。

他们在灰色的大门前停下，门上有个大大的辐射标志，看到它的那一秒，阿斯特拉更加无法呼吸。其中一人站了出来，对着门禁好一顿操作。阿斯特拉也看不懂他究竟在做什么，只知道那些都是开门的必要步骤。不过这步骤也未免太烦琐了些，尤其是对此刻感到度"秒"如年的阿斯特拉而言。

随后，紧闭的门缓缓打开，光线也暗下来，他深吸了一口气，用更谨慎的步伐走进去。

他们在其中一扇门前停下来，阿斯特拉站在门前用指关节敲了敲，随后慢慢推门进入。

"院长？"

里面的人知道自己是谁，至少意识还是清醒的，阿斯特拉想，但随即汗毛直立。那声音听着也没什么可怖之处，就是正常的男人嗓音带了点沙哑的感觉。

这里是隔离病房，房间还算敞亮，还有些身着防护服的人在忙来忙去，三张病床整齐地排列，三位幸存的宇航员各占其一，阿斯特拉松了口气。白色的幕布挡着，他看不清里面的人。

"你感觉怎么样？"

"你想听真话还是假话？"

"什么？"阿斯特拉有些诧异，他从来没有听过这样的回答，"我……我当然希望知道你们真实的情况。"

"是吗？"里克竟有些发笑，"你知道吗？"

"知道……什么？"

"飞船的事，你知道吗？"

"我不清楚你在说些什么。"

"看着我！"

里克有些恼怒地推开床边的人，貌似只是轻轻一推，却使对方摔了一大跤，还扯坏了吊着的幕布，阿斯特拉从裂缝中看到了里克的脸。

"天啊……"

他真的吓坏了，向后退了两步，差点撞在旁边摆着的箱子上。

里克的面部坑坑洼洼的，还能看到龟裂，也许伸手触碰还会感到硬得像石头一样，那些缝隙里渗着诡异的黑光。他的头上有一些诡异的凸起，像恶魔的角一样。他的眼睛没有眼白以及瞳孔之分，而是完完全全的黑。

但看得出来，那黑洞洞的眼睛里一半是失望，一半是怒火。

"很丑对吧？我还算幸运的了，他们两个现在还没醒过来。"

里克放出自己真正的嗓音，不再伪装那种正常人的语气，那是好像得了喉癌一般的说话声。此刻再说些什么虚情假意的好话都没有用了，阿斯特拉的表情和动作已经说明了一切。

"拜你们所赐。"

他还补充了一句，说这句话的时候更加咬牙切齿。

"你听我说。"阿斯特拉这才想起扶一下那个被推倒的人，他躺在地上痛苦地呻吟着。扶他的一瞬间，也不知道是有什么感应，阿斯特拉立马知道他的骨头已经断了几根。几个穿防护服的人进来，轻手轻脚地把这个可怜孩子慢慢抬了出去。

"冷静，千万要冷静。"

阿斯特拉伸手示意自己不想惹事。

"我确实答应过在航天器中加入暮雨花晶体能量这件事情，但我没有想到他们会无视我们科学院的告诫，让你们直接使用……"

"你不应该相信他们的。"

里克仍然很愤怒，但已经没有了那种想杀人的眼神。

"我确实不应该，也确实没有想到他们会违背协议。"

"他们不都是那样的吗？"里克愤怒地控诉着，"你看看，到现在他们甚至都不敢来直面我们。"

他越说越激动，病床剧烈摇晃着，发出吱吱的求救声，看着像快要散架一样。

"你放心，"阿斯特拉咽了咽口水，同时尽最大努力掩盖自己的恐惧，"无论怎么样，这件事情我也有责任，我会尽全力给你们讨公道。这件事你也别太责怪议员们，毕竟他们也想做出些对未来有意义的事，他们怎么会想到有这些意外呢？"

对于阿斯特拉那些苍白的包庇，里克有些无语了，但他还是尽量压住怒火。事到如今，光靠愤怒也解决不了问题，更何况面前的没准是唯一能够帮到自己的人。

"院长，"他用尽量平和的语气说道，"我希望是真的，我希望你和那些骗子不同，但你不知道，你也体会不到我们现在的痛苦，我每一秒都感觉全身在痛，每一秒都像有钉子钉在身体上一样，每一寸皮肤都是如此。"

他看向阿斯特拉，对方刚想张口说些什么，却又无言应对，只能愣愣地杵在原地。

阿斯特拉根本就不知道在这种情况下还能回应点什么，他甚至都不敢吱声。

"请你实话告诉我，用暮雨花能量的话，是否能把我们变回正常人的样子？是否能治好我们？"

"这……很复杂……"阿斯特拉说，一边说一边后悔自己的用词是不是有些不太谨慎，"我和我的团队确实有这方面的研究，暮雨花能量理论上是可以和人体融合的，但我们不知道这样的能量会给人体造成什么样的影响，你们是同时暴露在泄漏的能量和宇宙辐射之中，各种因素结合才变成现在的样子。"

"那也就是说，如果用某种方法使用这股能量，我们就有救？"

里克看着阿斯特拉，没人知道他的眼神里竟是祈求。

"曾经有人告诉过我，这能量应用在人体是可以治疗的。"

"我不知道是谁跟你这么说的，我不敢保证，我也不建议你这么做。"

阿斯特拉试图打消里克这有些疯狂的念头。

"但是我会尽全力想办法，好吗？不管怎样，一定会尽最大努力帮你恢复。"

"这可是你说的。"里克说完，闭上了眼睛，这意味着谈话结束。

阿斯特拉定了定心神，轻轻转身离去。

或者说是逃离。

"他是在说气话吧？"

阿斯特拉和里克对话的录音传到"风"议员耳中，她还有些难以置信。

"侮辱我们议会可是要受惩罚的。""林"议员说。

他看向三位同事的全息投影，丝毫不掩饰自己对里克的失望。

"让他们抱怨吧！"

四位议员已有好些时候没有这么正式地一起会谈了。"火"议员在这两个家伙七嘴八舌地抱怨起来之前，就发出很大的声音打断他们。

"现在他这个样子就已经是惩罚了，这都不是重点。"

他看向一直没有发言的"山"议员，这家伙还是坐在椅子上，一副运筹帷幄的样子。

"他们现在的情况，我想你们也看到了。""山"议员说，同时，他还在操作着什么东西。

"这是从他们三人体内采集到的能量报告，想必你们看不懂，我就言简意赅地说吧：他们三人现在所拥有的暮雨花能量和宇宙辐射确实把他们的样子搞得一团糟，但他们体内细胞的活性都大幅度增强，基因也产生了一定程度的变异。"

"所以你想说他们三个现在就是怪物？"

"恰恰相反，女士，他们三个就是我们国家未来的英雄。"

"风"议员有些不能理解这家伙所言，用一种难以置信的眼神看着"山"。

"我同意这个想法。""火"附和道。

"刚才的录像你们也看到了，这家伙光是推了一下，就把那个护士搞成了重伤，如果他们能够稳定自己的能力并加以训练，不比现在那些饭桶军队强？"

"你听听他刚才说的话！""风"立马投出反对票。这真的太疯狂了，这种行为就像在悬崖边散步一样。

"他们都这个样子了，还会合作？"

"他们不合作也得合作。""林"开口表态。

"我愿意赌一把，毕竟在航空航天方面可以替代他们的人要多少有多少，但是这……这可能是一次千载难逢的机会。恕我直言，若不利用好能抓住的每一份力量，要是'七二八'那样的事件重演……"

"没错。"

见第二个人表态站在自己这边，"山"议员有些飘飘然。

"罗里克可是很爱国的，我非常确信他愿意效忠。"

"但是从法律角度来讲的话……"

"法律规定的是守法的人，不是死人。"

"山"议员好像早就知道"风"会这么说，应对措施都想好了。

"他不应该背叛自己的国家，他不能背叛，你我都很清楚这点，我们只需要让他多签署几份协议，给他提供些好处，他就会乖乖听我们的，指哪打哪。”

"你们要知道，也许这是我们目前力所不逮的领域。”

"风"见自己说不过他们，就算投票也是三比一的结果，翻了个白眼就转身下线。

"这么说是不是有点狠了？""林"议员转头看向另外两个同事。

"非常时期，总得有些非常手段。""火"议员说。

"对外来讲，拥有这样的力量，我们就能在和其他国家交往的时候更有话语权；对内而言，他们也是我们推广新能源技术的契机。不管哪方面，现在都是急需发展的时期，这也许就是个突破的机会。”

"这机会是不是过于……我不知道该怎么说合适……过于超前了？”

"这个年头也许不会有太多人听话。""山"的说话声越发沉重，"当雷声响起时，他们不会躲回屋子里去，因为他们不再害怕，或是没有时间去害怕。你知道为何吗？”

他见"林"摇了摇头，露出一抹诡笑，便接着说："因为他们要么正忙着看热闹，要么就在拧着手上的螺丝，对于他们来说，丢了饭碗远比被雷劈中更可怕。”

"啊？”

"你作为一个农民出身的人，也是管理农业的议员，应该更懂得这些。刚才我说的那两种人，第一种向来是游手好闲者，等着被社会淘汰，我向你保证，他们可都不会有好下场；第二种是还在打拼的人，那些人总是可以利用的，要用他们其实也不难，只需要两样东西取其一便可。”

"火"议员听他讲到这里，便将话接了下去：

"要么让他们忠诚、敬佩，要么就让他们害怕、恐惧，历史上的国家管理者无不是二者取其一。"

说这话的时候，议员们的脸藏进高档雪茄冒出的烟及昏暗灯光所不能照进的阴影中，将所有的缜密心思都藏在不被发现的地方。

几天后。

"看看这三个家伙。"

"怎么？"

"一个够瘦的，一个够胖的，那个小姑娘倒还不错。"

"就是长得嫩了点。"

"她那个头发是做过的吗？怎么扎了马尾辫还一直散着？"

"据说是遗传的，如果是做过头发就没法入伍了。"

"所以我们达成一致了吧？"

"什么？"

"给他们个下马威，老程，就像我们之前说好的那样，让他们觉得咱们这些老前辈不是好惹的。"

"交给我吧。"

凯眨眨有些难受的眼睛，想调整焦距，却搞得眼睛止不住发酸。他现在有种唐三藏到了西天、哈利·波特入学霍格沃茨的感觉。

这里就是影子部队的总部了，几根石柱撑起大门，显得恢宏大气，又有些哥特式的风格掺杂其中。据说这扇门也有百年历史，大大的红横幅在上，印着十二个黄色的大字："服从议会、全力赴胜、优良为人。"但没准就是他们想要的效果呢？

这句话好像已经刻进了这里的每个墙角、每个窗格、每个楼梯的木质扶手。

进门后就是片操场，跑道中间整齐摆放着训练设施，此刻一些穿着军装的人正在操练。走过操场就是总部大楼，那里是他们要集合的地方。总之，总部没有预备役那里显得开阔，但麻雀虽小，五脏俱全。这里紧挨着为国家领导视察时建造的山庄，还有在地下的秘密连接通道。

搞不好这一亩三分地就是从那片庄园里划出来的。

"凯罗索。"

"到。"

他回应着面前那个满头白发的女人，似乎从第一届影子小队成员入队开始她就干着向导的活。但他还是理解不了为何要在没有其他人在场，并且明知全员到齐的情况下，把他们带到这里，让他们再报一次到。

不就只有三个人入队吗？

但很快他发现了这么做的原因，这个房间另一头的墙上有一块单向玻璃，他猜十有八九现役的成员们都在那玻璃之后看着吧。

他忍不住怀疑这是梦，一切都不太真实。

入职的第一天他们仨要做的事情很简单：只需要和前辈们熟络熟络，安顿好吃住。再花上一天办好剩下的手续和领取各式各样的卡，第三天下午出席部队内部举行的入职仪式——他们要等到下周才会进入训练待命的状态。

这样的安排其实挺程式化的，他想，但程式化到自己都不知何时才是真正的加入，缺乏了一些仪式感。

"马上我会向你们介绍你们的前辈，在役的所有影子小队成员。"

向导向着玻璃那一头示意，这也证实了凯的猜想。玻璃旁边的房门被打开，那房间似乎还有点黑，导致他第一眼没有看清来者的面貌，反倒是注意到了埃里克满头紧张的汗水。

走出来的是一个彪形大汉，皮肤有些发黑，一眼看不出来是哪里人。

"向你们介绍，'斧影'——程浩瀚。"

原来是他，凯想。他看过这人的照片，却没想到和本人差距有些大，这可是目前队伍里最老的成员了，在这个位置上一坐就是三届。想必是长久出任务晒黑了吧？

"嗨……"没想到他有些憨憨的，硬挤出微笑，手举在半空中不知道要做啥。

"'牙影'——萨金特。"

第二个走出来的是个瘦子，凯只记得他是美洲人的后代，但凯心里清楚，不要小瞧这家伙，没准他眨眼的工夫就能取走自己和身旁两人的命。可如今他的表情却像是打赌输了八百万一样，又是一个颠覆自己认知的形象。

"说好的下马威呢？"

他边跟三个新人打招呼，边回过头咬牙切齿地看向程浩瀚。

"'飞影'——诗岛惠。"

又一个亚洲血统的面孔，名字像个日本名字，她一出来就向三人友善地微笑打招呼，笑得像个邻家大姐姐。

"'绝影'——格瑞格。"

这应该是个纯沃尔兰人了，但他的信息少之又少，看那样子应该是团队里的电脑专家，这也正常，通常这种角色都是最应该低调的。

这三人都只待了一届，凯提前了解过，换言之，队长程浩瀚乃是这四个人中唯一一个经历了"七二八"的人，而剩下三个都是在那次事件之后选上来补位的。

"四位，"向导转身面向四人，"这三位是你们的新队友，'血影'凯罗索，'魅影'克莱尔，'鬼影'埃里克。"

简单的一句话说完，她就往后退了一步，站在了房间边上。

空气有些凝固的感觉。

"嘿！"

凯略略吃了一惊，他万万没想到率先打破沉默的是看起来最不好相处的萨金特，也想不到这人居然那么自来熟。

"虽然我们本来也没有什么特别正式的欢迎会……但是有机会的话会给你们补上个小派对什么的……总之欢迎！"

萨金特上来握了握凯的手，凯好像被人牵着一样也回以笑容。转头，两个女队员像好久不见的闺密一样已经聊在一块了，而埃里克和格瑞格也开始"动手动脚"了。

最后一个走上来的是老成员程浩瀚，埃里克望着他那高大壮硕的身影有些害怕——尽管他的体型和凯差不多。

"来吧，我帮你们拿。"

这家伙也是意外地友善，从那眼神中看不出任何杀气，与之相反，感觉像是邻家的健身大哥哥一样友善，方才的压迫感瞬间烟消云散。

"你一定就是克莱尔了。"

程浩瀚向克莱尔打招呼。

"是的。"克莱尔说。

萨金特用手肘碰了下队长："我就说嘛，这个眼睛和笑起来的时候遮不住的牙床，和克洛伊一模一样。"

程浩瀚没有笑，这个名字让他觉得不好笑，他转过头来轻声对克莱尔说："我……希望你不介意，克洛伊经常和我们提起你，我希望和你也能做个好朋友，就像和克洛伊一样。"

凯听到这个名字还有些诧异地看了看程浩瀚，他突然想起他们其实早就见过这个大个子——在克洛伊的葬礼上，他就站在棺材的另一边，同样也低头看着一铲一铲的土埋入。凯有些担心克莱尔的反应，而克莱尔没有表现出什么异样来。

想想也是，毕竟对方也不是什么坏人，也没什么坏心思吧。

"嗯嗯。"

关于姐姐，这还是她第一次在刚认识的陌生人面前这么洒脱。

"兄弟。"格瑞格则和凯搭上了话。他的口音很纯正，不像是萨金特的那种满满的美国腔。

"凯……罗索？"

"对。"

凯支支吾吾回答道，没人注意到他的脸抽了抽。

"他不是很喜欢别人叫他全名。"克莱尔打圆场道。

"是的，我有这个怪癖……别介意。"

"你也是本土血统吗？"

"不不不……"凯说话都有些结巴了，"我父辈祖上是亚洲人，母辈祖上是欧洲的。"

"挺好的！"萨金特不知从哪里窜了出来，"无所谓，来了都是兄弟！"他的手已经搭在凯的肩上，"有什么不懂的，尽管跟哥们儿说！"

这家伙的手劲儿还真不小，弄得凯脖子有点疼，但凯又不太好意思直接挣脱。向导不知道什么时候消失了，只留下他们在这里。

克莱尔与诗岛惠有说有笑地走了过来，她们熟悉的速度简直异于常人，前者向两位好友示意她要先去自己的房间了，随后提起自己的大包小包离去。萨金特很绅士地想上前帮忙，但两位女队友都拒绝了他的好意，他便就此作罢。

"我们之前见过吧？"

"有吗？"程浩瀚看着凯。

"在她姐姐的葬礼上。"

"嗯嗯……也许，请原谅，此前我并没有认识和我一同参加葬礼的任何陌生人。"

"虽然不了解你们说的是谁和你们之间发生过的事，但看你刚才的眼神，我想克洛伊和你有什么特别的关系吧？"格瑞格不知从哪儿拿出一部平板敲了敲，刚才见面他还是给了面子，真正的他似乎一刻都放不下自己手上的活。

"克洛伊、克莱尔都是我很好的朋友，从小玩到大的那种。"

"行吧。"

凯听着声音回头，发现萨金特已经拎起了自己的行李袋。

"先带你们去住的地方安顿好，然后赶紧去食堂，要不然哥儿几个快饿死在这了。不过你放心，我们的员工素质都很高的，不会在你吃到一半的时候来犯贱找揍，哈哈哈哈……"

几人便有说有笑地离开房间，沿着亮堂的走廊走走停停。影子小队的总部位于这个部队单位里，这一整栋三层楼，虽然占地面积不太大，但全是属于他们的，除了影子小队，还住着配套的辅助部队、后勤部队以及医疗部队，等等。

这楼道被打扫得极干净，大理石地板反着光，像没人踩过一样，通透的灯光打在两侧黄白色的墙上，不知道的还以为自己误入了什么会所。

"这里就是我们的会议室，向上级汇报工作的时候也会在这里，有时候甚至会直接视频连线议员们。"

"有时候？"凯问。

"嗯。"程浩瀚说，"但是我连任几届，这种情况一次也没有发生过，这期间最严重的事件也还是那几个上级领导来布置工作。"

最严重的事件，凯倒是听出来他言中所指了。

"除此之外，任务传达也是在这里，所以大多数时候我们都会直接来这里集合。"

"了解。"

"继续往前走吧。"

又走了十米左右，在走廊的同一侧还有一个房间，里边没有透出任何的光亮。

"这里是审讯室吧？"

凯猜对了。

审讯室内部和外边不是一个画风，以门槛为分界线，干净整洁的大理石瓷砖变成了已经很破旧的木地板，踩上去嘎嘎作响，甚至还有些木板因为泡水而鼓起。除了观察室那一面的墙上装了大窗，墙面上没有任何的装饰，黑漆漆的几大块，只有一个老旧的时钟用简单粗暴的钉法挂在墙上。

"这栋楼曾经翻新过一遍，不知道怎么的，或许是当时没有权限进入吧，这间审讯室被他们遗漏了，到现在都没想起来要搞一下，就连监控都没修，每次审讯都只能随身带一个摄像机和录音设备……唉，你知道的，这就是所谓的'沃尔兰效率'啊。"

萨金特说完，耸了耸肩膀。

"哦，感觉也没什么太大必要，我觉得现在这样还挺有威慑力的。"

"也许……"

凯并不是很懂这样子和威慑力有什么直接的关系，但他能想象到电影里审讯犯人的情景。

几人走到楼道尽头的三岔路，左转再右转就是第二个楼梯口。

"这里是管家的办公室。"

萨金特指指转角后的第一间屋子。

"居然还配有管家呢。"

"你们没听说过吗？"他有些惊讶地看着凯，"这也是影子小队成员的一项福利，虽然管家不会帮你下厨，但是能帮你跑腿，帮你带吃的或者药品，也能帮你打扫房间。不过现在都要求我们自己处理自己的垃圾了。对了……"

萨金特说着说着就把音量调低了好几档。

"现在这位管家脾气挺暴躁的，所以要请假的时候可别烦到他……"

"真的假的？"

"你别听他胡说。"格瑞格说，视线依然没有从他那个破平板上移开哪怕半秒。

"请假只能找管家，他就算再怎么烦也要满足你的需要。但是你的出勤率是要记录在案的，到了一定的限度，你任期一到就会让你走人，甚至有可能提前走人……但那从未发生过。"

"所以说不要生什么病，平时别偷懒，一切都好说。"

程浩瀚补上一句。

"曾经有个女队员在准备退役的时候，发现自己意外怀孕，都照样坚持训练。"

"这个故事我听过，我在预备役时教官也是这么说的。"

凯无情地拆穿了这个谎言，不会真有人相信这种事情吧？

"你要是跟我们说，有人在列队的时候被后边的人用刺刀削掉了耳朵还坚持完成演练，那可能还会有一些说服力。"

"我喜欢这小子。"

程浩瀚佩服地点点头，从口袋里掏出两块钱给萨金特。

"我赌你们能够看穿这句话。"为了避免凯和埃里克误会，萨金特嬉皮笑脸地说。

"好兄弟，果然没让我失望！"

凯微笑着摇了摇头，随后跟着他们停下脚步。

"这里就是你的房间了。"

听到这句话的时候，凯才发现自己已经踩到了地毯上。他们站在紧挨着的两扇房门前，这里可比来时那个走廊显得安静多了，如果光线再暗些，这里的装修怎么着也相当于一个三星级酒店的水平了。

"我们的房间就在这排走廊过去的地方，女生们的在楼下，有需要就按门铃，还有，永远不要搞坏那个集结铃。"

"好。"埃里克答应一句，便伸手开门，等手在把手上压了下，他才发现不对劲。

"我们的房门钥匙呢？"

他刚想转头问队友们，却只听嘀的一声，凯已经打开了他的房门。

"这就是我们的钥匙。"凯冲着埃里克竖起大拇指，指面朝着对方。

"告诉过你了。"程浩瀚说。

在旁边等着看戏的萨金特有些傻眼，一只手伸到自己眼前，他只能乖乖把那两块钱还了回去。

"这里有基本的设备，洗衣机、空调什么的，之前引导员告诉过你们每天使用的时间限制了，最好不要违反。"萨金特说完，指了指墙上，那里贴着一张纸条。

"这是什么？"凯有些看不懂上面的乱码，"是什么秘密代码吗？"

"是这里的 Wi-Fi 密码。"

萨金特快憋不住笑了。

"我们还没疯狂到要用那种东西做代码。"

"你们先安顿好，晚点我们去找管家给你们办饭卡，顺便让他来给你们设置密码。"程浩瀚打了声招呼，便转身离去。

"以防你们的拇指有不测……你们知道的。"格瑞格说道，脸还朝着自己的平板，但眼睛偷偷瞥了一下凯和埃里克，"当我没说……欢迎入住！"他也一阵风似的溜了。

凯和埃里克面面相觑。

"这家伙是个直男，别往心里去！"萨金特笑着拍拍两人，"准备好迎接新生活吧你俩。"

九　新生活

　　"新生活？"阿斯特拉呆立在原地。

　　"是的。"

　　"您在开玩笑吧？"

　　阿斯特拉还问了一句，并且试图从议员的眼神中找到他开玩笑的证据。阿斯特拉抬起头看着前方环形高台上两个议员的全息投影，又立马下意识地躲开他们的眼神，好像他们真的站在那里。

　　"你觉得我像是在跟你开玩笑吗？""火"议员声音很严肃。

　　"哦哦。"阿斯特拉吓了一跳，手捂着脑袋，简直不敢相信自己所听到的东西。

　　"我亲爱的议员大人们啊，这个决定真的太……未经思考了。"

　　他还是不敢把"愚蠢"两个字说出口，尽管此刻他确实觉得这些家伙很愚蠢，愚蠢到无可救药。的确，对于人来说，坐在高处谈论脚下那些风风雨雨可再简单不过了，但他们又怎么知道风雨里的人有多么艰难呢？不，他们的位置已经不允许他们知道了。

　　"您根本无法想象他们现在正在承受多大的痛苦，这次的事故没有要了他们的命已经很不错了。我想，现在应该专注于帮他们寻找治疗的办法。"

　　"治疗？"

　　"是的。我举一个例子，他们现在的情况就像一个碗，但是加入了液体……就拿水与橙汁来举例吧，暮雨花能量就是碗里的水，泄漏的能量和宇宙辐射的共同作用在他们体内导致的变异就是掺入这碗水里的橙汁，如果我们不断地倒入更多的水，纯净的水就可以通过溢出把橙汁的成分逐渐减少。也就是说，经过我们团队适当处理的暮雨花能量可以加速他们的恢复，最后，只需要想办法把碗里的水抽干净，也就是把放进去的能量再提取出来。这可比直接消除辐射变异简单，风险也更小。虽然不能完全消除变异，但他们现在表现出来的怪异力量和异常现象都会得到最大限度的减少，我认为……"

"院长先生。"议员们听到"减少"这一字眼的时候就不乐意了，立马发出声音打断了他的讲述。

"我们不想在这里听你长篇大论，什么水啊，橙汁啊，那都是扯淡。我们想要的是真正能给我们造福的东西，你应该知道我们指的是什么。我们不想浪费里克他们的能力，现在他们所展现出来的力量是惊人的，就这么消除的话他们就没有机会将其用在服务国家上，那是一件很可惜的事情。难道你不这么觉得吗？"

"他们是病人，"阿斯特拉也有些恼火了，"不是武器！"

"你根本不知道利用他们的力量能给国家带来多少好处。"

"哪怕让他们一直在痛苦中度过余生吗？"

"这不是他们说的吗，愿意奉献出一切，报效祖国什么的？"

"也不是这么用的吧！"

"阿斯特拉先生！""山"议员也开口了，"注意你说话的态度！"

"你涉嫌辱骂我们议会，我们还没跟你算账呢，难道你想现在和我们掰扯掰扯？"

他们这是真的生气了，阿斯特拉心里清楚，这帮老家伙生起气来，自己可能没什么好下场。他目光呆滞地望着眼前的物品，还没有想好接下来的对策，但他又不得不立马做出回复：

"不。"

他只是从牙缝里挤出这个字眼，却用尽了浑身的气力。

"那就按我们说的做。"

这帮浑蛋压根就没打算商量。

"你也知道现在正是限网的时期，如果我们想对外宣布他们三个已死亡那简直易如反掌，我们没有那么做的原因仅仅是他们还能够对国家有贡献罢了，我希望你知道这一点。""山"议员说。

这么一来，他们几乎将阿斯特拉反驳的话堵死了。

"我们当然不会强征，我们给你时间去稳定他们现在的身体状况，你要尽全力去帮助他们掌握身体的变化。当完成这一切之后，我们很快就会派人去接走他们。你要做的就是把他们的状况稳定下来，确保后期工作顺利展开。"

阿斯特拉低下头来，不愿意接受，但议员们也没有给他推辞的机会。

"但这一切工作的前提是必须最大限度保存他们可利用的价值。我讲明白些，可以缓解他们的症状，但别让他们丢了这种强大的力量。"

下了最后的通牒，他们便纷纷下线。

"臭不要脸！"

离开通信室的时候，阿斯特拉一脚踹翻了门口的箱子。

他自己现在也不知道该如何是好，一个人走进卫生间，站在洗手台边，双手捧起些水就往脸上拍。

他打开手机，想着给家里发两条信息报个平安什么的，却突然发现自己的一些办公 App 都被限流或禁言了，除了那几个指定的领导和汇报者，其他人的聊天框那一栏里都写着一长串警告，并且直接封禁了输入栏，电话和短信也会被监听监视。

他上一次遇到这种情况还是在参加一些保密的研发工作时，那时很多同事也一样有这些限制。

但今时不同往日。

"我们的所言所想这么一文不值吗？"

他看着镜子里的自己，开口问道。

他不知道另一个"自己"是怎么回答的。

他知道在监控室里正有几个观察员盯着那些屏幕，分配给自己的所谓"安全负责人"身高数尺有余，那人正目不转睛地盯着自己。

他死咬着牙，努力压制着心底无尽的怒火，转身出了门，步子快如风，从身边擦过的那些人投来奇怪的眼神。

他小跑了起来，却有点磕磕绊绊的样子，有点滑稽，像个醉汉一样。他告诉自己赶紧离开，如果他真的能离开的话，那就再好不过。

他来到了隔离层。这次他倒是很快就穿上了防护服，而且完全没有依靠其他人的帮助，其他人只是走来走去，各忙各的，哪有空搭理这个有些神经质的老头？

他打开了隔离病房的门——上次来到这之后，这里的人就已经给了他权限，只要他按照规章制度行事，就不会给自己惹上麻烦。

进门之前他还在心里暗自祈祷着，希望他们三个人不要好得太快，他不知道这种心理是出于何种原因。

但是现实总是一遍又一遍地让他失望。

想一想，历史有许多捉弄人的通道，
精心设计的走廊、出口，用窃窃私语的野心欺骗我们，
又用虚荣引导我们。

阿斯特拉听到熟悉的声音念着陌生的诗句，他驻足聆听了两

三秒。

恐惧和勇气都不能拯救我们，违反人性的邪恶产生于我们的英雄主义，德行由我们无耻的罪行强加给我们。

这些眼泪从怀着愤怒之果的树上采下。

阿斯特拉推门进去，发现里克已经能站在窗边了。

他背对着阿斯特拉，手上还拿着一本不知从哪搞来的《暮雨花档案》。

"这根本就不是真的窗户。"里克说，"透进来的也不是真正的阳光。"

是的，在这个藏于大楼深处的隔离区域里，怎么会有真正的窗户？墙上挂着三个大型的屏幕，播放着不知道是不是实时的外界景象，甚至还有可能是单纯的技术合成图片加了点动态，顶多就加了红木的边框和几乎没有什么遮光能力的窗帘。

"只不过白天的时候充当了房间的灯光而已，多么假的光。"

阿斯特拉愣住了，却不是因为里克的话，而是因为他如今的状态。

"你们怎么样了？"阿斯特拉试探性地询问道。

"那些药物起到了一定的作用，他俩也醒过来了。"

阿斯特拉有些惊恐地转过头去，才发现另外两个床位的帘幕中，有两个同样可怕的面孔盯着自己。

"这些药，是我和我的团队用了一点暮雨花晶体里的能量特制的，我已经尽可能地将风险和副作用降到最低，看来确实缓解了你们受到辐射后的症状。"

"我们需要更多。"里克不打算跟阿斯特拉绕圈子，"我很感谢你的帮助，院长，真的，但你看看我们，我们现在就算能醒过来，能站起来，也改变不了我们现在的样子，也改变不了我们的每一寸皮肤都在被烧灼的痛苦。既然暮雨花晶体的能量确实能够把我们治好，那就尽快做吧，哪怕是要承担一些风险。"

"我……知道。"

阿斯特拉曾经给里克写过那个关于水和橙汁的比喻，他为了让它浅显易懂已经做了最大限度的简化，把这样的想法落实到白板上的公式中，就会复杂几十万倍。其实他自己对这一整套的计划也没有十足的把握。上次他们让人询问他进度时，他用"还没有搞清楚怎么将大量的植入身体的能量完整提取出来"这一理由应付，但早在那时，阿斯特拉就知道这一定不是长久之计，如今站在里克面前听了对方的表态后，他意识到坦白的时候到了。

"里克……"

"说。"里克回答得很果断，他看到阿斯特拉那副犹犹豫豫的样子就知道这家伙肯定有心事。

"议员们其实都很关心你。"

"当然了。"里克哼了一声，敷衍道，"他们又想转达什么意思了？"

"我不确定你们现在是否能接受……"

"说。"

阿斯特拉意识到再怎么掩饰也无路可退。

"上次那个可怜的小伙子只是被你推了一把就摔断了几处骨头，记得吗？那小伙子现在已无大碍，我也不是来谴责你的。我回去之后检查了你们身体的数据，你们现在通过变异所获得的力量是正常人类的几十，甚至上百倍，或许这种意外获得的力量可以加以利用呢？议员们希望在治疗你们的同时，保留你们现在的力量。"

他顿了顿。

"事实上……我已经研发出了一些特效药,只需要很小的剂量就能抑制绝大部分暮雨花能量注入人体时产生的副作用。但是有个缺陷:只有在被能量侵入身体的短时间内使用才有效。不过它只能消除暮雨花能量对人体的负面影响,不能改变这些能量对人体的强化。如果再花些时间开发,把问题解决了,或许能用在你们身上呢?"

"也就是说把我们当作武器了?"里克并不想理会这些花里胡哨的说辞,不知出于何种心理,这让他更加难以控制自己肆意打砸来发泄的欲望。

"我更愿意说是给你们当英雄的机会,相信我。"

"……"里克依然站在那个假的窗台边,依然没回头看阿斯特拉。

阿斯特拉有些不知所措,眼角的余光瞟到另外两人身上,也许这两人现在还没有恢复语言能力,但他肯定他们的意识是清醒的。

哪怕是透过那两双黑洞洞的眼睛,他也能感受到那复杂的心情,那是仇恨?嘲讽?伤感?还是某种期待?

没过几秒阿斯特拉就意识到,除了最后那一条,以上皆是。而那可怜的最后一条,不过是自己的幻想罢了。

他不知道有什么理由能让他们三个信任自己,说到信任,在现在的环境下,简直是天方夜谭。也许在他们眼里,现在他们就是被囚禁着的怪物,而他却站在这里,希望他们信任他。

简直是荒谬!

太荒谬了!这就像让一只生了病的老猫再去抓几年老鼠,或者让已经被撞得面目全非的破车再参加比赛一样。

正当阿斯特拉站在那个角落无助、慌张并且后悔的时候,里克开口了。

"我们当英雄的时候他们可没有好好珍惜。"

他的语气出奇平静，或许是早就猜到了这件事迟早会发生。

随后他咧嘴笑了起来，那笑容多少有些狰狞。

阿斯特拉让自己不要看他们的表情，他根本就不敢直视，他的五脏六腑都在颤抖，不知道接下来自己会不会突然间就被打个穿孔。

"这……只是他们的想法而已，当然肯定要优先尊重你们的意愿，这个事情都好说，都好说吧……"

这说得太假了，阿斯特拉在心里想着，他们都知道那些议员到底是个什么脾气。

"你知道吗？"里克说，"让我们来个痛快的，打碎玻璃把自己丢在宇宙里飘着，找个地方跳下去，或者直接掏出自己的心肺，这想法非常诱人，也许从航天器发生事故的时候我们就想这么做了。最痛苦的那一段时间里，我们恨不得立刻结束生命，这样的话就不用再忍受痛苦，也不用再回来做任何人的囚徒。"

他侧头看向阿斯特拉，这一动作所造成的疼痛让他忍不住皱起眉头，双拳也握得死死的。

"你可知道，我们活到现在为了什么？"

他相信，阿斯特拉心里知道答案，尽管阿斯特拉正缩在角落里不敢作声。

"有人在等我们回家。"

里克说出这句话的时候，阿斯特拉看到他的眼睛中似乎有了温度，这让他忘记了害怕。

"你可以回到家里去，"里克继续说着，但此时他的神态平静无比，"你可以去亲吻你的女儿，去给她讲睡前故事，或者倾听她的烦心事，最后再给她一个拥抱，告诉她一切都好。但我做不到，我们做不到。你好好看看我们现在的样子，只要一个不小心，我们就会伤害到心爱的人，如果换作是你，你能忍受这样的生活吗？"

"……"

两人相视无言。

良久，阿斯特拉终于鼓起勇气。

"可……我向你说实话吧，现在的局势不容乐观，如果你们不配合，可能随时就会有人来处理掉你们……如果他们做得到的话。议员们要做的就是再写点稿子，公布你们的死讯而已。"

"那样又如何呢？我们大可以直接冲出去，把看到的能动的东西全给干掉，然后自己去拿暮雨花来治。就算他们真有办法解决我们又怎么样？我们本来就随时可以变成死人。"

说着，他又转过头去看向"窗外"。

"那就当是为了那些明辨是非的善良的人们吧。"

这句话明显比前面那些来得有效，成功让里克又陷入沉思。

"但这解决不了根本的问题。"一直没出声的汉娜居然在这时说话了，"其实世界上还是有很多能明辨是非的善良人，但我可以告诉你，我的朋友，你绝对不会在那金碧辉煌的会堂里找到他们。"

"这么说，你们不会合作？"

"也许吧。"里克说。

"他们也是这么想的吗？"

阿斯特拉还想征求里克的两位队友的意见，但他早就看到两人点头附和着里克。

"我说过了，我们本来就随时可以变成死人。"

"那你可曾想过，你的女儿该怎么办呢？"

"嗯？"

"你也想回去看你的家人吧？既然同样是当爹的人了，那我想也没必要再遮掩些什么，也许这么做，这么一了百了是很方便，但是你有想过他们吗？"

里克没有开口。

"我的孩子失去妈妈的时候，我就发誓这辈子好好照顾她，但当时她也遭遇了不测，那是我作为一个父亲的失职，直到今天我都没有完全理解她的想法，你以为我不想要更多的机会吗？"

阿斯特拉把心里的话一股脑儿倒了出来。

"我理解不了你的痛苦，毕竟我不是你，我也知道他们这些想法对你造成的伤害，只不过现在无论如何还有一次机会正摆在面前，你依然可以做家人心中的英雄，依然可以保护这个国家的人，甚至比你以前做得更好。"

他滔滔不绝地说着，没有留意到里克眼神中的变化。但话说到这儿，阿斯特拉也意识到了自己有些多嘴，便很识趣地止住。

里克仍然没有说话。

"你们不会是囚犯，从来没有人说过，也从来不会有人把你们当作囚犯。我会继续给你们提供药品的，尽管我不知道他们会允许我提供多久……也许直到你下定决心的那一天吧。"

说的也够多了，阿斯特拉轻轻地转过身去打开门，离开前的最后一刻，他转头轻语：

"你们需要时间好好想想。"

砰。

脚步声远去，留下病房里的三人。

半夜。

"你说好以后要和我在一起的，这就想违约了吗？"

狐仙将自己的能量传导出去，浪人重新睁开眼睛，并站了起来。

"这怎么可能？"反派的表情狰狞到浮夸，完全不相信刚刚被自己击败的浪人居然还有站起来的力气，他用极其浮夸的动作幅度指挥起小兵们，似乎他们能把两个主角活埋了一样。

而浪、仙二人相视一笑，无须多言。

随着激昂的音乐响起，两人的步子迈了出去，卷起地上的沙土，破开身边的风。浪人快速闪动，留下红色的残影，只在瞬间就来到几个小兵身后，挥动起双刀，以迅雷不及掩耳之势收割着战场。在其他小兵还没反应过来时，他又闪到了他们面前飞起一脚，镜头拉近，他将双刀的刀柄一拼，组合成一把乾坤刀，并用帅气的姿势猛地转身，红色的特效只是一闪，四周砰地爆炸开来。

反派气急败坏，丢出两个能量球，打在浪人身上并且迅速炸开来。可烟雾散去，浪人的伤口却立马愈合，甚至衣物都恢复得像新的一样……

凯感觉脖子有些酸痛，于是暂停了手机上正在播放的《浪仙》，画面定格在小狐仙说话的一幕。他站起身来活动，甚至对着空气挥了几拳，却还是摆脱不了身上那怪异的感觉。这房间里的床软塌塌的，让他有些不适应。

现在是深夜一点半，他仍然睡不着。

他知道自己现在的生物钟需要调整，明天、后天是最后的调整时间，因为接下来就是日复一日的训练和待命。

在房间里走了两圈，突然想起来需要呼吸些新鲜空气，不然现在自己能够直接闷死，于是打开窗户四下张望了一番。

他发现自己正下方的房间也还亮着灯。

"还没睡呢？"

打开手机，他给克莱尔发了条消息。

"嗯。"

"你也不习惯这床吗？"

"差不多。"

"不止是床的问题吧？"

"哈哈哈哈，嗯。"

"你想不想……"

"行。"

"马上来。"

只消片刻，两人就来到了对练室。

他们找到这儿可没花太大工夫，早些时候克莱尔很细心地拍下了整栋建筑的消防图和房间分布图，现在他们是正式的影子小队队员，想什么时候用这些设备都可以。

这个对练室是专门给队员们训练近身搏击用的，当然也配有沙袋、木人桩之类的东西，但他们曾经的教官说得好，能找人对练就绝对不要自己对着一个死的木桩发功。

两人戴好了防具，此刻他们倦意全无。

"你要提前找找什么借口吗？"

克莱尔活动完筋骨，边笑眯眯地看着凯边挑衅他。

"得了吧……"

凯有些苦涩地笑笑，手在半空摆了摆，又扶了下运动眼镜，假装被勒得有点难受。

"能有什么理由呢？"

克莱尔抬起腿架在墙边，一边看着凯一边热起身："这里还是有些有意思的东西吧。"

"的确。"

"比如？"

"嗯……"

凯沉思了一会儿，眼神在空中飘忽了好一阵才继续开口：
"你知道……原来每一个进入影子小队的人都能自主选择自己的
代号。"

"是啊。"

"不……"凯闭上眼摇摇头，踱起步来。

"我说得不太准确，是在早期的部队里，成员们可以自定义
自己的代号。"

克莱尔倒是不理解他为何要用如此语气去讲述这平常之事：
"这我也知道，有什么新鲜的吗？"

"因为在我们的文化里，父母所给予的名字和自己给予自己
的名字同等重要，同理，部队认为成员们应该有自己的代号。"

"对。"

"但现在不一样了，现在变成了代号继承制。你知道为什
么吗？"

克莱尔终于抬起双目，微笑着摇摇头。

"我打听过，得到的答案几乎都是方便系统录入，所以不再
去记那些自定义化的代号。"

空气变得黏稠。

"倒也有好处。"克莱尔用很小的声音说。

"你这身是新买的？"

凯看着克莱尔，她穿了套他从来没有见过的运动衣裤，粉白
的配色看着有些奇怪。她还专门换了衣服，自己则是穿着平日里
的红 T 恤就下来了，风衣一脱就能开练。

当然了，两人只是出来发泄发泄心里的郁闷，并不是什么正
式的练习，更不是什么切磋比武大会。要不然克莱尔会穿上专门
的道服，扎上自己的黑腰带，而不是像现在这样包层运动衣裤就
来了。

“对。”说到衣服，克莱尔见四下无外人便拉了拉衣兜，扯了扯裤裆，“尺寸买小了，有点难受。”

凯有些尴尬地笑了笑，随后，两人瞬间切换了表情——那种认真的表情。

两个人周身的空气瞬间凝固，耳边的世界也沉默起来，灯光在眼中变暗、变昏。

直到这片天地只剩他们二人。

“OSU！”

她迈开步子，脚砸地有声，随后又将身子收拢，并轻轻鞠躬。

他一手做拳，一手做掌，双手一拼，向前一推。

她右脚向后，摆开马步，左掌前伸，右拳靠胸。

他扎出钳阳马，两手一前一后，紧盯中线，沉肘。

他们已经可以听清对方的呼吸声。

如同往常，克莱尔率先出手，也没做什么诱导。她跨步破开空气，冲拳引风，只消刹那，拳头便来到凯的跟前，可他只是轻描淡写地侧了个身，双手一摊就解了。

克莱尔深知不能犹豫，在此击落空时便调整身姿，侧身躲开凯的还击，他的攻击时机总是让人觉得诡异，但克莱尔已经习惯了。

她快速退后拉开距离，眼神依旧犀利无比，对峙片刻又飞起一脚，凯压下双手去挡，避免了正面的碰撞，果然克莱尔一击落空，转过身来又补一脚，凯上身向后微倾避过去。

此时两人都需要稳住身躯，并很默契地开始拼拳，拳锋你来我往，但并没有持续多少秒。自己压不住凯的攻速，这一点克莱尔很清楚，便很及时地转攻为守，左手撇开凯的左拳，右手画出很大的弧度，直冲他的脑门而去，却不想被他横起手臂止住。他并没有使用肘关节去抗她的拳或手腕，所以角度多少有些刁钻。他的左手已经托到克莱尔的下巴。

克莱尔知道吃了亏，迅速退步稳定身形后转身中段横踢，并脚不落地快速变线，凯确实不好正面抵挡这样的攻击，连接三段踢，且战且退，克莱尔顺势换腿下劈，被他躲开，这倒无伤大雅，转身便又是一脚，踢中了凯腹部的护具。

克莱尔上前追加冲拳，又是直冲着凯脑门而去，却被他右摊手外格挡开，左手再出一拳，凯横回小臂用手挡下。她抬腿欲蹬，不想他向右闪步，护在胸前的左手向下劈挡。克莱尔有些不甘心地再起一脚，却被凯同样快速抬起的左脚截中，这波攻势也化为乌有。

这时候她有些上头，动作多少有些不讲究了。她上前双拳齐动，却忘记中门大开，凯一个前冲，随后双臂向右引动，她意识到不对，收回手臂，却已经有些晚了，右手再起一拳，只做诱击，这下子拼不到凯的身上，他回首轻拍便是，却不想他已经看穿了正想出来的左手刀，只是瞬间就转到另侧，左手自腋下而过，别住克莱尔想伸出的左臂，与此同时他的右掌已经贴在克莱尔的脸上。

将军。

"我的天。"

凯像是碰到了什么奇怪的东西一样，快速收了手。

"你这汗黏糊糊的……"

克莱尔笑而不语，重新绑了下差点散开的丸子头。

"四比十。"

凯感到有些得意，笑容已经藏不住了。

"这还是今年头一回呢。"

克莱尔却同样感到高兴，她的脸上没有一丝沮丧。

"但是你别忘了，我才是十分的那个。"她说着，把衣服扔给凯。

"无所谓。"凯说。

"至少练练还是有点回报的，这就够了。"

"不错不错。"

她接过凯的毛巾，擦着身上的汗。两人关了灯，有说有笑地往外走……

"所以……你觉得如何？"

"什么？"

站在训练室窗外阴影中的萨金特看向身旁的格瑞格。

"哦，你说他俩啊！我觉得有点技术。"

"怎么感觉……有点小打小闹的样子？"

"据我所知这两人是青梅竹马来着，惠姐，小打小闹很正常吧。"

"嗯嗯……该动真格的时候别这么让着就行了。"

三人绕了个远路回宿舍。

"偷偷考察新人可真麻烦……"诗岛惠伸了个懒腰。

"本来睡得正香呢，就给他们出门的声音弄醒了。"

"忍忍就过去了。不过往好处想想，至少这两个人比其他的家伙勤奋点。"

"这倒是，据统计历代有不少人在考察期疯狂睡大觉来着。"

"你程哥就是个活例子。"萨金特听了格瑞格说的话，立马反应过来，"不然你说，为什么今晚他缺席了？"

说完这话，他就咧开嘴，有些戏谑地笑起来："总不能是偷偷跟女朋友卿卿我我去了吧？"萨金特开玩笑道，却被格瑞格用胳膊肘顶了一下。

"这话可别在老程面前说。"

"什么？"萨金特还有点没搞懂对方的意思。

"关于老程女朋友的话题，对他来说那似乎不是什么美好回忆。"

"怎么说？"

"悄悄告诉你……"诗岛惠有些紧张地四下环顾，尽管她知道老程不会突然出现在他们背后，抓他们个现行。

"这些事我也是听一些老员工说的，老程的女友……前女友，是我的前辈。"

"上一代'飞影'？"

"嗯嗯。"诗岛惠点了点头。

"可是我记得上一代'飞影'可没什么好下场……无意冒犯。"

"所以……"诗岛惠无奈地摇了摇头。

"后来两个人就分手了，老程继续带队，上代'飞影'则是直接人间蒸发了一样，哪怕是职位交接时都没有见到她本人。"

"我还以为当时给你颁发证件那个大妈是呢。"

"拜托，萨金特老兄。"格瑞格说。

"不过话说回来当时缺席的前辈还真不少，除了两位殉职的，另外那两位女成员也没来。"

"是的。"

"可惜，我们是看不到上一代'魅影'给自己亲妹妹传承衣钵的场景了。"萨金特仰天长叹道。

"可是，她依然传承下来了，这才是最重要的。"

"你说的是，惠姐。"

这话题怎么逐渐变得沉重起来了。

"说回老程。"他们很识趣地转移了话锋。

"他那奇怪的毛病，我们是不是应该提早告诉新人们？"

"他有什么奇怪的毛病？"

"别装傻了，惠姐，你知道我们在说啥。当时吐槽老程有点精神分裂的还是你呢。"

这番话让诗岛惠从半懂不懂到恍然醒悟。

"哦哦哦，我想算了吧，等训练开始的时候他们自然会体会到的。"

"那倒也是……"

格瑞格偷偷坏笑："毕竟我们有好多事情都还没告诉新人呢，包括今晚盯着他们。"

"今晚这可算是有好戏看！"萨金特拍拍同伴的肩膀，"老程这都能缺席。"

"你要是把偷偷摸摸暗中观察这种事也算成缺席的话，那他可真是错过一个亿了。"

十　缺席之人

程浩瀚自然知道，自己身为一队之长要在新人加入的这两天里多多观察，评估一下新人的性格和能力，但现在他有更重要的事。当他站在黑暗的会议室内身姿挺立时，他就已经在琢磨这一次的事件会不会比较严重了。

不过再严重又能严重到哪去呢？他的经历告诉他，已经不可能再发生"七二八"那样的事情了，对吗？

这是一个伽马级信息，这种级别的信息会由议员审批，告知部队的直属上司，并且转达给小队队长，视频连线全程都是加密的，并且是口头表述。队长可视情况与时机以适当的方式告知队员，但除此之外，在上头允许公开信息之前不能有多余的人知道。

屏幕亮了起来，在那一刻他就知道会说些什么事了。

"程队长。"

"长官！"

两人对着屏幕互相敬礼。

"想必你之前也听说了议员们的一些计划。"

"是的，关于超级战士的计划？"

看着长官的眼神，他知道自己十有八九是猜中了。

这个计划他已经听说过好多回，之前从来没有正式得到过消息，只是模糊地知道议会有这方面的意向，但如何展开他只能从谣言里推测一二。但在前段日子里，他知道也许科学院会将一些暮雨花晶体的能量转入人体，只要编程得当并加以训练，理论上可以给予他们非凡的力量。但与此同时必须开发一些压制副作用的东西，也许是药物，也许是些什么装置，要不然这种强大的宇宙能量融入人的身体里，鬼知道会有什么副作用。

如果真如此，那倒没什么好担心的。毕竟类似之事他已经见过一回——那可不是段美好的记忆。

"现在带来这个计划的最新进展，我们会暂停从暮雨花晶体中提取能量制造强化血清的项目。"

"长官……我不太明白。"

"接下来是最重要的一部分信息：现在科学院已经在着手调整现有的超级战士们，他们已经获得了暮雨花能量的强化，在不久的将来他们的情况稳定之后就会部署到和影子部队相关的部队，成为国防安全的终极力量。"

可以听出来，他是在转述信息里的原话。

老程双眼圆睁了好一会，现有的超级战士？进展这么快了？他一时不知道长官在胡言乱语些什么，但又不得不点头称是。

"但是……"对方话锋一转。

"超级战士预备人员的情况并不是百分百稳定，考虑到他们如今的性情可能会对公民财产以及国家安全造成威胁，我希望影子部队成员们随时待命，目前我只能提供这些关于他们的信息。"

"是。"

老程脸上的疑惑消失了，或许直接告知他眼下应该做的事情更加有效，就像拿到枪的人应该先知道怎么开枪。

"还有什么需要我们知道的吗？"

他总是习惯多嘴问这一句，且每次都祈祷不会再有更多的坏消息。

只不过这一次他的祈祷什么用都没有。

"是的。"

长官叹了口气，坦言道："由于超级战士人选所表现出来的过强的能力，普通的武器可能无法进行压制，如果他们不受控制，我们手上的装备不一定能派上用场。所以我们已经在着手开发后备武器。"

"后备……除了核武器之外最终的手段吗？"

"是的。"

老程倒吸一口凉气。

长官也不废话，把新武器的几张概念图传上大屏幕。

"这是试验中的新式武器'血狐'，是已经开发到接近成品的新武器，其中含有不少新技术，在火力全开的状态下理论上可以造成比核武器还大的破坏力，它有两个优势：第一是发射前可以调整携带爆炸能量的大小，其威力介于核武器和普通导弹之间；第二是不会产生辐射，如果能够在非常状态下提前疏散群众，就能够控制损害，但这终究还是过于强大了。我们开发了配套的保护装置，用于在无法及时撤出爆炸范围时尽量减轻受到的伤害，如今还在测试阶段，我估计就算能顺利投入使用也不会有特别好的效果，所以除非迫不得已，否则我们不会使用该武器。"

长官解释道，他也没指望这帮家伙能看懂。

"那请问，什么是迫不得已？"

"问得好。现在我们已经成立了一个灾害评估小组，直接归议员管辖，从现在开始，他们会根据灾害的大小以及影子部队等军队力量来决定使用的武器，以及是否动用'血狐'。在你们接下来的行动中，这个评估小组会与你们同步，根据你们反馈的现场情况决定。"

"说白了，就是我们身上又多几双眼睛。"老程想。

"但幸运的是目前我们并没有遇到动用这个武器的威胁，现在最大的隐患就是先前提到的超级战士们是否会不受控制，以及不受控制后是否能用常规手段压制。"

"了解。"

"要说的就这么多，请你在适当的时候向部队以及小队队员们透露。"

"是！"

"回去休息吧。"

关上会议室的门，老程打了个哈欠，刚才那些信息他并不需要多少时间去消化，毕竟一切顺利的话，那就不会跟自己的团队有太大瓜葛，相反，搞不好还能扩充几个战力顶尖的人。

但他想不清楚这些现有的超级战士人选到底是谁——这不是他应该问的问题，待一切水到渠成，他自会知道，这是他踏进影子部队那一天教官教自己的。

但他还是待在原地，突然感觉头皮有些发麻，下意识地左右环顾，好像有谁站在月光没有照进来的阴影中盯着自己，他快步溜回自己的房间，关门声有些沉重。

真正令他有些细思极恐、毛骨悚然的事情是：他本以为暮雨花能量能够强化人体就已经够离谱了，万万没想到的是，原来还能用来制造毁灭性武器。

潜意识告诉他，这不会是什么好兆头。

他没有开灯，怀着复杂的心情倒了杯水，然后一饮而尽。他甚至没有去理会窗外楼下走过的几个队友的身影，或许是没注意到吧，接着他扎进被窝里，一点肢体都不敢露在外边，要不是为了呼吸，他可能把头也埋在被窝里了。

他也开始在床上翻来覆去，久久不能入睡。或许是被子捂得有些热，汗一直流，他意识到这样下去不是个办法，便强迫着自己闭上眼……

当睁开眼时，程浩瀚发现自己正身处一栋建筑物中，这里的空气有些潮湿，地面上积了些水，除了自身装备的微弱亮光外，唯一能看见的光源只有不远处窗外的月亮，这场景好像就和入睡前那会议室门旁的没有开灯的走道一样，只不过更加阴冷，更加像是在噩梦里。他缓缓低下头，发现自己身上正穿着防弹衣，手上正拿着步枪，走在这里，他没有发出声音，也不敢发出什么声音。

这是他记忆之中的某个地方，可以肯定的是他绝对不想再来这里。故地重游，他一时有些不知所措。

很快，他意识到自己不是一个人，和自己同样武装到牙齿的人还有六个，他们正蹑手蹑脚地，在这宁静可怖的走道里缓慢前行。他愣了一下，脑子里有些天旋地转的感觉，但走在前面的那个队友并没有发现他的犹豫，而是自顾自地踏出了下一步。

"等等！"

他下意识地喊出声来，并且伸出手想拉住队友。

他似乎猜到接下来会发生什么，或者说他已经经历过，所以对此一清二楚。

可来不及了。

轰！

一声炸响，还没等他反应过来，那个走在他前边的队友就原地蒸发了。

要么是绊雷，要么是埋在墙里的遥控炸弹，他下意识这么以为，只不过很快就发现自己错了。

两者皆非。

一个猛汉冲了出来，他竟比自己还高出两个头有余，身材魁梧，举手投足间地动山摇，整支小队都被他瞬间打散。他立刻反应过来并下令开火，随后枪声覆盖了这一整片天地。

在火光中，那人越来越近，待真正靠近后，程浩瀚仔细端详那充满血管的脸庞和有些漆黑的眼睛，还有被无数子弹擦伤的坚硬皮肤，他不禁去想，那真的还是个人吗？

后来他才知道那就是被暮雨花能量强化的恐怖分子，但十有八九没有什么保险措施，更没有什么缓解副作用的药物，导致这家伙面目狰狞。

他意识到他们从来没有见过这样的大家伙。

随后他被一巴掌拍飞到几米开外，狠狠摔在地上。

"啊！"

他整个人贴在地上，有那么一瞬间好像失去了意识。

一个队友躲过了这个蛮壮的家伙挥来的拳头，成功退到后方，另外三人也抓住攻击的空隙瞄准这家伙的背后。

他们把他包围了，至少他们认为是这样的。但计划总是赶不上变化，正当站在大家伙背后的三人要发动攻击时，却被背后突然窜出来的其他人打了一闷棍。

"指挥中心！这里是影子小队，21 区域出现强化人，'血影'倒下！请求支援！请求支援！"

程浩瀚赶忙爬起身来，他的步枪已经摔成了几块，他拔出手枪，边对着通信器大喊边继续开火。

这时，队形已经彻底被打散，对方除了这个大家伙，起码还有四五个人，虽然没有什么热武器，但都躲在阴影处等着下黑手。

打光了手枪子弹，他躲过那猛汉的一拳，并飞起一脚猛击在那家伙的下半身上。另一个队友也缓过劲来，拔起匕首就朝这大家伙的脖子刺。

可惜这一下没有刺到要害。猛汉发出嘶吼，像头真正的野兽一样，挣扎着扭动身体，把两人甩飞出去，程浩瀚又在地上摔了个四脚朝天。

当他挣扎着爬起身来时，才忽然发现站在那猛汉背后的三名队友都已倒在地上——他们都被偷袭了。

从阴影中走出几个恐怖分子，还都带着让人感到惊悚的面具，他眼睁睁地看着这帮家伙先是一阵拳打脚踢，卸掉了队友们身上的装备，然后将队友们拖进了阴影中……

"不！"

程浩瀚用尽吃奶的力气才勉强站起来，却又被那个猛汉一拳擂倒。

一座大山正拦在他们之间。是的，这是有史以来第一次遇到真正的暮雨花强化人，之前他们只存在于都市传说和暮雨花能量被偷窃之后的推测之中。

虽然他们只打了一个照面，但影子小队很快就意识到，在得到过如此强化的改造人面前，他们这帮特种兵再怎么顶尖也是无济于事的。

这种无力感在那时对程浩瀚来说无比强烈。

他好像听到了被俘虏的队友们的哀号……

"斧影！"

最后还留在他身边的那两名队友喊道，可刹那的分心让其中一个站位比较靠前的可怜的小兄弟一转头就结结实实地挨了一记重击，硕大的拳头硬生生地砸在他的头盔上，霎时间血肉横飞。

"鬼影！"

又有一人倒下，程浩瀚彻底被激怒了，他猛地站起身来，完全不顾身体以疼痛感发来的警报，拔出了自己的招牌武器——别在背上的战斧，不要命地冲上前去。

最后一名队友"绝影"也将子弹全部倾泻在敌人的脸上，直到弹夹清空，积少成多的伤害还是见了点效。那猛汉也自知到了拼命的时候，不管不顾地冲上前来，直接将"绝影"撞开来，但这一撞也让猛汉重心不稳，程浩瀚用尽最后力气转身挥臂，用战斧劈断了那人的头骨。

他自己也被那大个子抱起来，但他已管不了那么多了，第二、第三斧下去，才让这浑蛋断了气。

他自己都不知道自己是怎么做到的，他的身体也不给他感知的时间了。

整个走廊的人都倒在地上。

一整片一整片的血泊。

后来的事情，他多少有些模糊了，他想不起来自己在那之后，是从何时开始才恢复了正常意识。

他感觉自己像是在地府走了一遭，甚至在恍惚之中已经看到来迎接自己的死神，在镰刀即将切割他的皮肤与灵魂之前，不知怎么的又退了回去。

也许是在那披着黑袍的骷髅下刀的一瞬间他握住了刀把："我的队友们在等着我……"

他不知道自己是否真的说过这句话。

他不知道自己怎么会还活着。

但他知道那是在医院，自己睁开眼睛时，旁边的机器里传出滴滴声，旁边电视上正播着新闻报道：

"在几天前的反恐行动中，影子小队遇到了意外的情况，成员'血影''鬼影'在战斗中不幸殉职；'绝影''斧影'重伤；'牙影''飞影''魅影'被恐怖分子偷袭，三位成员在后续得到其他部队的解救，恐怖分子也被悉数剿灭。不幸的是，成员'魅影'因暂时不明的原因自杀，四位幸存的队员正在医院接受治疗，请大家耐心等待进一步消息……"

记者说完话，紧跟着的就是几段采访，他做不到撑开自己的眼睛去看那电视上的内容，那对他来说太难。

但他记得接下来听到的每一个字。

"从专家角度来看，这次影子小队的失利可不是意外状况这么简单，成员们平时的训练不到位是主要原因。"

"我觉得他们也太弱了点吧……只是一队恐怖分子就被打成这样？"

"哈哈哈哈，沃尔兰顶尖的队伍，就这？"

"我不知道那位自杀的成员经历了什么，但我想，作为一个训练有素的战士不应该这么潦草地结束自己的生命。"

这些话听着真的够扎心，虽然他知道能说出这些话的人大多是纸上谈兵。

想到这里他睁开了眼睛。

房间里透进些许阳光，虽并不算明亮，但也在这狭小的空间中翻转折射着。这些光亮轻微地拂过他的面颊时，他留意到它们竟是从窗帘严丝合缝的围堵之中硬生生找到了一条出路，倾尽全力冲过这缝隙，打破了这伸手不见五指的黑暗。

可真够顽强的。

同样的阳光照射进窗户里，映在阿丽的脸上时，她隐约感觉到有些不对。

自己的房间有人进来过。

阿丽爬起身，窗户的调光玻璃把阳光放了进来，被关上的是昨晚一直开着的大灯。

她下意识地抄起床头的东西，却还是克制住了把那玩意儿砸出去的想法。

站在门口的人是阿斯特拉。

"早上好。"

阿斯特拉微笑起来，跟阿丽打了个招呼，阿丽一时间不知道是该骂上两句好还是如何。

"本来不是很想吵醒你的。"

她刚想开口，脏话都到嘴边却被硬生生咽了回来。

有个外人，西装在他身上有种要被撑爆的感觉，且有些凶神恶煞，看着不像是个好人，他站在老头子身后等着。

"生日快乐！"

阿斯特拉说着，语气有些浮夸，两只手不知在做什么，在半空中升起又降下。

"那家伙是谁？"

"哦，他啊……"

老头子转身看向身后那人，但在阿丽看来，那更像是不屑地瞥了一眼，却又刻意躲闪着眼神的交流。

阿丽是真不喜欢那奇奇怪怪的声调，世上绝不会有哪个正经爷们会这样掐着嗓子说话："这是我的安全主管，最近有些机密的任务，他要贴身确保我的人身安全。"

那浓眉大眼的家伙站在旁边一言不发，却被阿斯特拉鄙夷地看了看。

"你能不能不要盯着我女儿？"

阿斯特拉说完，很嫌弃地打了个手势，那被他称作安全主管的家伙还是面不改色，似乎这辈子就只有一个表情，但还是很识趣地背着手转过身去。

"我花了好大劲才劝动领导们让我回来看看你，要不是你生日都没机会。真的抱歉了，这几天我都在忙，一会我还要去科学院主持工作……"

阿斯特拉靠在门框上，一边唠唠叨叨，一边偷偷摸摸地从口袋里掏出个小木盒，轻轻地把那玩意儿放在了旁边的桌子上。没有发出任何的声响，他眼角的余光还一直提防着身后那个所谓的安全主管。

"这段时间保姆会待在家里照顾你的，我不一定能第一时间回你的电话，有事记得留言就好！"

阿斯特拉说完，那浓眉大眼的家伙侧过身来提醒他什么，他吓了一跳，还好只是提醒他时限已到。

"那我先走了！这段时间照顾好你自己哈！"

阿丽一脸懵懂，完全不知道阿斯特拉在说些什么，只见老家伙跟着那保镖转身离去，顺手关上了房门。

今天太阳是打西边出来的吗？

她走到门边的桌子旁拿起那个小木盒，里面只有三样东西：一串钥匙；一剂不知为何物的药剂，在容器中透着奇异的淡淡绿光；一封潦草的被折叠起来的信。

她想："难道我还在梦里？不可能啊，这一切都是那么真实。"

可今天不是她的生日。

当然了，阿斯特拉自然也知道今天不是女儿的生日，但他身边那个家伙可不知道。

"你刚刚盯着我女儿看什么？"

去科学院的车上，阿斯特拉不再盯着一旁的护航车，转过头来看着自己那所谓的安全主管轻声问他。

"没。"

那傻大个回答的神态有些故作正经。

"只是觉得她有些眼熟，像一个曾经见过的人。"

阿斯特拉自然知道他指的是什么。

"我女儿以前确实有些名气，不过既然我家人的信息都被列入保护清单了，你也不该多了解什么。"

"那是自然。"

提起女儿，阿斯特拉有些后怕，他也不确定自己所做的是否能保她平安。他们家的名气也不算小，没准这还是件好事，至少在出现意外状况时更加容易为人所知，所以上边的人自然不敢轻举妄动。

可阿丽还会想要再提起过往的那些名气吗？

想到这里，阿斯特拉眼角不禁有些湿润。

他也许能理解了。

随着思绪跳转，他又想起自己对里克说过的话。

"你依然可以做家人心中的英雄，依然可以保护这个国家的人，甚至比你以前做得更好。"

这每个字如今在他耳边都像针刺般痛。

因为他曾经对阿丽也这么说过，当时阿丽倒在床上，把头埋进枕头里，试图逃避他的说教，他还不理解其中缘由，当时对他来说那些事情并没有什么大不了的。

"现在你身体已经被检查过，没有问题了，而且上边给你机会回归队伍，这么好的再来一次的机会，为何不接受呢？"

"你不懂！"

"不就是网上那些人扯淡，不理他们不就行了……"

想到这里，阿斯特拉断了自己的回忆。

往日场景如今记得清清楚楚，他竟心生愧意。

他当时是真的不懂。

如今看到里克的脸，那畸形的面庞一直浮现在自己的脑海，久久不能淡忘，他才意识到，他眼中所述的英雄早已不是他们想成为的那样——无论是自己的女儿，还是那三个遭遇变故的宇航员——可他居然还大言不惭地去跟他们说这些！

"我都做了些什么蠢事啊。"

想到这里，阿斯特拉也忍不住落下几滴眼泪，他侧过头去，没让坐在旁边的那个傻大个看见。

同时，他也暗暗下定决心，他一定要为他们做更多。

亲爱的阿丽：

我没有时间记下太多事，他们正盯着我。

这支药剂是我新开发的特效药，趁他们不注意的时候带出来的，如果你遭遇了暮雨花能量泄漏，这药剂能够保证你在拥有自保力量的同时不受副作用的影响。对于一般情况来说只需要注射四分之一便可，如果遇到暮雨花强化人，不管他们是善意的还是恶意的，这东西就是压制他们的关键。我相信只要时间还来得及，这款药剂足以压制住人体的异变——哪怕整个暮雨花晶体的能量都集中在一个人体内，当然我想那是不太可能的。我知道你不喜欢那类人。如果有必要的话，可以去这封信背面的地址，那是个安全屋，钥匙也在这里，但是话又说回来，我希望你永远用不上这东西。

我不知道接下来要做的事情有多大风险，但我希望你好好的，爸爸很抱歉有时候没能理解你的心情，但我希望你能够继续做回自己，你还年轻，还有很多能做的事。

等结束之后，我带你去你最喜欢的餐厅，慢慢跟你解释一切。

爱你的爸爸

阿丽傻眼了，这都什么跟什么啊？本来以为今天发生的这些事情已经够诡异了。

她坐回床上将视线移向窗外的远方，努力消化着刚才的所有信息。

首先，这个世界上还存在着暮雨花强化人吗？她快速地回忆着，不久就给出了答案：不应该，那些利用过这项技术的恐怖分子已被消灭殆尽，这几年都没有类似的事件。那就是会诞生新的强化人，想必是这样的。

不过，如果老头子在"保护"下还可以回到科学院，用那里的设备来展开工作，甚至还有工夫回来看自己，那说明情况虽然严重，但还没有到紧急得要命的地步。那个"安全主管"，不是个保镖，反倒是个监视者。

那就说明了两件事：

第一，老头子正受人摆布。

第二，如果真的存在暮雨花强化人，那现在应该还处于可控的范围内，要不然也不会强迫老头子这种手无缚鸡之力的中老年人去做些什么。

推断至此，阿丽大概也猜出这些强化人姓甚名谁了。

根据自己以往的经验，他们要么被利用，要么消失于世人眼中。

她赌这些人不会心甘情愿接受现实。

十一　赌注与现实

真是要了命了。

凯喘不上气，脸憋得通红，整个人都晕乎乎的，感觉随时要倒下。

在不远的地方，有些错落的建筑，那里的人似乎习惯了这群穿着军队装备的家伙时不时来训练。

没准他们是监督员，正坐在那里休息，边看他们累得喘不上气的样子边转移他们的注意力。或者在他们累趴下的时候不知从哪里窜出来，把跟不上训练的失败者拖回基地去，丢在他们的上级面前，再丢两句话："你看看这小子，看看你选的是什么样的人！怎么什么人都能进影子部队？"

影子部队的训练量竟然真的是预备役里的三倍还多。背着大包石头与装备，徒步急行军十几公里翻山越岭，这还只是个开胃小菜。若是觉得这不算什么，对于一个军人来说是应当的，那么凯还会告诉你：这是五天内跑的第八趟。

他甚至没有力气转过头来去看身边的克莱尔和埃里克的状况，但他还是察觉到，那两人都显得更加游刃有余，除了和他差不多的大汗淋漓外，他俩看不出更多不适。

"加快速度！"

走在队伍最前面的程浩瀚一个劲地喊，那架势恨不得再回头把他们往前多拽个几米。

他们手握着枪械，没有理会头盔里渗出的汗液以及射入眼里的阳光，持续推进着，并且速度越来越快。

至少在程浩瀚眼中应该是这样的。

"再快点！再快点！"

那队长像是永远不会累一样，双眼之中仿佛还藏了些光芒，正狂热注视着前方的山脉。

"到了山脚下我们就可以返程了！"

前半句出来的时候，凯还看到了一线希望，但"返程"二字传到耳朵里的时候，他心想完蛋了。

但自己不应该表现得太消极。在影子小队里，不管是什么任务，所有人都不应该把自己当成新手。他们全都了解自己所行之事的意义，并毫不犹豫地去执行收到的每一个指令。

凯很清楚，影子小队开始训练的这几天他表现得都一般。虽说能遵照指示、没有自以为是之举，他也算得上珍惜这次机会，倾注了大量的心血，可每一次训练难度的提升对他都是体能极限的挑战。

他慢了下来，有些摸不着东南西北，眼神迷离，靠着旁边的树，恨不得一头栽倒。他很清楚自己这样是会被训斥甚至惩罚的，但他很难再迈出下一步。

果然自己不够好，他想，又有些后悔，何必要来这里自讨苦吃呢？好像他一直以来都是这样的，一直都是个麻烦。平时精力旺盛，正经时却像个拖后腿的，难以安稳。越劳累的时候就越消极，越消极便又越劳累，他也不知怎样去破除这样的恶性循环。

没准这回他又要让自己的新伙伴们对自己失望了。一阵落叶被扫动的声音传来，不是由他发出来的，他叹了口气，知道可能是麻烦找上来了，也是，反正迟早他们都会发现自己掉队的。

但他回过头去，发现站在那里的是克莱尔，她看着自己，没有回避自己刻意躲闪的眼神。

"还好吗？"

"没事。"

凯努力挤出点笑容来，却没掩饰其中的苦涩。

"听起来可不像这么回事。"

克莱尔说着，她的眼神中依旧没有嘲弄之意。要是换作其他人可能就不是如此了，不，肯定不是如此。他能感觉得到，这种眼神是那么独一无二。

凯压制住承认的冲动，抬起头来："有人在监视着，对吗？"

"报告将会直接发送给议会。"克莱尔没有回头，一脸平静地说。

她伸手拉了拉他。

"再走走，实在不行我们再去和队长说。"

"我尽量。"

凯终究还是嘴软了，他立刻就站起来，两人相视一笑，小跑着继续跟上队伍。

走在前边的程浩瀚似乎并没有察觉到两人暂时的掉队，大伙都没注意到他嘴角浮起的微笑。

其实他早就用眼角余光发现了慌慌张张、匆匆忙忙赶上来的二人，更发觉他们互相支持着，在难以发觉的地方用手臂支撑着彼此。这点老程还算挺满意的。他当然不希望这些家伙现在就说自己不行了。

砰！

埃里克被狠狠摔在地上。

"老程你是真不留情啊"，埃里克心想着。就在几秒前，对方直接把自己拎了起来，反手摔在训练室的地板上。

"再来！"

埃里克爬起来，摆开战斗的架势，但程浩瀚没有这么做，他向右走了两步，像是看着一个垂死挣扎的猎物一样。

"我……啊！"

埃里克极速出手——他自己是这么觉得的，以迅雷不及掩耳之势飞起一脚，这算是他比较自豪的技能，通常情况下，没有谁能接住。

之所以说通常情况下，是因为如今他感到自己的小腿被人接住，然后全身被猛地一拽，又给他砸在了地上。

"起来！"

似乎是没打够一样，程浩瀚还放着狠话，要不是埃里克反应迅速又支撑着站起，程浩瀚可能还要上去给两脚。

一旁对练的女子组看呆了。

"他一直都这么狠的吗？"

克莱尔有些不敢相信。

"谁？"

"程浩瀚。"

"你说他啊？叫他老程就可以了。"诗岛惠说。但眼神还停在克莱尔身上。

"他是队长，也算得上是一个监督、一个教练。自从我们入队开始，他就保持着这种样子：平时人畜无害，挺好交流的，在训练的时候就像变了个人一样……唉，我们都习惯了。"

"别偷懒！"

程浩瀚压着声低吼，那声音有些骇人。

"战场上可没人给你偷懒的机会。"

女子组两人便很识趣地继续对练，但还是忍不住一边对着拳一边偷偷聊着什么。

凯的视线在武器架上晃荡了好一会，看到有如此多的选择，他一时拿不定主意。

这里有许多种训练武器，都是用一些软质材料或者木头、竹子制成的，如果要用真家伙的话也并非没有，只不过在他们熟悉对方的打法前还是不要轻易尝试为妙。

从西洋刺剑到东方的武士刀，这里应有尽有，单手的、双手的，短柄的、长柄的，甚至还有些"奇形怪状"的东西。

"选个趁手的就行。"

旁边的萨金特对他说着，也可以说是催促着。

"这就是问题所在，"凯答道，"我感觉这些玩意儿都挺顺手的。"

其实他倒是没吹嘘，他曾对五花八门的兵器都有所涉猎——或是主动的，或是被迫的，但他一直没有找到最适合自己的那一把。

"那就随便挑吧。"

萨金特取了一把刀扔给凯，他也分不清这刀是个什么品种，他自己则拿了把武士刀。

"让我看看你的水平如何"，萨金特在心里暗暗盘算。

凯掂量了一下手上的家伙，不知在暗自嘀咕着什么，抬头见萨金特已摆好了架势，他不得不应战。

"你还需要准备一下吗？"萨金特问道。

"不用了。"凯回答。他有些纳闷为什么对方会问出这样的问题来。

就在他纳闷的时候，一阵电光石火闪过，萨金特的刀身已经贴在他额头上了。

"该死的。"凯在心里咒骂自己。

"你知道我要说什么，"萨金特站了回去，"对敌的时候不要犹豫。"

他嘴角浮起一丝轻蔑的微笑，似乎这个新来的比自己想象的还要迟钝。

但就在他想的时候，凯也动手了，同样的步伐，同样的速度，就连刀身在萨金特眼前划开的气流都几乎一模一样。

"你犹豫了。"

萨金特这才猛地一惊，但与凯不同的是，他瞬间抬起手臂，用自己的武器狠狠撇开了凯的刀，随后转动手腕将刀挥向了凯的脖子，还好凯反应过来，及时用另一只手臂的臂铠防下。

但萨金特并不打算就此罢手，他拉开距离又挥刀砍去，他灌注了不少的力道。凯提刀防守，可武器碰撞时自己却被意想不到的巨大力量震得差点麻了双臂。萨金特抓准机会将身体向后倾，抬起一脚结结实实踹在凯胸口的护具上，其速度之快令人难以防备，其力量之大又使凯根本没法调整站姿。凯一个没站稳，屁股先摔到地上。

"对敌的时候不要手软。"萨金特说。他心里已大为爽快，迟来的下马威现在终于还上了。

"哦。"

凯不得不尽快站起来，但明显疼痛的劲还没缓过去，刚站稳脚跟又差点一个跟跄摔倒。

此时，凯眼角的余光才注意到克莱尔的情况貌似也不是很好，就在自己抵挡不住萨金特的攻势摔倒时，她也趴在地上直喘粗气。

"看来我们还是有不小的差距啊。"

他心里这样想着，却又不太甘愿承认这点，无意之间两人对上眼神，都不自觉地收敛起疲态，并勉强露出了笑容。

"棍棒一类的武器或许在这种环境中造不成多大的伤害。"诗岛惠将刀收回鞘中。

"或许因为我并不是很喜欢刀剑类的兵器吧。"克莱尔缓缓站起,拍拍身上的灰。

"为何?"诗岛惠有些疑惑,"我挺喜欢刀剑的,我们也需要锋利的刀刃,这样才能开疆拓土或保家卫国。"

"我……不得不同意这点,但同时我还是不喜欢刀剑,每一次剑身上沾着的血都太过沉重,而且手上拿着刀,刀锋愈是凌厉,就愈是容易见血。"

诗岛惠看向克莱尔那有些天真的表情,心里竟不由得冒出几丝尊重。

"让我来跟你们练练。"

她们起身时,老程走了过来,打断了她们的对话。

"二对一?"

克莱尔有些不解。

"少废话。"

萨金特与诗岛惠很自觉地拉起埃里克并退了出去。老程要么现在状态正好,要么就是有些恼火于他们三心二意玩闹似的训练。

凯和克莱尔站上场地,各自摆开架势,却没想到老程只是露出嫌弃的眼神。

"啧。"

凯还在不解他这神情中的含义,克莱尔已经飞起一脚踢了上去。

还真不说废话。

但老程只是轻轻侧过身体,双臂摆动接下这一脚,或者说直接抓住了克莱尔的大腿根,将她从半空中拽了下来。

"凌空出手,格斗大忌。"

凯也赶忙上前连续几个冲拳,为克莱尔制造缓冲的机会,见老程出手时多少有些不留情面,他也不打算掩饰实力了。

但那又有什么用呢？

老程把他的拳头悉数接下，整个过程行云流水，从容不迫。

凯感到有些疲惫，便放弃进攻，退步拉开距离，谁知老程直接抓住这个空当上来就是狠狠一拳，照着他脑门抢了过去。凯赶忙抬手抵挡，却没想到自己双臂所架构的防御像纸糊般瞬间崩塌。

咚地一下，拳头敲在他头上。

"力量不够，速度也太差了。"

凯感到头晕目眩，连连后退，此时克莱尔终于缓过劲来重新进攻，她从侧边横起一脚蹬来，哪知老程的反应更快，转身一腿扫在她的腰上，幸好他收了大半的力道，不然克莱尔的肋骨就不保了。

"你俩是葫芦娃救爷爷吗？"

老程站在两人之间，一句话点醒他们，凯与克莱尔勉强支撑着对了对眼神，便同时发动攻击。

不过老程早就看破了他们的动作，一手强切入凯的中线，借他冲过来的动力给了他胸口一拳，另外那只手护住后颈挡下克莱尔的踢击，并抓准时机，转身发力，借势又把克莱尔甩了出去。

凯吃了那拳，连退好几步，险些站不稳摔倒，但刚反应过来，克莱尔就砸在他身上。

不出几个回合，两人都趴在地上。

"你手上得有刀剑在挥舞，才能决定它的用途。"

从语气中听得出来老程是真的有些恼火，但潜藏更多的是失望。

"我还期待你俩打些配合，虽然那也派不上什么用场。"

克莱尔有些痛苦地翻了个身，捂着刚才被击中的部位。

老程倒也没有再多说什么，上前轻轻扶起两人。

……

暮色渐深，放眼望去，太阳也只见其半身的轮廓，基地里的嘈杂逐渐淡去，食堂最先灯火通明。

但凯、克莱尔与埃里克却不在那里。

"嗯嗯……"

"痛？"

凯抬起头，见趴着的克莱尔咬了咬嘴唇。

"肯定啊。"

"再忍忍……"

他咬牙强忍着酸痛，手指抵着克莱尔背上的肌肉，发了些力道。

"我真心不觉得我是个很好的按摩师。"他一边按着，一边自嘲。

"但舒服多了。"克莱尔说。

"你应该看看凯现在的表情。"一旁的埃里克瘫坐在椅子上，还是停不下那张嘴。

"怎么？"

"感觉你俩完事后，还得再找个人来帮你按按，疏通一下筋骨什么的。"

"其实，我还行……"凯说。

"假的。"

他被克莱尔直接揭穿。

"今天我们都不好受，你肯定也好不到哪去。"

"呵。"

"现实就是这样啊。"她言道。

"随便吧。"

"我想，明天搞不好还会这样。"克莱尔说。她没有理会凯的不屑。

"是，"埃里克冷冷地出言附和，"再给我们好一顿揍。"

"也许他想让我们尽快达到他希望的水平吧。"

"但是咱们这实力差距也太大了点吧，简直没法玩，再多打几回，你看你还有信心不？"

"有点耐心，埃里克，人外有人山外有山，也并非什么稀奇之事。"

"惠姐说的，老程就是想告诉我们，我们现在确实能力不足，只能尽力赶上，不然将来遇到些什么挑战的话……"

说到这里，克莱尔住了嘴，她觉得自己说的已经太多了，两位好友貌似不是很能接受自己这样的"辩护"。

"赶上？如果我真的能赶上就好了，如果我真的有那个能力赶上……"凯在心里嘀咕着。

这时三人都没了话语，往常在这个时候，他们中总会有个人开口讲点笑话来缓和气氛，但此刻不同寻常。这个时候电话响起，把尴尬的气氛打断，是凯的父亲瑞尔斯打来的。凯将手机举起来，手臂有些酸痛，所以他很快又将其放下，而手指则是在两个按键之间好一阵颤抖，最后轻轻点在红按键上。克莱尔和埃里克只是在旁边静静看着这一切。

貌似真没什么好说的，今天对于他们而言已经足够糟心了。

十二 糟心

晚风轻轻地叹息，
轻轻地低语。
终于结束一天的喜悦或糟心，
因为双眼合闭，
宁静又似乎从未离开妻女。
或者，
有谁吹奏着童话里那些神的小夜曲，
叫人意犹未尽，
晚风又克制自己，
只做最温柔的低语，
把那黑色的发丝吹起，
拂着凉意。
它祝福那两双棕色的眼睛，
下一次睁开后再也不哭泣，
取而代之的，是更美的黎明。

里克睁开眼睛，神色有些黯然，耳畔不再回响当初为妻女写下的诗句。

以前他穿着西装，总是感觉有些紧，有些勒，但他一直没有抱怨过，顶多就是私下里说上那么几句。但如今这种感觉让他无比烦躁，极度不适。他感觉自己身上那些坚硬的皮肤和凸起的尖刺能随时把这衣服撑开。事实上，他也确实能这么做，只要他想，动动手指就可以把这衣服撕得东一片西一片。

但他没有这么做，他只是让这身违和的正装贴在自己身上，像一件被淋到湿透的衣服一样。

"三位。"

"嗯？"

里克抬头看向身旁的议员秘书，她刻意躲闪着自己与身边坐着的两位队友。

"你们可以进去了……开门时拜托轻些。"

里克"嗖"一下站起来，把可怜的小秘书吓得连连后退。

"汉娜、江源。"

他轻轻呼唤两位队友的名字，他们也站起身来，不过动作相对柔和了许多。

"你们状态怎么样？"

"好很多了。"汉娜点点头。

"那些药物算是管用。"

"知道了。"里克说，"如果你们感觉难受，可以由我来交涉，毕竟当时作为队长，我也有责任……"

"不，该负责的不是你。"江源说。他说话时，唇边皮肤的裂纹止不住地被撕扯开。

"先跟那帮人谈谈，看看他们到底想怎么样。"

里克故意把声音放得有些大："我们只是给个谈判的机会，仅此而已，希望他们别得寸进尺。"

随后他扯了扯领带。

"这鸟衣服包得我难受死了。"

"可不是嘛，光穿着就觉得糟心。"

三人推门进入办公室，却没有看到自己所期望的场景。

这里倒也装修得古色古香，墙上还刻着些浅浅的木纹，许多饰品还有点巴洛克时期的味道。

议员办公桌背对着两扇双开大窗，往外看，能发现一些爬上墙壁的藤蔓，藤蔓并没有对光线有丝毫的遮挡，这些光直直射入室内，刚进门的时候就刺入他们的眼睛。

"请入座吧，三位。"

"火"议员和"山"议员正坐在办公桌后边。

"不是很有诚意啊，议员先生们。"里克上来就用挑刺的语气说。

"我们很忙。"

"那我可太清楚你们在忙些什么了。"

"是吗？"

"那可不。"里克将身体向后靠去，换了个舒服的姿势。

"忙到不好意思来见我们，想必是些国家大事吧？"

"我们现在和你谈的就是国家大事。"

"谈？"

里克揪住了这个字眼。

"这可是你说的。"他毫不客气。

"那我可就开门见山了。""火"议员说，但还是没放下嘴里叼着的雪茄，而是动了动手指，也不知是按了什么东西还是做着什么手势。

那小秘书战战兢兢地走了进来，看到自己的直属上司时更是大气都不敢出一口。

"条约。""山"议员提醒道，把她吓了一大跳，但她不敢迟疑，连忙走到桌边拿起桌上的文件，闭眼片刻才轻轻地开口：

"根据议会与'吟游者'号航天飞船团队成员达成的协议，接下来的合作中，将会有以下条约：

一、三位航天员将保留自己体内由于暮雨花能量泄漏和宇宙辐射共同作用所导致的变异能力，并且保证将这种能力应用在为沃尔兰议会谋福利上。"

她说到这里刻意顿了一下，看双方神色都没什么太大变化，只得继续念下去。

"二、三位成员今后将直接听命于议会，平日可参与影子部队行动，接受影子部队的调动，除非更高层领导及议会下令。"

她又顿了一下，同时从里克的眼神中捕捉到一丝异样。

"继续。""火"议员命令道。

"三、三位成员的身份信息将由议会保护，并且对公众所塑造的形象将绝对正面，从协议生效时起……"

"说话算话？"

里克直接打断小秘书的念叨。

"让她说完。"

"议会对三位成员的人身安全与自由、行为举止规范、对外的形象包装具有最终决定权。"

"所以这是种威胁？"

里克有些恼怒地看向两位议员。

"让她说完。"

"而三位成员的家属的信息也将由议会提供保护。"

念到这里，那小秘书竟不知从哪来了些底气，发音都不抖了。

"四……"

"够了。"

"如果三位成员做出违反议会决定的行为，包括对外泄露此次条约内容……"

"够了！"

里克扯着嗓子才将小秘书唬住。

"你们根本就没想和我们谈。"里克说。

"你们这不是想把我们当武器使吗？"

"可你觉得你们现在的情况，有能力和我们谈吗？"议员也不打算给面子。

"我当然知道你一只手就能把我切成几块，但你会那么做吗？你是个军人，服从命令是你的天职，永远不要忘记这一点。"

"你们还把我们当作沃尔兰的军人吗？"

江源站起来，指着议员质问道。

"你们还想把我们当作人吗？"

"如果你们想的话，你们随时都可以变成全国人民心中的怪物。"

"火"议员一席话，让他顿时哑口无言。

"你们想把自己当作沃尔兰人，那你们的身上就得披着沃尔兰的国旗，你们所做的每一件事情都不能对国家不利，否则你们只能是怪物或者叛国者，或者两者皆是。而且让我告诉你们：你们各自都把半边脚伸出了悬崖，而决定你们会不会掉下去的绳子正握在国家手里。"

"这就是你们撒谎的理由？"汉娜开口反驳，"别以为我们不知道你们对航天器的事故隐瞒了多少。"

此语一出，"火"议员闭了嘴，似乎是被掐到什么软肋，但"山"议员却从容不迫，甚至还忍不住笑出声来。

"笑笑笑，笑什么笑？"

"你们觉得人民会相信谁的话？是给他们投喂食物的议会，还是三个不知从哪条沟里窜出来的怪物？"

三人面面相觑。

这老浑蛋真难对付。

这时，议员又朝着门外招了招手，两个人抬着纯金打造的箱子走进来，里面堆满了金银宝物。

"你们就乖乖签字，然后收下这些，就当是报酬。此外没什么好多说的，这样对我们都有好处。"

"我们生着病给你们干脏活，把整个人生都搭在你们这儿，所得的就是些钱财，你们觉得这对我们有好处？"

"当然了！而且你们现在怎么能叫生着病呢？这是得到了上天给予的眷顾啊！"

"你管这副模样叫眷顾？！"里克走过去，怒斥着这个浑蛋，"这样子，这怪力，你管这叫眷顾？"

"现在你们可是拥有了超越凡人的能力啊，能力越大责任越大，没听说过这句话吗？"

里克一拳砸在桌子上，将桌子敲碎，但议员们还是没放下正托着脖子的双手。

"要不是你们这该死的全息投影，我真的可以马上把你们的手撕了。"

"你可找不到我们在哪。"

里克自然也知道这一点，但他转过身去撕下了那该死的西装，露出了变异的皮肤。

他顿时感觉一身清爽。

江、汉二人也做出同样的动作，三人头也不回地走了出去……

"所以……接下来怎么办？"

三人从办公室里走出来，没有第一时间回到运送他们的车队那里，而是找了个角落稍作停留。那些押运士兵没有让他们离开自己的视线，但他们也不敢直接上前。

"某种意义上，他说的倒也没错，怪物确实不能证明什么。"

里克说着，"但人可以。"

"什么意思？"

"你想想，汉娜，纵然我们现在有一身力量也拿他们无可奈何，这自然不太好受，但他们也在害怕，害怕我们用这样的力量做什么危害到他们的事情。"

汉娜看到里克的眼睛里闪过一丝恐怖的诡谲。

"你不会是想……"她有些犹豫。

"不会。"里克知道她在想些什么。

"伤天害理的事情自然不在我们优先考虑的范围之内，就算我们通过武力来达成目标治好了我们自己，也得不到自由。"

"嗯嗯。"

"不过我想我们也很清楚，妥协更不是条出路……我们需要争取尽快接触到暮雨花，排出辐射变异的能量，而且要赶在与我们相关的人被波及之前。"

"这太难了。"江源开口，这让他嘴边的伤口更加恶化。

"但我们总得一试，对吧？"

里克伸手示意他不要再多说。

"如果我们能变回正常人并且直面公众，那他们很容易就能判断出这帮老浑蛋那些谎言，有这样的筹码我们也能全身而退。"

"你没听懂我的意思。"

"别说话了，江源，你的伤……"

"你真的觉得不费一兵一卒能做到这些？"江源没有管自己的情况，"别怪我没提醒你，跟这群不想讲原则的人讲原则，道德上自然占着制高点，但那不代表我们就能赢得人心，更不代表有人会因此来帮我们，在大多数人眼里我们还是怪物，怪物怎么可能占据道德制高点呢？"

这问题可把里克难住了。他思考了一会儿，江源虽然语气冲了点，但话糙理不糙。尽管如此，他还是觉得破罐子破摔为时尚早。

"我……我并不这么觉得，我想若是条件允许，还是不要伤害任何人为好。"

他解释得有些语无伦次，直到汉娜突然拍了拍他的肩膀。

"我们相信你。"

"那就出发吧，把我们失去的那些东西都拿回来。"

三人眼神交会，虽说刚开始多少有些迷茫和疑虑，但终究还是达成了一致。

阿斯特拉把公式写得满屋子都是，白板上、满地的纸张上、玻璃窗上，甚至连墙壁都没放过。这些字符看上去渺小细微、无比深邃难懂，且毫无章法与艺术性，更谈不上整齐，却也算得上是千年来沃尔兰人智慧绽开的新花。

他现在正忙得焦头烂额，既是因开发的困难，又是因为担心自己的做法会不会造成什么严重后果。

不过他早就下定决心要完成这项工作，哪怕是要承担些风险。当手上有急救包而面前就躺着几个伤员时，他觉得没有理由不去尽自己最大的能力救援。

直到沉重的敲门声打断他的思路。

"能不能不要在我工作的时候打扰我？"

阿斯特拉有些恼火地朝着门外喊。

"如果只是送饭，放在门口就可以了。"

那敲门的家伙没有回应，正当阿斯特拉有些纳闷地将视线转过去时，他推门进来了。

果然是那个西装革履的傻大个。

"干吗？"阿斯特拉压根没打算给他好脸色。

他没有说话，只是侧过身去，一个穿着棕色马甲的卷发眼镜男竟然毫不顾及地上的稿纸走进来。

"可我们并不觉得你在工作哦，院长大人。"

这人说话极度不友善。

"这人是谁？"

比起这个娘娘腔，阿斯特拉更愿意跟那傻大个说话，但那也只不过是在两个烂番茄里挑个没那么烂的罢了。

"这位是德卡洛专家，是由议会特别指派的相关领域研究员，在国家科技大学担任名誉教授。"

"哦。"

阿斯特拉应了一句，还以为是什么了不起的大人物。

"名誉教授？也就比我差了十万八千里而已。"

"但我可是专门来监督你的哦，你别担心，只是要有个人在旁边提醒你工作要负责而已。千万别怪我，要怪就怪议员，如果你有那个胆的话。"

阿斯特拉甚至都不屑多看那人几眼："监督？"

"根据德卡洛先生近期在监控中的观察及做出的判定，议会认为你正在开发的药物并不能满足他们对三位宇航员的要求。"

"别给我扯没用的，说人话！"

"就是说啊，院长大人您做的是治疗他们的药物，但这个治疗可不能让他们变回普通人哦！"

"他们是我的病人，应该怎么治疗我说了算。"

阿斯特拉也大概猜到了这人的来意。

"关你什么事？"

"哦哦哦……"德卡洛扭捏着身子退了一步，双手在空气中舞来舞去。

"别这么凶啊！我虽然差你十万八千里，但你在搞什么幺蛾子，我还是看得出来的。"

"所以你最好老实点，德卡洛先生从现在开始会一直盯着你。"傻大个开口威胁道。

"别以为议员们不知道你正在做的事情，请你立刻停止并且重新进行开发，按照议员们的意思来，否则将视为叛国。"

"叛国？"

阿斯特拉不自觉发笑，眼睛弯成了两条缝，张开手臂，看着周身的一切。

"我忠心耿耿为国家打拼了大半辈子，你们说叛国就叛国？"

他将手上的笔狠狠摔在地上，摔了个粉碎。

"别这么凶嘛！"

德卡洛做出被惊吓的姿态，那搔首弄姿的样子怕是女人都做不出来。

傻大个没有多说什么，转身离开，出去时又没有把门给关上。

阿斯特拉想伸手把德卡洛也给赶出去，没想到这家伙居然自己转身关了门。

"唉……"

阿斯特拉瘫坐在椅子上，满眼尽是无奈。

德卡洛找了个地方坐着看他，这也不是唯一一个注视着他的人，却让他感到异常不爽，这家伙注定会在他和他的病人之间挑拨，并且对后果丝毫不关心。

"长官！"

程浩瀚和队友们整装待发，站在屏幕前。

在五分钟之前警报被拉响，刺耳的声音将他们从床上直接拉了下来。

这一天比凯想象的要来得早了好多，刚开始他以为又是场演习，那种拉个警报把所有人叫到某个地方，然后又放回去继续睡的演习。但这次不同，区别在于警报的音色，较往日显得更加尖锐。早在预备役时他就学过这方面的知识，只有真正的紧急事件发生时才会用这种音色。

但这也让他暗暗担忧，多少出了些冷汗，他偷偷瞥向旁边的克莱尔，她出奇地平静，就像程浩瀚平日里和训练时的近乎人格分裂的差别一样，她此时也像变了个人。

"都准备好了吗？"

屏幕里的长官问道。

"是！"

众人立正，整条走廊的声控灯都亮起来。

长官点了点头，要的就是这种精神面貌。

"很好！接下来，我简单阐述任务。"

"是！"

"本应处在隔离区的三名人员在前往会见议员后失踪，三人最后出现地位于1127区域，有目击者称，他们正在前往提兰城北国家科学院的方向。你们的任务是搜寻他们的踪迹并且拦截，其他部队也会跟上协助。注意：这三名人员的身份是暮雨花能量改造人，是否具有敌意尚不明确，但如果产生交火他们会非常危险，如果情况允许可以将他们抓捕，经由正规审判后交给有关部门处置，情况极端时允许直接击毙——毕竟他们本身就算半个死刑犯。无论如何，各位，请切记小心！"

听到"暮雨花能量改造人"时，似乎能听到埃里克咽口水以及克莱尔差点咬爆后槽牙的声音。

"收到！两分钟后车队出发！"

老程敬了个礼，长官只是点点头，便关闭视频通信，随后，他快速转向其他队友们。

"路上向你们解释。"

看来事情没那么简单，凯想。

他们迅速下楼，进入运兵车，与此同时，能看到整个基地所有人都忙了起来。

伴随着轰鸣的引擎声，车队驶出基地，向着目标区域疾行，到了这个点也没有什么人在路上徘徊，所以他们畅通无阻。

但这可能是他们此次行动里少有的比较顺利的事情了。

"所以，之前长官和你说的三个改造人，就是指他们？"诗岛惠问道。

"是的。"

"为什么不早点说？"克莱尔忙问，将身子凑得很近。

"当时长官告诉我这三人情况暂时不稳定，将来会怎么样也还没个准信儿……"

"但现在他们要干些什么坏事去了，你知道这样的人迟早会……"

"听我说完，克莱尔，"老程打断了她，"别急。"

旁边的凯拍拍克莱尔的大腿示意她冷静。

"这么说你可能有些难以接受，但在之前，长官向我表达的意思是，这三人有成为我们同事甚至战友的可能性。"

"战友？"

克莱尔笑了，笑出了声，笑得有些狰狞："他们居然相信这种人会变成我们的战友？这种随时都可能失控的不定时炸弹！"

"克莱尔……他们只是失踪而已，还没说他们去打砸抢了呢。"

"你觉得他们失踪后能去做什么？扶老奶奶过马路吗？"

凯看着克莱尔，他愣住了。

那种眼神自己从来没在克莱尔身上见过。

"克莱尔……"

他看着她，一时间竟认不出来这是种什么样的表情，克莱尔意识到自己有些失控，便刻意回避了他的眼神，而是转向在旁边有些蒙的老程。

"我保证我不会因为个人情绪随意开火什么的，程……斧影，但我也可以向你保证，如果他们被我发现存在威胁，我会毫不犹豫地行动。"

老程松了口气，看来是他多虑了。

"但更重要的问题是，这三人是谁？"

"罗里克、江源、汉娜。"

格瑞格开口。

自打刚才知道要面对的三人是个什么来头时，他就开始了合理的调查与推测，看着队友们投来略带质疑的眼神，他立马开始展示他手上的信息。

"这三人自从回到地球之后对外就再也没有任何的信息，所有媒体报道的都只是他们入院接受检查，但也没有实时的照片。不久前传出一些内部消息，说他们所乘坐的航天器遭遇的是暮雨花晶体的能量泄漏，这种能量可以与人体结合产生基因变异，且有副作用，也许斧影已经见识过了……这副作用并不算致命，如果经过科学的方式调理这能量就不会改变人的身体，而且还会给予人一定的超自然能力，但如果同时遭受一定量的宇宙辐射……"

"那就会变成怪物。"

"那就取决于你对怪物的定义了，魅影。你们想想，把以上信息结合，最有可能遭遇这种能量泄漏的人会是谁？或者应该说还能是谁？"

"那就只能是他们了。"萨金特开口道。

"但是，为什么？如果他们就在那儿好好待着接受治疗，就像你说的那样，还是有办法变回正常人的吧？"

"有可能性，而且这可能性还不小。"

"那为什么他们现在会跑出去？他们不会指望变成这样子走在路上，别人认出他们是国家英雄什么的吧？"

"这我就不得而知了，没有研究表明这种能量或者辐射会改变一个人的性格。"

"但是人会。"

大家一起看向凯。

"我只是猜的。"凯有些不知所措地补充。

"说说看？"

"想要改变人，哪怕是里克他们这样的国家英雄，你只需要做些糟心的事情，不需要特别多、特别致命，只要摧毁他们的信仰就行。"

"那看来这事儿可严重得多。"

萨金特叹道，听完这番话，他感到不寒而栗。

"好像……该怎么说呢，当有了超越自然的力量时，我想很多人都会用这样的力量去保护身边的人，甚至整个人类，但是当他们发现这些人不值得被保护的时候，他们会怎么做呢？"

大伙沉默了好一阵子。

"也许对于上边的人来说他们三个的力量太诱人了，都忘了他们也是人。"

凯讲述着自己的猜测，克莱尔轻叹着气，他总是会有些异于常人的想法，克莱尔已经习惯了，拦不住了。

"你可比我想象的成熟多了。"

诗岛惠看向凯。

"呃……多谢。"

"那也就是说，他们还是有危险性的。"克莱尔接过话荏子。

"我从来没这么说过，我只是想表达他们可能遭遇了一些不好的事情。"

"你可别因为这个在他们之后上法庭时给他们辩护就行。"

凯看克莱尔别过头去，一时间有些不知所措。

"我们快到了。"

老程看了看手臂上的定位器。

"无论如何大家千万要小心，不管他们想怎么样。最好他们只是出门散散步，能够乖乖束手就擒……最好是这样。"

他看向窗外，此时车队已经进入市郊范围。远远看过去城市的灯光若隐若现，而更明亮的是挂在天上的月。

和那个晚上的月似乎一模一样。

"有种风雨欲来的感觉。"

十三　暮雨欲来

"大半夜的，打错电话了吧，你找哪位啊？"

"是我。"

"哦……哦！天哪！真的吗？"

"真的是我。"

"到底发生了什么事？"电话那头传来抽泣，"大家都以为……"

"以为我们死了？别听他们瞎说。"

"那你快回来，听到没有！孩子想死你了，她现在学也不去上，饭也不好好吃……"

"我一时半会可能回不去……还要段时间。"

"为什么？"

"你们不会想看到现在的我。"

"说什么胡话呢？"

"你先带着孩子回乡下去，现在就回，最好是暂时避一阵子，越低调越好，千万不要被人找上门。等我们解决了现在的麻烦，我就会来接你们，到时候再向你们解释。"

"那我怎么知道你没事？"

"哈哈……我怎么可能有事。"

"真的？这话听起来就不像是有什么好事，难道你要……"

"我还能骗你不成？"

"嗯嗯……你保证，千万千万不要做什么傻事！"

"……"

"怎么了？听得清吗？"

"好。我答应你，我保证。"

又下雨了。

开始只是些毛毛雨，借着夜色的掩护偷偷落下，在室内不用肉眼去细看压根察觉不到。但很快雨声就淅淅沥沥起来，城里的小摊小贩立马收起东西离开，步行街上也不见了人影，高架桥上堵起车来，偶尔还有些喇叭的声音。

但这一切还不足以把阿丽从迷糊的小憩中吵醒，直到闷雷滚过天边，她才缓缓睁开眼睛。

怎么又在沙发上睡着了？

她起身，坐着发了好一会的呆，电视的播报还在喋喋不休，她有些厌烦。

可当抬起手臂去茶几上拿遥控器的时候，她突然停住了动作。

"现在我们可以看到，影子部队的人已经从车里走了出来，沃尔兰国家科学院周围有几架直升机飞过。根据部队的信息，该地区有不法分子正在游荡，具有一定的危险性，请周边的市民朋友们切勿出门。"

科学院出事了。

阿丽立马意识到事情不对，以她的嗅觉百米开外都可以闻到城市上空的硝烟味，这味道一下子就让她的头脑清醒过来。

她从沙发上跳起，三步并作两步冲回房间，从许久没打开的衣柜里随便拿了套积了点灰尘的衣服换上。这套衣服让她有种熟悉的感觉，但她没有去细想什么，也顾不得过于紧身所带来的轻微窒息感。随后她将头发胡乱扎起来，出门时还不忘先去老头子的房间找到他的备用 ID 卡，再拿上他给的小木盒以及放在床头柜里的匕首。

　　冲出家门，电梯的方向她有些陌生，好在楼道设计算不上复杂，找起来也不算特别困难。

　　出了电梯，小跑到楼外，没有理会看门人疑惑的眼神，刚好有辆出租车就停在门口。

　　"去国家科学院。"

　　她直接钻了进去。

　　"可是小姐，新闻上说那里有……"

　　"送我到那里，这些钱都是你的。"

　　阿丽将百元大钞在司机眼前晃了晃。

　　"出发！"

　　雨夜里只有这辆出租车在疾行，阿丽却还是止不住地催促。

　　"我已经压着限速在跑了，亲爱的小姐，再快就会被监控给拍下来。"

　　"监控？"

　　阿丽有些纳闷地朝前方车窗外看去，才发现每个路口都是"眼睛"。

　　"这两年，这些鬼东西像雨后春笋一样，到处冒出来。"司机说，"你不会不知道吧？"

　　"我这两年出门的次数可能比你撞车的次数还要少。"

　　"可我没撞过车……只是擦碰过那么两三回。"

　　"那就是了。"

　　她再也没多说什么废话，而是尝试让自己冷静下来，并且试着在脑海中制订针对不同情况的预案。

　　但归根结底，事情最终会发展成什么样子，她自己也没底。

　　"所以，小姐？"

　　"什么事？"

"我能不能问问，只是单纯出于好奇，为什么你要在这种时候去科学院？"

"没什么大事。"阿丽回应道，"有个很重要的人在那，我得去找他。"

"好吧。"

"报告！"

"说。"

"议员先生们，三人的家属都已经不在他们的住址，目前正在调查他们的行踪。科学院发生断电，目前没有我方部队表示他们有切断电源的行为。"

"嗯。"

"火"议员沉默不语，仍然盯着各小队行动的画面，没什么动作，只是将手里的雪茄抖了抖。

"他们还真够胆。""山"议员说，竟然还有些赏识的语气。

"谈崩之后他们直接找了个机会溜出去了？"

"一直都有人看着他们。根据报告，他们是在车队运输的途中突破出去的。"

"运输他们的人员怎么样了？"

"风"议员忧心忡忡地问道。

"他们没事，受了点皮外伤，仅此而已。"

"那为什么要说他们毁灭了整只运输车队？"

"……"

"是有预谋的吧？"见同事们都不回答，"风"议员又开口追问。

"可能是。"

"你们……""风"议员问正在坐镇的"火"与"山"，"谈判的时候是不是过于苛刻了？"

"你有更好的主意吗？""火"反问，"要是不把枪紧紧攥在手里，有一天这把枪可能就会被别人拿起来朝着我们开火。"

"你们真想把他们当枪使？"

"为了多数人的安全。""山"议员说。

"那少数人就不是人了吗？""风"议员仍然表示不解。

"可你所说的少数人有可能会变成怪物。"许久没有发表意见的"林"议员终于正式站队了，"看看他们三个现在的样子！就算他们现在还没有杀过人，也不代表他们以后不会这么做。更何况他们已经失控，不愿意再服从我们。害虫若是放任不管就会成群泛滥。"

三比一的投票结果，现在说什么也没用了。

"告诉影子小队向科学院前进，如果三人出现失控行为，可以自由开火。"

"是！"

"还有，""火"议员将抽完的雪茄按在烟灰缸上，"把阿斯特拉给我看好了，别让他打那些鬼主意。"

在他下令时，一声轻微的叹息从角落的屏幕里传来。

那是无可奈何的"风"议员，她已经不打算和三位同事辩论什么，其实关于里克接下来的行为她没法做什么担保，她自己也清楚，如果三人越了界那还是要果断了结的。

她也的确会像三位同事那么做，但事到如今心里总有个疙瘩。

"我们能理解你的感觉。"她的同事假惺惺地说道。

"但是为了人民着想，我们需要给他们带来一些光明，带来正面的引导，同时又要保证他们的安全。他们安稳了，我们自然也能够保住职位，这样对大家都有好处。所以哪怕是善意的谎言又如何呢？"

"就是啊，我觉得'山'议员说得没错，我也认为如果能有一个共同的敌人，确实有助于全民同心。"

编吧，就开始硬编吧。"风"议员想。

她从此将半张脸留在屏幕的外边，不再发言。

"嗯？"

德卡洛的手机没开静音模式，突然响起来的该死的音乐害得阿斯特拉把粉笔给弄断了大半截。

"你，他……"

他刚想开口致以"亲切的问候"，就被德卡洛嘘住，也不知那头说了些什么，反正能让这个不正经的家伙如此洗耳恭听，肯定不是什么好事。

"我得带你走了。"挂断电话，德卡洛直接对阿斯特拉说。

"我哪也不去。"

"我没打算征求你的意见。"

"呵！"阿斯特拉干笑一声，"你没资格和我说这种话。"

"他们在附近。"

"我可是完全不觉得意外。"

"少废话！"德卡洛拍拍门，那个傻大个"安全主管"走了进来。

"赶紧走！"

这命令的口吻听起来真难受。

两人押着阿斯特拉，像带着个囚犯一样穿过洁白的走廊，他们没有选择直接坐电梯，而是走漆黑的楼梯间从三层下到地面层——这楼梯间未经装修，灯泡也老旧得发不出光来。

出了楼梯口，又走过几个转角，来到科学院的招待大厅，这里本该灯火通明，像一个游客中心一样，空地上摆放些高科技设备，播放一些介绍科学院的全息投影，提供一些互动装置。如今这里却像个即将荒废的机场航站楼，所有的东西都要搬走，所有的人都要撤离。已经有支全副武装的小队护在那里，与他们同行的还有原本留在科学院加班加点工作的其他几个人，甚至连清洁工都没放过。

"去地下安全室。"

阿斯特拉只听到他们如此命令道。

科学院的地下有一处安全室，其保险程度丝毫不亚于国际大银行的金库。起初，阿斯特拉建造这个安全室，意在保护科学院正在研发或已经完成却暂时不能公之于众的东西。

"罗里克在附近，他们失踪之后，有个摄像头在距科学院两公里开外的地方发现他，在一个老电话亭里，随后还有摄像头发现，他们正在向这附近移动。"

德卡洛向不明真相的人们解释道。

"上级领导要求大家先去安全室避难，我们排除威胁后会来找你们。"

"那不应该优先保护那些设备吗？"

"先生……"德卡洛一脸慈祥地看着发问的人，"这些设备可不是议员和上级领导们所担心的。"

说这话的同时，德卡洛的眼睛没有从阿斯特拉身上移开过。

众人立马开始行动，阿斯特拉极不情愿地带路。科学院是一个近乎圆形的建筑，而安全室就藏在圆心地底，通过那里的电梯下去，再打开安全室的保险门就行，不过话虽如此，只有议员，董事会成员，正、副院长拥有直达那里的授权。

这意味着只有阿斯特拉能带他们进去，所以不管他情不情愿，他都得这么做。

他们只能从大厅旁边的门向圆心走去，穿过摆放各种设备的展示厅，再穿过地面层的研发室。过了不知道多少道安保门，向左走，那电梯终于出现在他们眼前。

就在阿斯特拉准备把头伸上去扫描眼睛时，只听见咚的一声，几乎整个科学院都黑了下来，在其他人亮起手电之前，只有那电梯和一些同样使用独立电源的紧急灯光还亮着，发着幽幽的光。

"他们来了。"

听到护送的队员里有人开口，哪怕那只是种预测，都已经令大伙儿出了一身冷汗。

"中心，科学院发生断电，我们需要确认断电是否友方所为。"

那护卫队的队长先是打开夜视仪，随后第一时间向指挥中心汇报。

"院长，你能不能快点？"

德卡洛催促道，还推了下阿斯特拉。

阿斯特拉自己也慌，当然了，现在他也许比任何人都要慌，但他需要比任何人都表现得镇定。

阿斯特拉没有多说什么，只是操作着，他很清楚议员们也许正通过哪个实时记录仪观察着。但他刚刚也经历了一场煎熬，并且没有得到太多缓和的时间，颤抖的手指证明了所有。

当然让他更心慌的是所有人都不敢出声的沉默，直到有人出手打破它。

砰！

众人左侧的墙体突然裂开，也许对于里克来说这玩意儿只是个泡沫纸板。在这样的环境下，他的眼睛和身上裸露的一些血管似乎发出阵阵诡异的红光。德卡洛大喊一声摔倒在地。

"开火！"

"等等！"

阿斯特拉还没来得及阻止，众人就已将火力倾泻到里克的身上，不过那又有什么用呢？

里克就站在那里，什么都没有做，那子弹像是在给他洗澡一样。

阿斯特拉往阴影处退了两步，他差点下意识地去阻止他们开火，但理智很快占据上风，那样做反而会让自己更加危险。

一只手从背后的阴影中伸了出来，阿斯特拉打了个寒战，转头看到汉娜的脸。

"唔！"

汉娜死死压着他的嘴，不让他出声，并很快将他拽进阴影中，阿斯特拉顿时感觉眼前恍惚了好一阵子，脑袋向后垂着，五官的感知都有些失灵。不过他知道对方不会咔嚓一声拧断他的脖子，要他的命，所以他没怎么挣扎。

等他反应过来的时候，才发现汉娜已经把他带到了大楼的隐蔽角落，离刚才那里起码有百米的距离。

里克看到队友得手，转身一拳打在旁边的承重柱上，埋伏在另一边的江源也做了同样的动作。轰隆隆的响动后，天花板塌下来几块，并正如他们预料的一样砸在他们与众人之间，同时也封住了出口。

当然，他们怎可能计算得十全十美？几块巨大的落石向着德卡洛的方向砸了过去，里边还插着几根钢筋，只不过在它们即将了结这人的小命时，一个身影闪过，将他拉回安全的范围内。

随后，德卡洛看到里克那没有瞳孔的眼睛与自己对视了刹那。

一声巨响和掀起的烟尘让很多人都看不清到底发生了什么，

但枪火并没有就此停止，在眼前闪烁了几秒后，他们才意识到敌人已经从火光之中消失，而他们已经被困在这里了。

"不该这么做的！"阿斯特拉看到里克向自己走来时怒斥道。

"你们这么做，考虑过后果吗？"

"正是考虑过后果所以才要这样。"

里克出奇地平静，心不急气不喘。

"我想也是。"

阿斯特拉叹了口气，仔细想想自己也没有什么发火的资本。

"我猜那几个议员可没打算好好跟你们说话。"

"相信我院长，我们只想去争取最好的结果，现在事情还没有那么严重，还可以挽回。"

他说到了阿斯特拉的心坎上。

"带我们去拿暮雨花晶体吧。"

"收到。"

老程说罢，向队友们使了个眼色，众人从员工通道进入了科学院，打算沿着大楼另一侧的应急出口楼梯向上，在增援到来之前优先保护暮雨花晶体。

这时他们已经进入高度紧张状态。自打刚才大楼的另一边传来震耳欲聋的响动开始，他们的保险就已经关掉了，同样关掉的还有手电筒以及枪上的激光瞄具。

"刚才他们突袭了掩护工作人员的小队，那响声是他们打破墙体造成的，但是不知为何他们没有对任何人下杀手，只是带走了阿斯特拉院长。"

"收到。"

凯回应道，并一马当先，抢在克莱尔身前打头阵。

这回老程还不忘提醒他们提前打开夜视仪，有必要的话还得留意一下热成像，不仅是当前所处的楼层，还包括了头顶和脚下。

自打那一声震响后整栋楼似乎都没了动静，在夜视仪那绿色光的加持下，一切都诡异且恐怖地静。

他们小心翼翼地推进，既要保证不发出过大的声音，也要保证一定的速度，暮雨花晶体正存放在四楼的实验室里，暂时封存在器皿之中。这实验室的位置并不在建筑的圆心，而是偏向他们所处位置的那一侧，只要他们动作够快，就能抢在里克之前赶到。

但问题是，他们压根不知道对方所处的位置，这是场博弈，而且输家的代价难以想象。

"我们现在可以确认的情况是：部队正在追踪的目标正处于科学院内，就在刚刚，前方记者在科学院内部听到震天的响动以及枪声。"

雨声淅沥沥，窗外的灯红酒绿随着车身的移动向后退去，沉没在雨水的朦胧里。车载电台里的女声喋喋不休地报道着，阿丽未将目光脱离外界的光怪陆离，却将一字一句全听得清清楚楚。

"我的妈呀！"

司机刚开过个转角就急刹车，力度之大，差点把阿丽五脏六腑给扯出来。

"这里已经被封闭了。"

他们看着前方，警戒线拉过了这片街区。虽然目前没有人来看守，但只消细细观察就能看到不远处有警灯闪烁。

"还有路能绕进去吗？"

"对于车来说，已经没有了。这里已经是离科学院最近的地方，如果你走旁边的小路，没有被发现的话，十分钟左右就能到。"

那司机还在盯着手机架上的在线地图说着，殊不知一回头，后排的姑娘已经没影了，座位上放着一沓钞票。

"那也行吧。"

司机喃喃自语，掉头回家，而阿丽已经钻进了旁边的小巷里。

只不过没有人注意到她那片刻的犹豫。在那小巷里，似乎有些什么人藏身于黑暗角落之中，在雨声的掩护下，他们笑得很放肆。

阿丽感到阵阵反胃，随后是极度的寒冷。她隐约瞥见黑暗中涌动的暗流，月光透过雨水，和那寥寥无几的昏黄灯光一般虚弱。真没想到时间过得如此之快，更没想到自己竟然真的有不得不直面恐惧的这一天。

事到如今也没有回头路了。

她没有去管被溅起的积水打湿的裤脚，不停地跑着，身上不知是冷汗还是雨水。不管她愿不愿意承认，这暗巷里的一切都让她那么害怕，但是她告诉自己不得不这么做，现在她没有害怕的余地，能做的只有向前——那可是该死的暮雨花强化人！

她跑得飞快，暗巷之中潜藏着的眼睛刚刚发现她，就发觉已经追不上这个猎物了。

她强迫自己不要去想曾经的那些事，哪怕如今的场景比以往噩梦里的场景更加真实。她想起来了，自己曾经也这么跑过，但那次是逃跑，拼命往外跑，尽管后来又被抓了回去，被继续按在地上……

她没有停下脚步，前方已经逐渐亮堂起来——那是科学院大楼的灯光。

好在小巷的出口很快就到了，她没有贸然跑出去，因为一辆装甲车刚刚从旁边驶过。

果然，这里已经被包围了。

她祈祷着那条秘密通道没有被人发现。

那条通道是从科学院内部挖出来的地道。它并没有出现在科学院的平面图中，也没有多少人知道这回事——但她知道，她曾经跟着老头子走过。

那个地方的入口就在附近胡同里的井盖底下，用老头子的备用 ID 卡扫开藏在下水管道旁边的安全门，穿过地道，进入科学院院长办公室的暗门就可以了，老头子说那是用来快速搬运一些设备的临时通道，不过阿丽没有全信。

循着回忆里的路线，那里与自己现在所处的位置非常接近，并且地道的入口无人看守。谢天谢地，终于又有一件幸运的事情了。

她隐隐约约地预感到，这场纷争不会那么简单，所以自己要雷厉风行些：冲进去，找到老头子，把他带出来。

赶在这些事件造成什么严重的后果之前。

十四　因果作用

阿丽的预感是对的。

至少在嗅觉这方面，她和那老头子大差不差。

"其实说实话……"

"嗯？"

"我很高兴你们能做出这样的选择。"阿斯特拉对里克说着，同时他们没有停止走向暮雨花所在的实验室的脚步。

"何出此言？"

里克问着，脑子里却构思好了一些答案。

"我们都曾以为自己所做的一切特别光荣，会得到真正的快乐，能报效国家。我当然不会否认自己当初对开发暮雨花技术的判断。可当真正见过那样的力量时我才发现，那就是普罗米修斯给予人类的火种，不经意间便可燎原……然后我意识到他们并不这么想，我们所信仰的并没有我们所认为的那么善良……"

"嗯嗯……"

"我想我们都受够了。"阿斯特拉继续说着，"我不想这样。我不想让自己废寝忘食研发出来的东西被拿去充实他们的腰包，我不想让自己辛辛苦苦开发出来的新式科技被他们拿去武器化，或者被当成什么高价商品去收割其他人辛辛苦苦赚来的钱。"

"你曾经也说过，为自己的家人考虑……"一旁的汉娜轻轻发声。

"是的，那天和你们说完后我就思来想去，久久不能入眠。

我只对了一半，确实得顾及我们的家人，但要是今天向他们妥协，以后他们还会接二连三地要挟我们，那样才是真正对家人不负责……而且我的女儿肯定不希望那样。"

阿斯特拉这段话也算是鼓舞自己。

"当然，我想你们也应该感谢自己，若是刚才你们下了死手，我说什么也不会帮你们。"

里克看着这个还没自己肩膀高的小老头，那眼神仿佛在看一位巨人。

"快到了。"

阿斯特拉拿出 ID 卡开门。

"计划如下：我会设置封锁模式，为我们争取时间。你们三人治疗完成之后我们直接从密道出去，我想他们不敢拿我怎么样的。现在外围已经聚集了不少媒体，只要我们出现，就掌握了主动权，到那时全国人民都会知道真正的情况，无论如何，我们都可以全身而退了。"

"收到。"

里克毫不犹豫地接受了这项计划，他的同伴也是如此。如今也没有更好的办法。

他们走进实验室，阿斯特拉启动了备用的能源，让房间亮堂起来。

房间的正中心摆着暮雨花晶体，像是寺庙中供着的某种宝物一样，见他们到来还发出一些动静。它还隐隐约约有扩散开来的光芒以及某些圣洁之感——也许别人看到它就会下意识这么想吧。

整个房间里摆满了尖端仪器，电脑屏幕上闪烁着一些奇怪的字符和图案，若是在往常，里克肯定会畏手畏脚地不敢进入，生怕打破些什么东西。

而暮雨花晶体已经接了几根导管，与旁边的三个舱体相连，想必这里就是接受治疗的地方了。

阿斯特拉用遥控器启动实验室的封锁模式。"这模式原本是为保护实验室外的人不受能量泄漏影响而设计的。"他说，"从来没想过这玩意儿如今会用来保护实验室里的人。"

"呼叫影子小队。"

"到。"

"这里是'火'议员。"

"长官。"

"根据最新消息，他们已经到达存放暮雨花的实验室。经证实，阿斯特拉院长已经与他们达成了某种协议。无论如何，他们的所作所为会危害到国家和议会的利益。你们即刻前往实验室阻止他们，破坏掉他们的仪器，保护暮雨花晶体，并且把里克三人制服带回来，这是命令，你们有权限随意开火。"

"是。"老程说。其他人也听到了议员的指示。

"阿斯特拉叔叔……"克莱尔在心里嘀咕着，随即又咬紧了牙关。

"绝影。"

格瑞格打开战术平板并调出实验室的扫描图，同时老程开始布置起战术。

凯不禁皱起眉头来，旁边的克莱尔则显得更加激动了，只不过两人的动作都藏得很深，不为人所知。

"按计划行事。"老程说，并且将一个收纳装置交给凯。

"有可能谈判失败，那时你们直接取出暮雨花晶体。"

"就用这些东西吗？"

"这是针对暮雨花晶体特制的容器，收好暮雨花晶体就跑，直接交给外面的接应人，我们拖一阵就撤。"说完，老程转向所有人，"切记演练过的阵形，不要和他们硬碰硬，随时准备逃。"

这话听着有点像是开玩笑，逃？跟被任命专门处理这种奇异怪人的队伍说逃，还是在交手之前说的？

但他的语气却出奇地严肃。

"这是打算斩草除根了？""火"议员刚刚关掉通信，他的同事就开口。

"你也听到阿斯特拉刚才说的那些话了？"

"是。""山"议员说。

"这几个人留不得。"那沉重的声调在此刻显得无比轻渺。

"德卡洛这小子看着倒是有点意思，至少这件事他做得很好。"

"我就说嘛，这可不像是你的主意。"

"呵呵。"听出他话里暗含的轻嘲，"山"议员干笑道，"确实不是。"

"别跟我说你打算提拔他当下一任院长。"

"也并非没那个可能。"

"山"议员微笑着，他的同事微笑附和。

"能当科学院的院长可是要有很强的学术能力的。"

"但对于我们来说，那并不是重中之重，不是吗？"

"躺好。"阿斯特拉眼睛没从屏幕上离开，但嘴上已经吩咐起来。

"这个过程需要点时间，必须抓紧。"

"那是自然。"

里克他们三人快速交换眼神，各自找了个舱体躺进去。

"不管发生什么，千万不要乱动。"

阿斯特拉说完，将三个舱体的玻璃罩关上，随即马不停蹄地确认其与暮雨花晶体的连接。

"不必过于谨慎，院长。"里克开口道。不知是这层玻璃罩让阿斯特拉听不到他说的话，还是阿斯特拉单纯是无暇回应。

事实上他听得一清二楚。他低着头，听到嘀嗒一声。那是仪器可以正常使用的信号，他却仍然放不下心里悬着的大石头。

"来吧。"

他看向舱体里的三人，他们用同样坚毅的眼神回敬着他，从那一刻开始阿斯特拉就打消了心头的焦虑。

事到如今，他们早就无条件地相信他，哪怕三言两语解释不了其中的缘由。

于是他将手放在了启动键上，并毫不犹豫地按了下去。

砰！

巨大的声响让他心头好一阵惊诧，一瞬间他冷汗直流。他看向屏幕，但并没有寻找到什么异常。这也的确不是仪器发出的声响，暮雨花晶体已经开始传输能量，而三人所处的舱体也开始吸收他们溢出的能量与辐射。

里克感觉到身体暖暖的，像是泡进温泉一样，他还以为这个过程会极端痛苦。

汉娜本来还闭着眼睛握紧拳头，如今却松弛下来。

江源轻轻张嘴，只是片刻，他发觉嘴上的伤已经近乎痊愈。三人的身体都以肉眼可见的速度回归正常人的形态，那些犄角在逐渐消退，更多的能量被注入，他们感到越发具有活力。但这个过程还是要持续一段时间，辐射造成的变异不会立刻全部好转，他们还是要忍受一些痛苦。

痛苦对于他们来说也是老朋友了。

可阿斯特拉还在纳闷，刚刚那声响是从哪传来的？

随后他不得不停止手头即时调整数据的活，指尖悬在键盘上没有敲下去，他意识到了答案，这个答案让他感到眩晕和紧张。

"院长先生。"

他回过头去，原来是实验室另一边的墙壁被破开了一个口子，此刻几个影子小队的成员正举枪对着他。

他万万没想到他们没走门，更没想到他们突破防御系统是如此轻而易举。

"听我说！"阿斯特拉举起双手，一点一点向他们走去，"我要治好他们。"

"这或许不符合议员的指示。"

"当然不符合了，该死的！"阿斯特拉有些恼怒，"议员们并不能理解他们正在承受的痛苦！"

"把仪器关掉，他们三人要跟我们走。"

阿斯特拉叹了口气，但没有动弹，影子小队也是根据命令做事，想必跟他们讲道理也是无用的。他用恳求的目光看向他们，他能看到他们肩膀上的代号，但他们在头盔和面具底下的表情他不得而知。

"那就别怪我们了。"

带头的人不知发了个什么信号，天花板轰的一声四分五裂，灯光在瞬间全部熄灭，先前设置的防护系统在影子小队的装备面前都像纸糊的。

"不！"

三个人从天花板上降了下来，他们三人分工明确，一人迅速切断能量传输，一人强行破坏仪器，一人拿着准备好的特制容器，以迅雷不及掩耳之势将暮雨花晶体装了进去。

阿斯特拉正要阻止，就被猛地扑倒在旁边。

"我真没想到你会和这种浑蛋同流合污。"扑倒他的那个影子小队成员的声音，对于阿斯特拉而言特别耳熟。

"克……"

克莱尔的名字还没有念出来，里克三人便打破了舱体。

"你们不要太过分！"影子小队坏了自己的好事，三人都恼羞成怒。

"走！"原本和阿斯特拉谈判的那人喊着，随后率先抬起枪发动攻击。那个抱着盛放暮雨花晶体的容器的队员立马向远处跑去，汉娜刚要冲出去拦截，几发子弹便打在了她身上。

"根据影子小队的权限，现在对你们开火，这是你们最后的投降机会。"

"少在这摆架子！"

里克看到这几个家伙很不爽，此刻也顾不上什么了，他冲上去，那几个影子小队成员倒很识趣地没有与他硬碰硬，而是立刻辗转腾挪起来，与他们不断周旋，与此同时将密密麻麻的火力交叉输出到他和两位同伴的身上。子弹打不穿他们的皮肤，而是闪出一点火花后纷纷掉落在地上，但它们的动能却成功让里克等人应接不暇。

"待在这别动！"

克莱尔见状也松开阿斯特拉，只是故作凶狠地警告了他，便抬枪加入战斗。

这回影子小队的六个人站位非常分散，且不断走动着交叉输出火力，时不时打出几发电击弹，以此来干扰里克三人的动作。

阿斯特拉躲在不远处的桌子后边不知所措，这时一只手突然拉住他猛地向后拽去。

"跟我走！"他听得出来那是女儿的声音。

"阿丽！"阿斯特拉正要责怪女儿不合时宜地突然出现，可阿丽没有给他这个机会，强硬地把他拽离了战场。

　　她完美地卡着影子小队阵形的死角，既躲过了他们的视线，又没有被流弹殃及，阿斯特拉只能跟着。阿丽神不知鬼不觉地溜了出去，把阿斯特拉带到门口，老头子却突然反抓住她的手。

　　"现在还不能走！"

　　"现在不走还干什么？！"

　　"暮雨花晶体！有一个人带走了暮雨花晶体！"阿斯特拉忙指了指方向。

　　"那东西有什么重要的？"

　　阿丽没有管这么多，可这糟老头子愣是不愿意动，他好像在慌慌张张解释着什么，但在枪火声中并不清楚。

　　"该死的！"她骂着，"行！你马上走密道，我去把那玩意儿追回来，安全屋会合！"

　　说完，她将阿斯特拉狠狠推开，两人对视半秒，她便转身离去。

　　其实阿斯特拉的担心不无道理，阿丽也能理解。暮雨花晶体如今算是张底牌，无论如何都要先掌握在自己手里，不然即使阿斯特拉现在能全身而退，也没法在之后的控诉中站住脚。阿丽不清楚他与里克、影子小队和议会有何纠缠，但她打心底里清楚，无论如何，那个屎黄色晶体是关键。

　　它能造成的后果也没人比她更清楚。

　　阿丽快速跑动起来，她很清楚这个方向的所有出入口，也能判断目标的路线，至少会比那个刚刚记下路线的影子小队成员要熟悉几分。

　　她辗转腾挪，直接翻过几张桌子，撞开门进入楼道，并飞身跳了下去。

　　那家伙果然迷路了，正如阿丽猜想的那样，他并不是科学院的常客。他能做的只有按照影子小队既定的线路来逃，这个既定路线是针对科学院的建筑特点所定，万变不离其宗。

阿丽冲出楼道，进入科学院的花园之中，只是转过几个拐角，就把那人一头撞倒在地。

"唔！"

阿丽把他撞了个四仰八叉，但她并没有松懈，而是强撑着疼痛快速夺下他的枪，并拔出匕首划伤他的手臂，留下好大一条伤口，并趁他还没反应过来就把枪抵在他的脑门上。

"血影？"

她认出了这人肩部上的印记，这打开了尘封于她的记忆宫殿深处的某个长久未开启的房门。

"呃……"

凯还没有缓过神来。

"上代血影可比你强多了。"

"可上代血影用的不是指纹枪。"

阿丽立刻意识到大事不妙，扣动扳机，果然只有"指纹错误"的提醒音。凯趁她还没反应过来，抓住她的手臂，借助体型上的优势猛地将她甩了出去。等阿丽爬起身来，才意识到自己身后就是装着暮雨花晶体的容器。

枪掉在了凯的身后，两人面面相觑了半秒，立刻转身过去抢东西。

凯举起枪，顾不上正流着血的小臂，对着阿丽非致命的部位开了火，可这时阿丽本能地拎起容器，及时护住了自己的身体。

砰！

巨大的声响传来时，两人都觉得不对劲。阿丽受到子弹的冲击，手臂差点被震碎。她知道，按照影子小队的训练法，队员在以制服而非杀死目标为动机时会注重攻击的部位，那劫后余生的感觉证明她的判断是对的。

但很明显，总要有些什么东西受到损坏。

子弹打破了容器，甚至穿进了本就有些脆弱的暮雨花晶体中。这东西是为了便携和抑制能量而设计的，并没有想象的那么坚固。它阻挡了子弹，却也被开了个洞。

这可是凯没有想到的意外状况。

不等两人回过神来，暮雨花晶体中那些猩红色的能量已经向外溢了出来。

"糟了！"

意识到大事不妙，阿丽连忙将这玩意儿甩在地上转身就跑，她知道人体接触到巨大的能量会有什么样的后果。

而凯还没有反应过来……

"啊！"

一发流弹轰在里克背上，让他感到些许瘙痒，他扯掉身上剩下的那几块破布，咬紧了牙关。

阿斯特拉还躲在不远处，他又跑了回来，他觉得自己不该在此时离开。

他知道，自己要是现在丢下里克他们，会陷入两边不讨好的境地，更何况比起利用自己的议员们，里克对自己倒更显得有情义些。

可事到如今他又能做些什么呢？

他自己也不知道，只是站在原地看着。不管是哪边失去控制杀人灭口，对整个事情都不会有好的影响。

想到这里，阿斯特拉觉得自己也该放手去试试，从大局来讲，这是此时最好的选择。

"你们住手！"他放声喝止。

听到院长的声音，影子小队都不为所动，反倒是里克他们愣了会儿神，步子停在原地足足半秒。

阿斯特拉知道他们其实听得清清楚楚，他失望地意识到，这些年轻人根本就没打算听他讲道理。

"再多嘴一句，连你一起打！"克莱尔没忍住飙升的肾上腺素以及杀红了眼的情绪，转身掏出手枪对着身后的阿斯特拉威胁道。但其实在做出这个行为的时候克莱尔就后悔了，持枪的手在空中举着，有些不知所措，她的眼神从决绝到犹豫。

"糟了！"看见那个影子小队成员正用枪对着院长，里克顿时意识到大事不妙，他怒吼一声，挣脱开其他人的火力网扑了上去，企图阻止克莱尔。

克莱尔原本也不打算开枪的，只是想吓唬吓唬，让那个助纣为虐的老头闭嘴，里克这么一冲反而吓到了她，她企图掉转枪头反击，但里克的手已经压在了她持枪的手上，当克莱尔试图对抗这个力道时，才发觉那是不可能的，不自觉间她的手指已经扣下了扳机。

砰！

里克不作纠缠，一巴掌将她打飞，好在克莱尔戴着头盔穿着护甲，这下不至于要了她的命，但她还是重重摔在一旁昏死过去。

"糟了！"

老程意识到这事过火了。

"全员撤退！撤退！"

其他队员按先前演练好的阵形交叉掩护撤退，保证江源和汉娜不轻举妄动，埃里克则疯了般冲进去，抱起克莱尔就走，其他成员跟在后边。

江源和汉娜也确实没有追击，事实上，他们压根就没打算追。他们的心思根本就不在这帮烦人的家伙上，而是掉转身体跑向院长那边。

"院长！"

他们赶到时，里克已经跪倒在阿斯特拉身边，哪怕如今他的面容已不像是人类，但仍然能明显看出那种只有人类才能表现出的悲伤。

那发子弹还是打中了阿斯特拉。

"该死的！"

阿丽也很快就意识到了不对，当她转身看向凯时，眼前的一幕让她惊诧到愣在原地。

那结晶中所有的红色流体都像是有生命一般，凯刚想修补容器它们就窜了出来，并且顺着伸来的手臂快速爬到凯的身上。凯几乎是刹那间就感觉到了它们的存在，他发出痛苦的号叫，并挣扎着试图甩掉它们，却没有成功。

凯感到钻心的痛，身上的护甲像被水浸湿的纸张般轻撕就破，皮肤接触到这些诡异的流体时，比被泼了浓硫酸还要痛苦上百倍。他抬头看向不远处傻愣着的阿丽，感到眩晕，完全不知所措。

"这些是什么东西？！"他嘶哑地吼着，尝试着徒劳无功的反抗，它们逐渐融入他的身体。

融入，撕扯，吞噬。

"暮雨花能量的源头……"

阿丽不知作何解释，她再怎么了解这东西，如今也无从开口。

不对啊，她随即意识到，现在不是解释的时候。

"什……么？"

凯只能咬着牙挤出几个字来，事态的发展远超出了他能想象的程度。

他不得不将视线从阿丽身上移开，因为他猛地发现自己手臂上竟伸出了些尖刺，开始这些尖刺只是若隐若现，并没有一个固定的形状，随着那猩红的流体不断变化，尖刺逐渐凝固，映射着不知从哪发出的红光，并形成诡异的红色结晶。

这红色晶体在他的身上疯长，从外形上看，还能联想到一些猛兽的獠牙。晶体逐渐覆盖了他原本的皮肤，重组成一个畸形的样貌，好不惊悚。或许不久之后，这些红色的晶体就会成为他身体的一部分。

或者是他尸体的一部分。

两人都发觉凯的心脏跳得愈来愈响，似是随时都要爆开，在他痛苦的眼神中也多了几分恳求。

"真是的……"

阿丽没法对这个小伙子坐视不管，若是他撑不住这样的巨大能量爆体而亡，十有八九也要殃及自己。现在的影子小队虽算得上是自己的敌人，但还没到见死不救的地步。

况且阿丽和那帮议员可不是一路人。

她掏出了阿斯特拉先前留给自己的药剂，冲上前去，对着凯的脖子狠狠一扎。

管不了那么多了，把药全打进他体内。

"啊！"

凯感到自己的体内多了某些东西，或者说是某种原始的、深藏着的东西正要显露。他没有办法描述那种感觉——他也没那个工夫去描述。

他尖叫起来。

他也经历过无数次痛苦的瞬间，被人围起来揍一顿，被教官吊起来打，甚至曾差点在见义勇为时被枪击、被刀捅，但那些时候他都没有尖叫过，他也不知道那时自己是怎么挺下来的。

但他根本没有尝过如此的痛苦。

他还是没抑制住自己胸膛之中爆发出来的一波冲击，如同恶鬼出笼般，红色的能量猛地向外冲去，震碎了周边的玻璃，将阿丽击飞。

她在地上滚了两圈，感到有些天旋地转，但她立马吃惊地爬起来，将目光投向凯的方向，尽管她两腿忍不住要向外逃离。

好在那药剂还是派上了用场，他身体中散发的红光逐渐消退，先前那种不祥的感觉也逐渐从他心头淡化。

阿丽看得出来，那种痛苦缓解过后的感觉往往比痛苦本身还要真实，况且看上去凯所经历的痛苦也许与当时自己经历的大差不差。

不过他们肯定都不愿意回想起来就是了。

幸好这一针阿丽及时扎了上去，她感到无比庆幸。随着凯身上红光逐渐消散，胡乱生长的红色晶体也逐渐退去。

一切尘埃落定，凯躺在原地昏迷不醒。

"真是的。"

她把空针管丢在旁边，快速思考着怎么把这大块头给带回去。

这还挺让人发愁的，她心想，上前试探了一下，幸好还有呼吸，他们必须在支援到来前离开这儿。

阿丽费尽九牛二虎之力才托起凯，这才发现原本自己用刀在他手上留下的伤口已经消失了。

十五　分散与"邂逅"

"所有人都出来了吗？"

老程离开科学院后一直在问。

随后他开始点数，萨金特、格瑞格、诗岛惠、埃里克，还有昏迷的克莱尔。

"血影去哪了？"

他目送着克莱尔被抬上救护车，转头向身边人问道。

"凯罗索去哪了？"

他们都没有回答，大伙面面相觑，好像都以为对方有答案。

"血影！"老程打开通信器呼喊起来，同时祈祷着凯能够回复。

"血影！"

事实证明，他的祈祷没有得到回应。

"总部。"

他知道怎么做，这个时候的老程依然保持着些许冷静，哪怕是经历了刚才的惊心动魄。

"凯罗索没有出现在会合点，他的追踪器定位在哪？"

"最后一次出现时位于科学院一层。"

"最后一次出现？"

这几个字眼让老程开始感到真正的不安，这意味着凯的信号已经消失了，如今每一个影子小队成员的追踪定位装置都设计得复杂且坚固，而且极其隐秘，就算能认得出来那个装置，从物理层面去破坏也几乎是不可能的。再退一步讲，就算被外力强制破解，它也能发送求救信号，他们第一时间就能收到。

可事实证明这都没有发生。

除非有人能够对这种东西熟悉到直接动手关掉。

这都是意料之外的状况，并不在事先演练过的程序里。

这……他能怎么办？老程彻底急了，把面罩脱下来的时候面红耳赤，来回踱步，眼睛一直盯着手头上的各路信息，同时，他还不断地在无线电里催促总部去寻找失踪的凯。

其他几个成员也忧心忡忡，但他们发觉自己也帮不上什么忙。

"要不我去……"

"别。"

诗岛惠伸手拦下了想要去劝一下老程的埃里克。

"不找到凯他是不会轻易离开的。"诗岛惠说。

"从那以后，他无法接受失去队友。"

埃里克也知道诗岛惠所讲为何，便只能作罢。

"院长……"

里克想将阿斯特拉抬起。

"千万撑住，马上带你去找医生！"

"喀……喀……"

一股血从阿斯特拉的嘴角缓缓淌出来。

"撑住！"

此时已经顾不上三七二十一，他们向外跑去。极度的恐惧涌入他们周身，随时就要侵入他们的大脑，好在他们都设法压制住了这种情绪。

可里克还是不敢将那狰狞的面目放低，不敢去直视阿斯特拉的双眼，阿斯特拉对他们已经给予了常人所不能理解的好，他完全可以像其他人一样害怕地离开。

但他并没有这么做，他没有趁乱逃之夭夭，尽管事到如今，里克反而有那么一刻希望他这么做。

到了岔路口，阿斯特拉突然间猛地喘息。

"院长！"

"走另一边……我办公室的墙角……有一条通道能让你们撤退。"

他从口袋中取出沾了些血的 ID 卡。

"走。"

他们都已经听到更多部队正在强攻的声音。楼道传来细碎的脚步声，伴随着楼外螺旋桨搅动空气的声音越发接近，他们的时间不多了。

"走！"

阿斯特拉挣扎着，不让他们带着自己这个累赘。

"我留在这儿，他们不会拿我怎么样的。"他说着，眼神中透出决绝。

"我们还有机会，如果带着我……喀喀，机会就变得渺茫了。"

里克知道阿斯特拉是对的。

"找到暮雨花晶体就还有机会。"他又不知从哪取出张卡片，上边是一个地址，幸好没有被血迹所沾染。

"会有人来接应你们，她会害怕，但请千万别伤害她。"

说到这里，阿斯特拉似乎忘记了伤口，语气出奇平静，细细去听，还能听到字里行间所潜藏着的恳求。

"答应我。"

"好的……我们会来找你的。"

"先保护好你们自己。"

里克缓缓放下阿斯特拉，用一种掺杂着哀伤和不舍的眼神注视着他："一言为定。"

随后里克与同伴们不再停留。

"那就祝你们好运吧。"

阿斯特拉半躺在墙角，手却没有捂着伤口，目送他们离开，随后闭上双眼。不到半分钟就又有脚步声传来，当阿斯特拉再次睁眼时，几个特种部队的人包围了他。

"暮雨花强化人呢？"

"……"

"说话！"

明显是队长的人不打算把阿斯特拉当伤员来看，还粗暴地踢了踢他的腰部。

"呵呵呵呵……"阿斯特拉不禁嗤笑起来。

"你们甚至不愿意叫他们的名字，"笑罢，他讥讽道，"量你们也没那个胆。"

想来也是，他们怎么会把手头上的棋子当人看呢？他抬起头，直面黑洞洞的枪口，可他依然笑着，好像早就猜到结局会是如此……

砰！

"我们搜遍了整栋楼，没有发现强化人的身影。"

"嗯嗯。"

"影子小队有一名成员受伤昏迷，现在已送往医院，经检查并无生命危险，但成员'血影'失踪，与其一起消失的还有暮雨花晶体，目前行踪有待进一步调查。"

两位议员听着报告，多少有些恼火。

"阿斯特拉？"

"已经处理妥当了，长官。"

"长官，这次行动中各部队……"

"打住。"

"火"议员打断了下属想说的话，他不关心这些。

"录像做好了吗？"

"已经发送到您的邮箱了。"

听到这话，他心里那块石头落了地，总算听到些还算说得过去的好消息。

"真是的，净爱说些没用的废话。"

议员边小声嘟囔着，边打开刚刚收到的视频文件，又随手点了根雪茄，慵懒地靠在椅背上观看起来。

"不错。"他说。

"公关团队已经拟订好流程了，"那下属补充道，"只要您这边确认……"

"可以的，"议员心满意足地关掉视频，毕竟这个团队的技术他也不是首次见识了，"就按这个流程来做。"

他挂断通话，不禁长叹了一口气，嘴角挂上一丝讥笑。

他在笑这个世界上为何总有人不自量力，这是个让他百思不得其解的问题，但此刻，除了坐在一旁的另一位议员，没有人能理解他这样的心情。

"议员……先生。"

敲门的声音传来，看来是'他'到了。

"进来吧。"

房门开了条小缝隙，德卡洛从中钻出来。

"干得漂亮。"

议员开口就是对他的表扬。

"我们都没想到往阿斯特拉身上放追踪器。"

"在下应该的，应该的……"德卡洛装作谦逊的样子。

"不过这样一来，科学院要变天了。"议员仍然没放下手里的雪茄，"自古长江后浪推前浪，前浪被拍死在沙滩上。"

"我不是很懂您的意思……"

"那我就直说了，""山"议员也不再装作文绉绉的样子，"鉴于你优秀的表现，在科学院袭击事件中保护了员工，还揭发了有叛国行为的人，我和我的同事正在考虑让你接任科学院院长一职，长期担任，并且你的工作将直接向议会报告。"

"真的吗？"

德卡洛看着他，眼睛都放出光来。

"当然！"议员说，"不过，现在我只是以私人身份告诉你这个消息，你知道的，毕竟前任院长刚出事不久，过早的官宣继任人员不好。"

"这我能理解。"

"时机合适的时候你就准备好走马上任吧，在那之前不用管关于其他继位者的谣言，那都是我们假装徘徊不定的演出而已。"

"好的。"

德卡洛深情地鞠了个躬，在昏暗的房间里也能看到他满面春光，随后又行了一个标准的"托路萨"礼，倒着退了出去。

"唉……"

"山"议员收起刚才的笑容。

"这帮小浑蛋，真是狗胆包天。"

"事到如今，藏一点是一点吧，毕竟这真相对我们也不利。"

"不，他们没资格知道真相。"

两位议员对上眼神。

"最重要的还是把暮雨花晶体找回来，不管通过什么手段。"

"暮雨花晶体信号消失了。"

格瑞格从旁边的移动指挥中心车上冲下来，将这个坏消息告知同伴们。

"凯带着那玩意儿跑到了一层，靠近科学院花园的位置，然后在那里停留了一会儿，随后信号就原地消失了。"

"能调出那里的监控吗？"

"这就是问题所在。"格瑞格将另一部平板举起给老程看。

"这是最近的摄像头拍到的画面，但并不是信号消失点的。"

在黑暗的画面中，先是冲过了一个影子小队成员打扮的人，怀里抱着装有暮雨花晶体的装置，随后，另一道黑影从旁边窜了出来，很明显是追着凯去的。

"这女的……"老程皱起了眉头，"画面还能再放大、再清晰些吗？"

"这已经是极限了。"格瑞格无奈地说。在刁钻的角度拍昏暗环境中快速移动的人脸，多少还是有些为难。

老程盯着那屏幕看了好长时间。

"有什么发现吗？"

"我不好说，我不敢确定。"他说。

"议员已经下令全国搜索暮雨花晶体和凯的行踪了。"

"那我们也得赶快行动起来。"老程说。

"希望凯那小子能把他自己和那该死的晶体保护好。"

他看向不远处，已是破晓时分，可朝阳却好像完全没有光芒……

"呃……"

一股反胃的感觉从凯的胃里荡漾开来，他睁开眼睛，马上就意识到不对，并强行支起身体来，这床的质感像是塞了许多流沙般软得一塌糊涂，既不属于自己家，也不属于自己在影子部队大楼里的公寓。

这是哪里？

观察这房间时，他意识到自己可能被绑架了。

可这就是被绑架的感觉吗？他怎么也想不通。动动四肢，真够酸痛的，但并没有什么手铐、脚镣，这也不是什么黑暗的密室，他不需要很认真去听，就能听到吆喝和摩托碾过潮湿且不平整水泥地的声音，这顶多只能算是个藏在贫民窟里的屋子。

这哪是绑架，倒像是宿醉之后被抬回朋友家暂住一晚的感觉。

他还在四下打量，突然发现门口站着个女人。

"还以为你要成植物人。"她低头看着凯。

"你……"

凯愣了会，对这个女人好一阵打量，说是女人又好像没有那么成熟，看上去和自己也像同龄人，顶多就比自己大上两三岁。

他猛地站起，这不就是当时阻止自己送走暮雨花晶体的那女的吗？

"你想干吗？"

"少在这你你你的。"阿丽有些不耐烦地给他丢了一套衣服。

这是阿斯特拉存在这里的备用衣物。这里许多东西都是提前存好的，包括阿丽正穿着的那一身——要不是已经没有衣服穿，她才不会把自己包得那么紧。

"换上，我才不要帮你换那臭兮兮的 T 恤。"

"你知道我的队友会来找我的吧。"

"你那定位器已经被我掐掉了。"阿丽压根就没把他这带有威胁色彩的话放在眼里，"再说了，我大前天还救了你狗命呢。"

"大前天？！"凯惊呼一声，"那不行，我得马上回去。"

"你试试？"

　　凯正想动身离开，却发现一把刀架在自己脖子上，他没想到阿丽的动作竟如此之快。

　　"在弄清楚你身体的状况前，我是不会放你走的。"

　　"我再说一遍，"身体上虽是服了软，但凯依然是那副郑重其事的样子，"你这是在跟影子小队作对。"

　　"影子小队？"

　　阿丽笑了，那笑声还有些爽朗，凯立刻意识到这是个狠人，竟不把影子小队放在眼里。

　　"影子部队甚至议会都会来找你麻烦，你可想好了？"

　　"啊，对对对！"阿丽依然是那副吊儿郎当的样子。

　　"你亲爱的议会再过个两天没准就对外宣布你挂了。"她慢慢把刀从他脖子旁边移开，"要不是你带走了暮雨花晶体，他们可能昨天就把你当弃子了。"

　　她嘲弄地说，甚至还有意无意地抬高一点声音："可不是嘛，对他们来说，我们又算得上什么？"

　　"暮雨花……"

　　这三个字在凯的脑海中回荡，他没有理会阿丽接二连三的嘲讽，开口追问："暮雨花晶体呢？"

　　"你是说那屎黄色的晶体，还是里边那恶心的能量？"

　　"什么鬼？"凯有些不解地看着她。

　　"如果你说的是晶体，那已经被你亲爱的议会回收了，但如果你说的是那玩意儿里边的能量……"

　　阿丽晃动手指，挑拨般地在凯的胸口转了转。

　　"远在天边，近在眼前。"

　　"发生了什么？"凯问道。他可有太多问题了。

　　"你那鲁莽的一枪让暮雨花晶体能量泄漏，放出来的能量和你的身体融合，差点把你干掉。我就给你扎了针特效药，能抑制能量在人体内副作用的药，里面是什么科学成分我也不懂。翻译一下就是我救了你的命，所以你现在得听我的。"

"你怎么会有那种东西？"

"这就不是你该问的了。"阿丽把他按在木头椅子上。

"你现在的状况看起来没那么糟。"

凯看着这姑娘上下打量自己，感到颇为不安，好在片刻后意识到，她只是在调查那能量对自己造成的影响。

"你感觉到有什么不适吗？"

"饿。"

"有没有那种身体要炸开的感觉？"

"除非你往我喉咙里塞个雷管。"

"不错。"

阿丽没有理会凯的"不配合"。

"我是真没想到老爸整出这么猛的药，"她说，"可惜那玩意儿就一管。"

"老爸？"

"呵，可不是嘛。"

提到老头子，阿丽的态度突然大转变，全身上下的神秘气场在刹那间变成了杀气，凯肯定感受到了这点，他额头上的冷汗就是最好的证据。

"要是多来点，对付暮雨花强化人倒是方便了。"

"你跟那几个家伙不是一伙的吗？"

"一伙的？"阿丽又不禁发笑，但这次却笑得有些惊悚。

"看来你是真不知道这些天发生了什么。"她坐在凯的对面，从口袋里掏出手机给他看了一段录像。

这是那天晚上的录像，阿斯特拉被逼到墙角走投无路，而三个强化人将他围了起来。

"这是媒体放出来的录像。"阿丽说。

"里克……"凯则是目不转睛地盯着屏幕里的几个人,他知道他们的名字。

他也和这三人交过手,虽然不及同伴们那样激烈,但也算得上正面冲突过。

里克掐着阿斯特拉的脖子将他举起,随即那白大褂下的双腿开始不断扑腾,直到阿斯特拉没有了呼吸。

阿丽并没有看那画面,而是偷偷咬紧了牙关。

"你是阿斯特拉的女儿?"

看对方轻微点头,凯证实了自己的猜想。

"那我们是站在一边的啊!"他脱口而出。

"别把我跟你们混为一谈。"阿丽说,"第一,这录像不合逻辑,我知道那老头子想帮他们,他们没理由对他动手;第二,我绝对不会再相信影子部队和议会。"

这些话语与凯的疑惑不谋而合,毕竟在他的印象之中,他与里克他们交手的时候,他们可是和院长在一起的。

"可阿斯特拉犯的是叛国罪……"

"你再提他大名试试?!"

阿丽有些掩饰不住藏在脸色下的愤怒,她在他昏迷的这几天内已经尽力去压制自己的悲伤与怒火,而这句话差点让她前功尽弃。凯知道自己嘴快,不禁感到有些后悔。

就算他觉得自己说的是事实,那也是不合时宜的。

"呃……令尊,我很抱歉……据我所知,他是想帮强化人……"

"议会从来不会告诉你真实的信息。"阿丽虽然火气很大,但对这个同样被当枪使的小伙子没有过分迁怒。

"那天我把你带到这里,没过多久就收到了我爸被杀害的消息,我不能通过这个视频就判断谁是真凶,但我保证,要是这和你或者你那些狐朋狗友有关的话，你们一个也跑不了。"

她说道，甚至还面带微笑，却叫凯冷汗直流，不敢动弹。

真是个疯娘们。他想。

"给。"阿丽故作平静地站起身来，走到房间另一头的桌子旁，轻轻把一份西餐丢给凯，"吃吧，我也不是什么女魔头。"

凯接住了，手指却隐隐作痛，那袋子里还装着把有点锋利的刀，不是那种塑料的牛排刀，而是被有意换成了真的铁制刀片。就在他接住的时候，刀片捅破了塑料薄膜，并划伤了他的手指皮肤。

"你疯了？"他也有些恼火，"带刀片的东西还随便扔？"

"就算把刀扔在你头上，你也不会有事。"

面对他的斥责，阿丽显示出无所谓的样子。

"再说了，你自个儿看看手上有没有伤就是。"

听完这话，凯转动手指，果然刚才疼痛的地方已不见伤口，取代了血迹的是那绯红的流体。

"这到底是什么东西？"

"老爸他们将这玩意称为绯红以太，这不是官方命名，只是内部的称呼，它是一种不能用现在任何理论来解释的物体，人类世界已知的所有知识都难以解释其中的成分，或者这玩意儿的运行规律，它甚至有可能不是这个现实中的东西……"

"非现实体吗……"凯暗自担忧起来。

他并不清楚这东西是否会要了自己的命，虽说这玩意儿刚才治好了自己的手伤，但就在前几天，还差点把自己给生吞活剥了。

"怎么这么耳熟？"就在凯即将陷入沉思的时候，阿丽轻声嘟囔。

"什么耳熟？"

"你刚才说的那四个字，'非现实体'……"

"一部电视剧里的东西，感觉挺适合形容我身上这些东西的。"

"《浪仙》……吗？"

"是的。"

凯看着阿丽，发现对方正在以同样的眼神看着自己，他意识到他们总算有了些共同话题。

"看来我们还是有些共同爱好的嘛。"

他把先前那些事情暂时抛在脑后，并挤出一丝微笑。

"哼。"

阿丽只是轻哼了声，双手又起腰来。

"那又怎么样？拍得再好不还是被广播电视局那些人封禁了，"她现在只想抱怨，"还不是为了那些愚蠢的家长失败的教育买单。"

"是啊……"凯附和，"我们小时候，大人告诉我们什么是黑暗的，告诉我们要怎么避开，甚至还告诉我们有人在努力与其斗争。可现在的大人只是遮住孩子的眼睛，哪怕让孩子看不到其他的光线。"

他说着，突然发现对方以一种奇怪的眼神看着自己，从中他竟能解读出些许共情。凯立刻意识到自己好像抓住了这次敞开心扉好好聊聊的机会，至少他能感觉到，对方并不是原先想象中那种冷血、心机特别重的女人，恰恰相反，是可以互相交流甚至熟悉之后能够互诉心事的……如果他们没有经历如今外界这些风风雨雨的话。

这样的人在他的生活中少之又少了。

阿丽不知什么时候坐了下来，没摆出先前那种架子。

他们第二次对上眼神，都瞬间察觉到对方的瞳孔里有什么在流转，能感觉到那似有若无的坚冰在融化，不过，这也导致了他

们不约而同地感到尴尬，他们急忙躲闪开对方的脸，好一阵子没
有说话。

　　算了。

　　"对了。"

　　阿丽率先打破沉默。

　　"我叫阿斯特丽德，叫我阿丽就行。"

十六　未有回响之期望

如果说现在有谁比老程还要担心的话，那就只能是克莱尔和埃里克了。

从科学院回来的那天，他们都辗转反侧无法入眠，尽管他们在各处奔波寻找了一天，忙得疲惫不堪。

当克莱尔重新打开手机的时候，发现瑞尔斯叔叔已经打了二十几个电话。回拨过去的时候，她只能把自己所知并且能够透露的一切和瑞尔斯一五一十地交代，然后再给予些连她自己都信不过的安慰话语。

完成这些之后她也没有什么能做的了。

她忍不住胡思乱想起来：要是凯现在就有危险那该怎么办？要是他有什么不测……

她猛地摇了摇头，否认自己的想法，怎么会有这种可能性呢？

可她还是压制不住那头脑风暴，随即，一个更可怕的想法出现在她的脑海之中。

万一他投敌了怎么办？

想到这里，克莱尔不自觉站起来，浑身都有些发抖。

咚咚咚……

她猛地一颤，突如其来的敲门声着实吓人，尤其是在她陷入这种沉思的时候。

开门，埃里克站在那里，仍然穿着比较正式的衣服。

"没休息吗？"

两人异口同声地发问。

"进来吧。"克莱尔招呼他找个地方坐，谁知只是关个房门倒杯水的工夫，转头，他就快要躺在地板上了。

她本来还想问问他为什么不早点休息，但话到嘴边又停住。

"我知道我说的没用，"埃里克开口打破沉默，"但是你也别太劳神伤身，我猜你肯定比我更加焦虑。"

"只能焦虑，"克莱尔说，"现在我们什么都做不了。"

她努力压制着自己不去想那些令人崩溃之事。

"我真的很害怕他有什么三长两短，更害怕……"

话说到大半，克莱尔止住了，这样的想法未免有些荒谬，说出来肯定没人能理解。

"更害怕他变成你憎恨的样子？"

其实克莱尔的担心不无道理，毕竟暮雨花能量信号不会平白无故地减少那么多，而且从现场的报告看，晶体已经被打碎，只有为数不多的碎片还保留了一点能量，其他 80% 的能量都泄漏出去了。而附近找不到那些能量的信号，说明这些东西跑到人体里去了。

"如果他也变成了那样的怪物……那样的力量，他绝对也会迷失的。"

克莱尔害怕的也许正是现在所发生的事情，而且她知道似乎已经没人能弥补。

"阿斯特拉叔叔死了。"她说，"这是我的错……我太冲动了……"

埃里克伸出手，轻抚克莱尔的肩膀。

"如果他还在，一定有办法解决这些。"

"可是他是叛徒，"埃里克轻声提醒道，"他的所作所为已经危害到国家安全了，所以你也别太责怪自己。"

克莱尔点点头。

"要怪就怪里克那三个浑蛋吧，那三个卸磨杀驴的浑蛋，我想他们也利用了院长。"

"嗯嗯……"

克莱尔听到这里，攥紧了拳头。

"绝对不会放过他们。"她说。

"要是凯也变成那样……"

她的下半句其实在嘴里打转了好一会儿，犹豫着没有说出来。就在这时，一丝温暖从她的手上泛起，她冰冷的拳头被埃里克的手轻轻盖住。

"无论如何，我和你共进退。"他说道。

那拳头随着他手掌的温度传递而松弛下来，克莱尔深吸了一口气，但神情还是略显迷离。

"也许凯不会变成那样，"埃里克知道她那些心思，安慰道，"他和你一样，是很坚强的那种人。"

"我不知道若真的如此，他还值不值得再信任。"她想着，闭上双目，满眼都是当年的场景。

窗外传来车辆驶入基地的声音，两人不约而同"嗖"地站起，并投去希望的目光。

可那只是又一次落空而已，克莱尔叹了一口气便回过身去坐下，自己瞎期待什么呢？

"凯曾经和我说过你们的约定。"

"嗯？"

克莱尔抬起椭圆的脸庞看向挚友。

"他说，你们曾经约好了去看看真正的暮雨花……或许是在功成名就的那一天？"

"是的。"克莱尔轻轻回应，"都说暮雨花很美，一大片一大片开在高山之上，夕阳落下的时候是漫山的金海。"

"第一次看到的时候，我们姐妹和凯都还是小毛孩，在海边一个小餐馆的电视里播放着《浪仙》，那个时候老姐就说很想去身临其境地感受一下，没准在那里会遇见一个白马王子什么的……"

说到这里，克莱尔无奈地笑起来，多少有些幼稚是吧？

"暮雨花的花语即勇气和奉献。"埃里克并不打算接上她的话，"也许克洛伊只是变成了花海之中最灿烂的那一朵吧。"

"凯也一样，他绝对不是会忘记如此重要的约定的人。"

"是啊……"克莱尔抬头望向窗外的夜空。

"他确实不是。"

她一边想着一边把这样的祈愿传送到天际，尽管如今她并不清楚何时会传来回响。

里克站在一扇门前，他知道不应该在外边耽误太久，任何一个人经过或者将眼神投向自己，都会给自己招来麻烦。

尽管如此，他依然犹豫不决，手悬在半空中没有动作。

直到手心握出了汗。

他来乡下这一趟，就是为了看看妻女是否安好，只不过一切似乎都不随他的意。事已至此，他甚至都不敢确保她们愿意和自己相认。

但箭在弦上不得不发，他这么告诉自己。

他用自认为无比轻巧的力道敲了敲门，却依然发出不小的响声，随后，他心头一紧，冷汗不自觉地冒出来。

有子弹上膛的声音。

他开始止不住地胡思乱想：难道议会的人已经找到这里了

吗？在门后边是不是有几十把枪对着自己，连开口的机会都不给，就会把成吨的子弹全扫射出来？

这时他真正感到度秒如年，这种感觉比他此生所经历的万事都来得更强烈。但他又没有办法转头立马逃开，他不允许自己这么做，因为潜意识里总有个声音告诉他：你会后悔的。

就在他进退两难的时候，门打开了，但只轻轻地开了一条缝，一只熟悉的眼睛透过这条门缝看向里克。

那时起他就放心了，心头大半的疑虑都烟消云散，至少确认了她们的安全，这才是最重要的——他也不指望妻子还能把自己拉进去喝杯茶什么的。

"是我。"

他轻轻地说，尽可能地表现出温柔，在这种时候绝不能显得凶恶。

可妻子没有说话，看到他的那一秒，她的眼角似乎流出泪来，也有可能是泪痕早就占据了她的面庞。

她不知为何，就是不愿意开口。

"你们都还好吗？"

见她长久没有说话，里克便率先问起。

但对方只是冷冷地回了一句，这一句话就足以让他好不容易暖起来的心凉下去。

"你走，"他的妻子带着哭腔说道，"孩子不愿意有一个怪物杀人犯父亲。"

当这句话传进里克的耳朵时，他简直不敢相信。

但他知道她们肯定都看过新闻，对于自己的"所作所为"心知肚明。

"你竟会做这样的事，为什么？"

里克听着妻子的质问，沉默，没有作答。

　　他不知道要不要解释，他不知道要不要告诉她们这一切都是谎言，都是议会编造给广大民众看的。他在犹豫，犹豫她们是否会接受自己所言的真相。

　　可现实告诉他：不会。

　　或者说是妻子重重关门的声音告诉他的。

　　谁又会听一个怪物样子的人解释？

　　里克低着头靠在门边，门后传来抽泣声，他知道那是为何。他知道妻子也在犹豫着，他也知道自己不能再拖累她们。

　　他下定决心起身离开。

　　而就在他走出十几米后，传来的开门声以及他能感知到的背后的那一双眼睛给了他些许希望——若有朝一日他能证明自己的清白，那便还有团聚的希望。

　　与此同时，四位议员都在后台即将上场。

　　这是几年一度的人民大会，此后不久就是决定议员是否能连任的投票季，首都提兰城的街上挂满了彩色横幅，用各种花哨的艺术字体来宣传"坚持人民议会领导，共同推进沃尔兰发展"。新闻媒体又开始制作"人民议员们的一周"之类的节目，争取能在这个时候多换得些民众的共鸣。

　　但近期这些东西好像没有什么用了，他们自己也知道，在解决手头上那些问题前，这些节目都是白忙活。

　　四大议员面带微笑，招着手走上台，朝着台上的汇报桌走去，并沐浴在全场千百人的掌声与欢呼之中。他们领着手下各个部门的主要负责人入座，在主持人说开场语的时候调整一下仪态和面前的话筒。

　　随后，他们开始轮流发表讲话。这是一个基本的流程，每个议员都会讲一段近期工作报告以及对未来的规划，并且回答一些对应领域代表的问题。"风"议员主要汇报了这段时间以来对于法律的完善;"林"议员则是一直在说农业方面的话题。到了剩下那两位议员时,情况有了些许变化,他们似乎能感觉到议论声多了起来,这样的议论和以往那些"小打小闹"不一样,似乎整个会场都知道发生了什么。

他们着实没有想到里克这档子事搞得人心惶惶,什么"航天器事故诞生的变异怪物袭击科学院"之类的流言在民间广泛传播。

他们没去看台下人的表情,更没有去思考电视机前更多人的态度,一如既往。

老程、萨金特和诗岛惠在后台碰头,显然,他们的黑眼圈都挺重的。

"还说议员们心系民众,"萨金特小声抱怨道,"比起我们活生生的队友,他们更担心自己那虚无的安危。"

他说得很小声,只有旁边的两人能听到;他们赶忙伸手制止他继续说下去。

"我不能再同意,但现在不是合适的场合。"

"甚至连句关心慰问的话都没有。"萨金特还是想骂,诗岛惠忙把他拉到旁边角落去。

他们此后便没有再交流,继续按各自的路线巡逻,时不时就能听到会场里议员们的话筒中所传来的声音。

"民众需要知道整个事件的真相,民众需要知道为何会诞生那样的怪物,以及这些谋害了阿斯特拉院长的人的真实身份。"

"关于这个话题,我非常抱歉。近期关于科学院事件的流言蜚语很多,但我们可以向大家保证,这是在科学院关于暮雨花晶体可持续性开发以及应用所做的实验过程中产生的一些意外。怪物其实并不存在,在媒体公开的录像中所出现的歹徒的身份,我们也正在进行调查,不会威胁到国民的安全,现在包括影子部队在内的武装力量正在严格值守，能够在第一时间杜绝任何风险。我们最敬爱的阿斯特拉院长在这次意外中不幸牺牲，我深表遗憾，我们会即刻开始对他的缅怀，他的牺牲代表着大无畏的沃尔兰精神，也保护了科学院许多的员工，我们会将他铭记于心。"

"这次事件后一系列新技术的研发陷入停滞，请问是否有一些原因未曾公开？"

"很抱歉，阿斯特拉院长的牺牲确实使得一些项目陷入开发瓶颈，歹徒对科学院的破坏也是原因之一，但我们可以保证的是，在科学院的设施修复以及新院长任命之后，一切都能够重回正轨，所以还请大家多多支持议会及相关部门的工作。这次事件的沉痛教训，我们会铭记于心。勿忘过往，未来可期；不懈努力，终有回响！"

"山"议员慷慨激昂的演讲引得全场爆发出雷鸣般的掌声，他和"火"议员偷偷对视，用眼神让对方安心。

"在今晚的大会上，四大议员就自己的领域发表了重要讲话……"

这样的开场让凯和阿丽都听得无语，就在主持人慷慨激昂地说这些话时，他们试图发出很大的噪声来掩盖。

不过很快，他们就发现这都是徒劳无功的。因为这里的隔音并不是那么好，而楼上和隔壁都在看着同样的节目。

"纳税人花了那么多钱给政府去请写手，结果写出来的东西换汤不换药。"凯无奈地说。

"可不是吗？"

阿丽将汽水放在桌上，边坐下边打开一罐，像喝水一样往自己喉咙里灌。那罐汽水下肚，她打了个嗝，却显得还不太满足。

旁边的凯默默看着她没有说话。

"你要吗？"

阿丽对他的沉默有所察觉，把手上刚打开还没喝的汽水递过去。

"虽然不是香槟，但好歹也有些气泡。"

"就等你这句话。"凯微笑着接过。

"你跟谁都这么自来熟吗？"

凯被她这么一问，一时没反应过来。

"我估计你朋友也不少吧，为了进影子小队受那么多折磨，话匣子居然还能打开。"

"恰恰相反，"他说，"我几乎没什么朋友，到如今真正信得过的就一两个而已。"

"那你还挺不容易的。"阿丽不知为何，竟感到有些佩服了。

"你不打算溜走吗？就这么信得过我？"

他想了一会才开口："硬要说的话，我不敢完全信你，但你救过我命。再说了，现在这个局势我可不觉得影子小队能帮我什么。"

她又发问："那你家人呢？你失踪了，会不会有很多人关心你？"

"如果能解决问题，那也许现在担忧一下是值得的吧。如果我没挺过去，让我身上这些鬼东西要了我的命，那事情就大了。"

他笑得有些苦涩，有些勉强。

"除了亲人之外，我想也不会有多少人关心我吧。"

"真的假的？"

"无所谓了，绝大多数时候我都习惯了一个人长大，不过情况似乎也没有那么糟糕，至少这世上还是有值得去相信的人的。"

"最好是这样。"阿丽说，"别怪我泼你冷水，但是也许你总有一天会和他们告别。"

"那个人从来没放弃过我。"凯不是很愿意理会阿丽这句话。随后，他开始回忆往事，并尽量简单地去讲述：

"小的时候，我在学校参加了一场运动会，一个全班都要全力配合的接力跑。当时所有人都很认真，表现出来的状态也都很好，可我们班的同学没有计算对要接力的人数，导致最后一棒交接完成后他们还把我推出去，我不得不再次跑了一棒，就那一跑，跑出了事来。"

"什么？"

"裁判判定我们多跑了一棒，我并不知道他们的规定程序是怎样的，但是我们的成绩就这么被取消，完全不给机会。"

"然后他们怪到了你头上，尽管就是他们把你推出去，让你接着跑的。"

"没错。"

过了将近十几年，凯都没有忘记那时的场景：有点阴沉的天空，运动场边的大榕树上正挂着各支队伍的成绩，以及他们被取消成绩的通告，树旁，他被一群"同伴"围着，但那并不是胜利的庆祝，而是单纯的围攻。

他们往他脸上吐口水，趁他不注意，从背后偷偷踹他一脚。他忘不了他们那种表情，更忘不了事后自己拒绝向他们道歉的时候，他们那种唾弃的眼神。

他突然停顿了一下，因为他猛然发现自己似乎没藏住眼角的水滴，一只手正举着手帕，擦拭了一下。

"我懂这种感觉。"阿丽在心里回应。

"好在当时不是所有人都那么做，"凯话锋一转，"她们姐妹俩是仅有的选择站在我这边的人。从那时起，我就明白了，不如意事常八九，可与人言无二三。她们是我少有的真正能托付信任的人……可惜两姐妹中的姐姐离世了，现在只剩她一个……"

凯叹了口气，将思绪重新拉回到现实。

"真正见到罗里克的时候我也思考过这是怎么回事。我虽然很想回去，告诉家人和她我没事，但我并不认为他们可以帮助我搞清楚我的情况……罗里克的事情已经证明了议会现在对我们这样处境的人的态度。"

他将目光移向阿丽："我希望你能帮我查清，现在寄生在我身上的到底是什么东西。"

这才是她现在想听到的。

他继续说道："只是，我还是想回到她身边。"

"所以你是爱上她了？"

"我也不清楚，不过她确实是我追逐的目标，比如我选择进入影子小队……"

"所以进入影子小队不是为了你自己吗？"

"某种意义上来说，不是。但我总感觉自己应该这样做。"

"总感觉？"阿丽揪着这个字眼，有些钻牛角尖，"可那是你真正想做的事吗？"

"我不知道。"

"那就是了。"她说，"我猜你有时也会感觉劳累，尤其是发现自己的体测成绩垫底、急行军训练跟不上队伍的时候。在当时也许有个人拉了你一把，要不然那种感觉自己可承受不来。"

"我常想，可以的话，去找个安静的地方——湖边小木屋之类的，在我老家邑沙有不少——立根竿子钓鱼，然后在旁边躺椅上睡大半个下午。就算没有鱼也没有关系，可以点外卖叫个烤鱼吃吃。"

他笑着，幻想结束。

"多去走走吧，看看自然。"凯对阿丽补充道，"人大多都不随你心，但自然……哪怕是雨天，亦有别样风光不是？"

"那你怎么不去，光想着钓鱼？"

"我可没有朋友一起旅行……我不想自己一个人旅行，所以啊……只能先尽力干好影子小队的事，那样还能和她去看看暮雨花。"

一提到暮雨花，他表情又变得沉重。

"可是如今我再怎么幻想也没有机会了吧？"

"为何这么说？"

"暮雨花晶体也许会让我变成她讨厌的样子。"

他的担心不无道理。

话已至此，阿丽对眼前这个家伙也算了解了一些，她坐得近了些，用手指指他的胸口。

"真正重要的不是你想做什么，而是在内心深处，你究竟是什么。

"在这个世界，越是看得通透的人就越是疲惫。当你从战场上下来，决定再也不碰那些肮脏的武器时，他们就认为你已有二心。多少人在自证的时候消磨了自己，又有多少人能够坚持那个真实的自己？"

他听得一头雾水，揉揉头发，不知该怎么去接话，只得转移话题："接下来你打算怎么办？"

"最近部队在那附近巡查得很紧，没有什么办法，用不了多久他们一无所获不再纠缠时，我们就找机会回科学院。"阿丽说，"试着找找看老头子有没有留下什么东西，能够解决暮雨花能量。"

"解决？"凯有些没听懂。

"怎么说？"

"看看有没有什么东西能把你们几个体内的能量抽出来，如果可行的话。"

　　显然，阿丽这个想法过于乐观，如果真的能把已经转化进人体的能量吸收出来，那阿斯特拉早就做到了。

　　"当时实验室里的那台机器或许能帮上忙？"

　　"行不通的。"凯说，"根据我所知的情报，那是利用暮雨花的晶体能量去排出他们体内的异变，不能从根本上解决问题。"

　　他分析道，将手一摊，搭在沙发扶手上，整个人陷进沙发。

　　"再说了，就算这个机器在混战中没有被打坏，我们也没有改造或者控制它的办法。"

　　"如果我们有呢？"

　　阿丽转头看去，打断了他无奈且有些自暴自弃的想法。

　　"什么意思？"

　　这妹子还真喜欢说话大喘气，就不能有什么事一口气说完吗？他盘算着。

　　阿丽从身旁的柜子里抽出一份文件，里面是些略显复杂的图纸，她把文件丢在桌上给凯看。

　　"这是那台机器的图纸，还有使用以及编码的详细步骤。"

　　是的，除了那花里胡哨的画图和标注之外，还有写满了好几张 A4 纸的文稿，里面的那些专业术语都是凯无法理解的。

　　"我对自己的阅读能力产生了怀疑。"越看越心烦，他索性不再去想这个。

　　"别指望我搞清楚这玩意。"他说。

　　"不需要你搞清楚，"阿丽淡定地喝起第二罐汽水，"我来解决就行。"

　　"你也不像是会搞科学的样子啊？"

　　凯又打量起阿丽，她从上到下没有一丝一毫与"科学家""高才生"相关的气息。

　　而阿丽只是淡定地喝着汽水，并且拿出手机，在相册里简单翻了翻便把手机给凯看。

那是她从著名高校毕业的证书。

凯盯着证书发了会呆，这样极具含金量的东西他只在网上见过，可现在上下打量一番阿丽的模样，又和网上那些人大相径庭。

阿丽的手在他眼前挥了挥："怎么了？"

凯反应过来："取得这样的成绩你应该很自豪吧。"

谁知阿丽却叹了口气，同时不住地摇头："没有。"

"嗯？"

"有什么可自豪的？"

"就是……"

阿丽冷笑一声，清楚他要说些什么，直接开口打断："你应该也能理解吧？身边总有些一边反复强调你的身份，一边要求你为这个身份自豪的人。然后再过个几年，就怀疑你不忠，这样的人总是站在阴影里说着最光明的话，可他们连什么是光都没见过，就要消灭那些见过光明的人。"

"这年头都这样，没办法的事。"

"根本不是没办法，怎么会没办法呢？是沃尔兰人根本就不打算想办法！"

凯好像被点醒一般，点头附和。

"你放心，以后有的是机会证明我说的这些话。"

凯思索了一会，好像不知道该怎么接话，只能转移话题：

"你的格斗技术肯定接受过正规训练。"

"那是。"

"你是在哪个队伍里的？"

"陆军而已。"

"不止是陆军吧？"凯没有直视阿丽的眼睛，语调中掺杂着质疑。

"还能是什么？"

她用那种"再多问一句就杀了你"的眼神看着凯。

"我只是觉得陆军还没有足以让你这种高才生发挥科学技术才能的平台。"他倒也算得上识相，自己找了个台阶下。

"相信我，"阿丽说，"真上了战场，你学历再高也没有用。事实上在那种鬼地方，什么都是没用的，到头来都是落得个弃子的下场，有时还不如死了来得痛快。"

"可你并没有像那谁一样，你活下来了。"

"你在说什么呢？"

"没什么，"凯没法从阿丽那疑惑的神色中看出个所以然来，"我想多了而已。"

"总之……"阿丽没有再去揣测凯那些小心思，"我希望我们能想办法解决这事，无论如何这也是我爸希望完成的，哪怕是用上些威逼利诱的手法。"

看来她还是比较讲道理的，凯略略松了口气，完全没想到接下来的话让他又吓了一跳。

"至于我需要向谁复仇……还急不得，但我保证阎王爷见到那人的死相都要抖三抖。"

十七　再行动

"计划就是如此。"

夜空之下，找个没有人烟的城市角落并没有想象的那么简单，在暗巷之中也总会有些眼睛。

里克看着另外两位伙伴的精神状态似乎也不太好，知道他们很可能也经历了和自己极为相似的事情，不用发问都能知道发生了些什么。

他从包里拿出些饭团，分发给队友们："吃吧，不是大鱼大肉，倒也胜得过医院那稀粥。"

两人毫不犹豫地接过饭团来，胡乱往嘴里塞，他又取出两瓶矿泉水递出去，也是被极快地接过，里克之前还犹豫他们会不会过问这些食物的来源，目前看来是多虑了。

能吃饱才是最重要的。

"我们去找到院长留下的那个地方，还有那个接应的人，如果没猜错的话，那应该是某个院长所认可的人，会有办法帮我们搞定。"

"可是那人真的会帮我们吗？"汉娜问道。她的担心不无道理，毕竟就在不久前他们才被挚爱亲朋拒之门外。

"如果是院长信得过的人，那也许知道我们的情况，并且愿意帮忙吧。"里克思来想去，也没有什么更好的办法。

"现在这个情况每一步都是在赌。"江源双手抱胸，眼神沉重地说出他们都憋在心里的话，"如今人为刀俎，我为鱼肉，抓住每个机会我们才有希望翻盘。"

"没错。"

"天色已晚，抓紧时间。"

于是他们立刻出发，以浓浓夜色作为掩护，向着无人的角落摸索前进。

这已经是老程今晚喝的第三瓶咖啡，但是咖啡对内心的刺激远不如手机里那些评论来得强烈。

他也不知道自己能帮上些什么忙，毕竟对于电脑信息这些活他可以说是一窍不通。他只是在指挥室里乱走。

"嗯？"

一点点异样的声音都会引发他的好奇，只不过大多时候都是他想得太多，但这次不同，这次他抬头的时候看到的并不是他们又在传递什么文件或者信息，而是大屏幕的地图上时隐时现的三个红点。

"有了！"格瑞格说。他生怕别人没看到一样，用发颤的手指疯狂示意。

"这是凯的位置吗？"

老程立马冲上前去，在旁边座位上昏昏欲睡的埃里克也抖起精神，并拍醒了靠在自己肩上的克莱尔。

"这貌似是罗里克……我是说暮雨花强化人的位置。"格瑞格答道，"我们改变了一些追踪能量信号的方式，虽然有些艰难，但现在勉强能定位到身上散发暮雨花能量信号的生物所处的方位。"

"这么厉害吗？"

"这只是暂时的。如果他们并没有使用自己的能量，那侦测起来就更麻烦，这些信号随时可能消失。"

"所以他们这是要去哪？"

"正在进行预算……"

又是一阵手指在键盘上敲敲打打的声音，无数条代码以眼睛无法跟上的速度在屏幕上生成。

"在他们前进的方向，还有一个比较微弱的信号……和他们三人的不一样，这个信号微弱，但是很稳定。也许那里就是他们的目的地。"

"也就是说，真的还有第四个暮雨花强化人。"

"是。"格瑞格回答克莱尔的问题，却没转头，"好消息是这样的信号只有那个，不存在更多了；坏消息是，也许这个就是吸收了那晶体里几乎所有能量的家伙。"

这话说出来，大家都有些不寒而栗，光是里克身上那极少的能量和变异，就足以让他们无法抵挡，吸收了几乎所有能量的人会恐怖到什么程度？

其他人都这么想着，而格瑞格则很疑惑："可理论上，在吸收了几乎所有能量的情况下只有这么弱的信号，是不可能的。"

"那意味着不管吸收了这些能量的人是谁，现在都还活着？"

"是的。"

"虽然我不是很清楚发生了什么，但这不太现实吧？"

"理论上来说，这么强的能量，要么把他反噬掉，要么把他变成终极的怪物，至少是比里克他们还要恐怖的东西……这并不是在开玩笑，总而言之，无论怎么样都会发出极强的能量反应，可这……"格瑞格指了指屏幕上那微弱的信号图标，又挠挠头，"我也搞不懂为什么会这样。"

"也许是他隐藏了自己的信号呢？"

"那不太可能，更何况他们都不知道我们会追查能量信号，当然也有可能是系统的问题，这是我们紧赶着搞出来的技术，现在还极其不稳定，没准一会就失灵了。"

"无论怎么样现在我们有线索了。"

众人听到那声音看向门口，不约而同立正敬礼。

"议员先生好！"

"请坐吧。"

"火"议员进入会议室，他的神情严肃，却不显得焦急。大家面面相觑地坐下，不清楚为何议员会亲自到场。

议员已经知道了大致的方向："我们需要带上足够的火力，并且用外围的部队将那片区域提前包围，那里是贫民区，人口密集，我们不能造成恐慌。"

"提前疏散是不现实的，"诗岛惠说，"那样绝对会打草惊蛇。"

"那只能尽量不去伤害民众。"议员似乎没有被这样的艰难条件影响决心。

"我们得拿下这些人，哪怕现在要造成一定的伤亡，也总比放任他们为非作歹好。"

"说的是。"老程附和道。

"其实我这次来是为你们提供些新装备。"

"火"议员打了个响指，在众人疑惑的时候，几个穿着蓝黑色制服的人抬着一个大箱子进入了会议室。

"在上一次科学院的作战后，我们研究了你们战斗的数据，普通的装备难以对他们那变异的身体造成伤害，所以我们进行了一系列的开发。"

议员一边解释，一边伸手示意他们可以打开箱子。

箱子里面都是些高精尖的枪械与护甲，还有不少其他的装备，都是从未见过的新款式。

"这些都是前段时间研发的实验性新装备，当然，使用了一些暮雨花晶体的能量，可惜现在由于阿斯特拉院长的去世，以及暮雨花能量丢失，已经没有办法量产它们了。"

听到那个名字，克莱尔刚刚才亮起的眼睛又暗淡下来。

"那不是你的错。"议员走上前拍拍她的肩膀，并冲她投去勉强的微笑，"你只是在履行职责而已，不用感到害怕与内疚。"

既然议员都这么说了，那可能确实没什么大不了的吧，她想着，但打心底里还是没法原谅自己。

"我们走吧。"老程对大家说，"但是我重申，这并不是针对某个人，而是我们大家都要知道：不管怎么样，永远不要和强化人正面冲突，优先确保自己的安全。"

阿丽感到自己沐浴在蓝光中。

那是电视发出的光，在那个漆黑的夜晚，她待在安全屋里左等右等都不见老头子来，好不容易鼓起勇气再打开电视看现场的情况时，整个人都瘫了。

眼前闪过的首个画面就是老头子被抬在担架上，蒙上了层白布。

那蓝光顿时变得阴冷、凄凉，她的眼睛仿佛被锁住，无法逃离这个画面，浑身都战栗得厉害。

这绝对不是真的！

她第一时间想到的是否认，这只是个玩笑，只是个杜撰的画面，怎么可能会是真的呢？

她猛掐自己，很失落地发现那痛觉还是那么真实。

这不可能！

她抱着自己的脑袋，止不住地流泪，这又是一种无比煎熬的痛楚，她以为自己不会再经历第二次了。

她当时就不应该去抢那该死的暮雨花晶体，就应该先把老头子护送到安全地带再说的。

去他的暮雨花晶体。

想到这里，悔恨以及附带产生的愤怒取代了绝大部分悲伤。

有人要为此付出生命的代价，但也许自己才是最应该负责的那个。

想到这里，她的手头好像多了把匕首，刀尖在蓝光之中闪烁，似乎在诱惑着她。

她毫不犹豫地向自己腹部捅去。

就这样结束吧，没准还是种解脱，她想着，反正爹妈都在九天之上了，自己还有什么必要于这悲剧人生之中画地为牢呢？

可在这个时候她醒了。

又是一场该死的噩梦，尽管这段时间以来她长期强迫自己保持清醒，但夜深人静之时疲惫总是不可避免地袭来，每当这个时候，噩梦就"大驾光临"。

她静静走到客厅，发现凯躺在沙发上睡了过去，想必他也是顶不住倦意。

"你不去抢那暮雨花晶体也许就……"

一个可怕的念头在阿丽心头绽放，她看着眼前这个人，突然间有了想拿把刀捅进他身体里的冲动。

可理智告诉她不能这么做，至少现在还急不得。虽然这家伙间接导致了老头子的离去，但他身上还有许多值得利用的东西，何况幸运的是他还算得上配合。

她倒了杯水一饮而尽，轻轻走回房间，把被子盖了个严实，选了个舒适的姿势，然后失眠了整晚。

还好自己失眠了，要不然当那些奇怪的声音响起时，自己都注意不到。

有人在偷偷靠近。

凌晨三点半，时间卡得倒是挺准，一丝紧张的感觉莫名其妙席卷阿丽全身，她浑身都起了鸡皮疙瘩。果然才过几十秒，她听到楼下有阵阵细碎的脚步声，以及装备碰撞的声音。

那种声音她可太熟悉了。

她连忙起身，并不需要换衣服——她随时都准备着——拿出藏在枕头底下和床边的武器，无论这是为谁准备的都将要派上用场了。来到客厅，正想着把凯叫醒时，却发现对方已经在犹豫要不要敲自己的门。

"拿着。"她把一根短棍扔给他。

"我们要对付的不只是拿着菜刀的大妈吗？"他悄悄反对。

"你还用得着怕吗？"她反问道。

事实上，他们也没打算硬来，而是趁着大门被堵得水泄不通的时候，悄悄溜到天台上去。

"我早该想到他们会追踪你的能量信号……"

"还有这种可能吗？"

"不然你以为他们为什么已经到楼下了？"

"不过还好，貌似他们并不能精准定位，我看到几个人在附近的巷子兜兜转转，还没有找到上来的路，或者还不知道要上来。"

"要是我们快点，没准还能甩掉他们。"

"对。"

阿丽这时还狐疑地看了一下凯的神情，并不确定这个小子会不会心甘情愿跟着自己。

但他似乎知道阿丽在想什么，用平静的声音告诉她："如果现在就跟他们回去，然后被他们发现我身上带着暮雨花晶体的能量，没准就要在牢里或者实验台上挂掉。"

"影子小队应该不至于丧心病狂到解剖你。"

"但我们知道谁会，要真到了那个地步影子小队也拦不了他们。"

"但是影子小队才是你的伙伴。"

"难道你不是吗？"

两人在天台的楼梯口停了几秒，阿丽犹豫了一下，手停在进入天台的铁栅栏门上。

"不，"她答道，外衣的兜帽掩盖了她的表情，"不是。"

"这样啊……"凯缓缓低下头。

她转过头去看着凯，刚要开口，不远处闪烁的红蓝灯光便打到她脸上。

"算了，先走再说。"

他们上了天台，眼前的世界立马被月光及不远处城市的灯火笼罩，几颗雨滴落在他们脸颊上，带着些寒意。

贫民区的天台基本上都是相连着的，他们可以沿着这条街的楼顶走很远，除非全国的部队都来逮捕他们，不然根本不会有那么多人围堵每一个可能的出入口。到时再找个地方下到地面，基本上就不用担心追兵了。

只不过阿丽的如意算盘差了点：罗里克。

从楼梯口出来，转过身去，发现他就站在雨里。

"该死！"

两人瞬间拿起武器准备应战，这也是下意识的举动，可他们刚举起手中的刀棍，却发现自己已经动弹不得。

江源和汉娜从两人身后冒了出来，手脚并用，将他们控制住，力道之大叫人难以挣脱。

"暮雨花晶体呢？"

里克看着凯，认出来他是那个带着晶体逃跑的影子小队成员，上前几步质问道。

凯则看向阿丽，没想到还有这样的状况，该作何回答，他自己心里也没个数。

里克见他不愿意回答，下方追兵将近，一时间有些怒火攻心，照着凯胸口就是一拳。

"说话！"

"他不知道！"阿丽赶忙辩解，却引起了里克的注意。

这声音可太耳熟了。

里克轻轻掀开她的兜帽，倒吸了一口凉气。

"我曾经设想过，没想到你还真来蹚这浑水了……"

"我又怎么能坐视不管？"她露出凶狠的表情，"你们杀了他，是吧？"

"我们可没这么做。"面对质疑，里克表达出不屑，"至于信不信，就看你自己吧。"

两人对视，在淅沥的雨声之中视线逐渐模糊，不知对方是敌是友。

可惜现实不会给他们太多犹豫的时间，就在他们忙着确认对方的意图时，一架直升机从他们头顶飞过。

聚光灯打在他们身上时，他们知道暴露了。

里克倒表现得满不在乎，反正无论如何他们也有实力走掉，哪怕是杀出条血路来。

"晶体在哪？"

他咬牙切齿，一字一顿地问了第二遍。

阿丽仍然不肯开口。

"说！"

江源和汉娜因为控制着两个人所以不能移动半步，但投来劝诚的眼神，好像让里克不要太冲动。

"阿斯特拉院长说有人能帮我们，"汉娜在阿丽耳边轻语，"那人是你吗？"

"我怎么知道！"

里克顿时回想起阿斯特拉的话：不要伤害接应他们的人，如果阿斯特拉对这人这么袒护，说明这人只能是阿丽。

"你跟我们走吧。"他对阿丽说。阿丽有些不可置信地看着他们。

"那这小子怎么办？"

众人一起看着凯，他的出现可真是意外情况，院长可没说过这小子和他们会有联系。

"也一起带走，在他老实交代之前不要放过他。"

里克故意说得很大声。

话音未落，他们已经能听到外挂楼梯的铁皮被踏得当当作响及领头人物的大声催促——那是影子部队的人上楼的声音。

凯意识到不妙，却无法挣脱，江源那巨大的力道让他越挣扎越恼怒。

"该死的，放开！"

雨越下越大，他的嗓门也不小，从刚开始的难以挣扎到现在，他竟感觉到自己反抗的力量也越来越大。

轰！

这声响着实吓了他们一跳，里克还以为是影子部队开始攻击了，猛地回头才发现不对劲。巨大的力量从凯的身体里爆发出来，那是与江源同等级甚至更胜一筹的力量，他轻轻甩动身体便把扣着自己的两人都给丢到两米开外。

就在那时惊雷炸响，蓝色的闪电划过天空，看着凯在电光之下愤怒的身形，里克大骂了一句。

"原来就在你小子身上！"

他扑向凯，卷起周身的风雨，两人拳头碰撞时发出巨大的响声。凯眼中满是对如此力量的惊讶，而里克恶狠狠地盯着他，已经不打算收敛。

他迅速挥出第二拳，并且在手臂上猛地加力，拳头撞碎空气，以一个粗糙的弧度砸在凯脑门上，轰的一声将他以极快的速度砸倒在地，地上的砖块因此被砸得稀碎。凯也迅速爬起还击，不知从哪抽出把刀来捅过去，但他的攻势却被轻松防下，整个人重心不稳又差点倒地。

"还是太年轻了。"

里克趁着他不稳，用扫堂腿将他绊倒，凯压根来不及做出反应便摔在地上。

果然还是有差距啊。

他趴在地上却不太愿意承认这一点，不过里克可没打算给他缓冲的时间，将他轻松举起，并狠狠摔在一旁的石墩上，把石墩砸了个粉碎。凯吃了一脸的灰，咳嗽着滚落下来。

"住手！"

阿丽此时想要上前阻止，也不顾自己没有什么筹码的事实。

可这时几个球状的物体滚到他们脚边，不待他们做出反应就已砰地炸开。

烟雾弹。

他们来了。

阿丽这回是真的感到自己不停冒冷汗，回头横起手臂就要打去，却被人凌空拦了下来。她那些小动作、小想法都被看透了。

她还想挣扎，但脸上却被套了个呼吸器，随后影子部队特调的昏迷气体就进入她的呼吸道。

"反应变慢了啊，老朋友。"

她听到这个声音时，心想完蛋了，嘴巴惊讶地张开，话已经溜到唇边却没有力气说出来。随后她感到天色黑下来，有什么东西拖住了自己倒下的身体，便昏迷过去。

正要拦着阿丽的江源与汉娜也被烟雾迷了眼，顿时摸不清东南西北，只觉得好一阵天旋地转。

他们耽搁了太长时间，现在又不得不跟影子小队正面交手了。

等烟雾散去时，里克就站在他们面前，但旁边那块被砸烂的石墩上已经没了人。

"该死的！"

里克朝空气挥了一拳，怒不可遏。

"先撤退吧。至少我们知道他们接下来要去哪了。"

虽然无可奈何，但他不得不听从伙伴们的建议，三人立马行动，趁着烟雾还未完全散去，遁进黑暗之中……

"凯！"

克莱尔奔向被抬下来的昏迷的凯，雨水和她的手同时轻轻拍打在他的脸上，她不停地呼唤他的名字，不过没有得到任何回应。

"还能查到那几个信号吗？"

老程脱下面罩问技术团队，格瑞格摇了摇头，给予否定的答案。

"刚才都很强烈的，但现在四个信号都已经消失。"

"封锁附近区域，别让那四个家伙跑了！"老程说。

"好在凯救回来了，这小子看着也没受什么伤。"他说，"先把他带回去吧，好在我们并不是什么线索都没有。"

"收到。"克莱尔点点头，随后叫上埃里克，两人扶着凯向车队的方向走去。

十八　交织的过往

　　再次醒来的时候，凯第一时间就意识到，自己身处影子部队的医务室之中，尽管他并不是这里的常客。

　　随后他察觉到克莱尔正坐在自己旁边，她眼神中略有疲态，看到自己睁眼，却又忽地放出光来。

　　她缓缓开口："当以后的人提起'血影'这个名号的时候，我希望他们能想起来的是这个代号曾经有过的英勇与辉煌。"

　　见到他苏醒，克莱尔脸上的疲惫与担忧一扫而空，微笑着对他说出这些半关切半玩笑的话，凯则是握紧拳头，有些紧张地看着她。

　　"而不是曾经有个顶着这代号的莽撞小伙差点走丢的历史。"

　　她补充完下半句，脸上依然挂着笑容，这也让凯的手松了松。

　　"谢天谢地你没受伤。"老程得知他苏醒的消息马上赶了过来，进房间的第一句话就是如此。

　　"吓死我了。"

　　这个大块头此时表现得像个慈祥的老父亲，小心翼翼地进来，好像这里是什么充满玻璃仪器的生化实验室。他蹑手蹑脚找了个椅子，在床边坐下，还挥手示意来到的其他队员安静些。

　　"你这段时间究竟经历了什么？"没等老程开口问候，萨金特和格瑞格就抢着发问。

　　"你还记得你带着晶体离开那个晚上发生了什么事吗？"

该死的。

一方面，凯松了口气，似乎他们没有侦测到自己身上那微弱的信号，也不知道自己正携带着晶体里剩余的能量；但另一方面，这是他最无法回答的问题。

他也没想好怎么说，格瑞格这小子随身带着录音设备呢。

他只能无力地摇摇头，装作大病初愈的样子：

"那天晚上很混乱，直到被你们接回来我都感觉浑浑噩噩的，着实是记不清了。"

他也不知道这个理由能不能糊弄过去。

还好在这时老程不满地看向急着套情报的两人："要审去审那个外人，凯一个自己人，又是头回经历这种事，就别无事生非为难他了吧？"

听到队长的话，再瞥到他那责怪的表情，两人也只能悻悻作罢，诗岛惠见场面有些尴尬，赶紧将他俩给揪了出去。

"外人？"

"对，当时在科学院袭击你的那个女的。"

"她也在这里吗？"

"对。"克莱尔说。

"这人其实是阿斯特拉院长的女儿，估计是知道父亲的事后有些过激反应吧……当然，这事情可能也没那么简单。"克莱尔说。

"阿斯特拉的女儿？"

"是的，而且考虑到她还有另外一重身份……"老程补充道，"我们怀疑她也是潜在的晶体争夺者，但是她的目的还没有审问出来，要时间。"

"另外的……身份？"

凯表现得很惊讶，但是心里好像已经有了答案。

"是的，"老程顿了顿，"其实她是……"

他犹豫了一下才慢慢向凯解释这个事情的来龙去脉，就在这时候，提前离开的三人已经走进审讯室。

"你们这装修可真够差劲的。"

她看着那些老化的地板不禁皱起眉头。

"和以前一样，完全没有提升过，不是吗？"

"还不是为了给犯人提供宾至如归的感觉。"

萨金特讽刺道。

"不过你没想过自己有一天会坐在犯人的位置吧。"

"那并不重要，不是吗？"

"确实不重要，重要的是你为何会在这里。"格瑞格看着她，摆出严肃认真的表情，但他精心营造的"压迫感"却被阿丽的不屑不攻自破。

"他不敢来见我对吧？"

阿丽问道。

"装得像个大队长，或者温柔老大哥的样子，又害怕哪天丢掉哪个队员，又害怕自己不够严格……"

"你没资格这么说他。"

"我还没资格呢？"阿丽笑了，"我和他经历过的事没准比你们三个人加起来出过的任务都多。"

"所以说你就是想和他谈，对吗？"

"你们还是太嫩了，在预备役的时候没有好好学过怎么审人吧。"

阿丽嘲讽三人，这一套反客为主搞得他们有些不知所措。

"如果你以为自己是回归视察的老前辈，那你可大错特错了。"诗岛惠开了口，单刀直入。

"不过说实话，在这之前，我一直以为上一代飞影是个风云人物。没想到见到本人，才发现她竟然是个浑蛋。"

诗岛惠一本正经地说完，阿丽仍然表现得不为所动。不过就在诗岛惠转移注意力的时候，萨金特悄无声息绕到阿丽的背后，将一根针管刺进她的脖子。

"啊！"

她吃痛的样子让他觉得滑稽，他迅速拔出针管来，像个没事人一样溜回原位。

"你想惹恼我，不过我觉得这招可能行不通。"阿丽平静地对诗岛惠说。

"还有，你要是真觉得这个代号有什么光荣，那你才是大错特错，'飞影'只是一个代号而已。"

她顿了顿，接着说道："不信你去问问你的领导，他一定会告诉你这个代号归属于影子部队，影子部队为国家服务什么的……所以说白了，这只是打手的代号而已。"

诗岛惠翻了个白眼，别过头去，不再说话。

"我说过了，你们还是太嫩。"阿丽向后一靠，摆出一副得意扬扬的样子。

"把程浩瀚叫过来，我倒是会考虑和他好好叙叙旧。"

此后她不再说话，而是以一个微笑作为这场唇枪舌剑般审讯的收场。

……

"看来几年不见，嘴上功夫倒是提升了不少。"老程趴在窗台上眺望着窗外那些隐藏于夜幕之下的远山，他从来没有注意到那些山居然有如此起伏的轮廓。

"也许我早该静下心来，多去看看这些隐藏在夜幕里的东西。"老程想着。

"这件事还没有对外传出去。"格瑞格又把头埋在平板里。

"这事可不能乱说，毕竟那是前任飞影……消息泄露可能对部队造成名誉上的损害。更何况这个人还是……"

"我那该死的前女友……"老程低头叹了口气。

不仅如此，在这个走廊的角落，还有一个阿丽的熟人。

克莱尔轻轻摇了摇头，抵抗着睡意，说实话，她自己也不知道有什么办法，一提到阿丽，她就会纠结。这个国家有几千万的人口，结果这么巧的事，居然让自己遇上了。

"也许……"

"我知道。"老程抬起手打断萨金特，他知道好兄弟要问些什么。

"可以吗？"他转头看向克莱尔，征求她的意见。克莱尔犹豫了一下才闭上眼睛，用极其微小的幅度点点头。

"当年'七二八'那次行动，我们遭到了埋伏，暮雨花强化人突然袭击，分割了战场。当时我们以为我们顺势把那个家伙包围了，可情况并非如此，上一任牙影、飞影和魅影处在那家伙的背后，所有的注意力都放在了他身上，并没有留意到身后阴影里偷袭的恐怖分子。"

他慢慢讲述着，不过看到克莱尔逐渐捏紧了拳头还是加快了语速。

"被偷袭的三人中，就包括克……克莱尔的姐姐，以及阿斯特丽德，三个人都被俘虏，两位女成员都被恐怖分子强暴。前代牙影也被揍成了残疾，被救出来后只能退役，前代魅影的事我们都知道了，而阿丽，她其实是三人中受到伤害相对最小的，加上另外两人接二连三的事故，领导们没有把太多精力放在她的治疗上。"

"她当时觉得自己被抛弃了。"克莱尔补充道，眼里忽然有些泪光，"当时大家都劝她向前看，领导也为她提供了继续留在影子部队的机会，但她已经不再接受这些了。姐姐死后，她更是把自己关在家里，再也没有露过面。"

其他几人听完都沉默了，尤其是凯，他站在角落里灯光最暗的地方，没人知道他究竟在想什么。

"那时我们几个是最好的朋友。"老程接着说，"我很多次想让阿斯特丽德回来，变着法子安慰她，后来我发现其实她不是心里受伤，也不是不信任我，而是已经和我们不在一条道上了。

"所以我们几乎同时向对方提出了分手，也算得上是和平吧，已经不在同一个世界里的人，又何必强留呢？"

老程仰天长叹。

"可是现在她又闯了进来，把这搅得一团糟。"萨金特有些不耐烦地打断他，"这你怎么说？"

"这不就是老程所说的……"没等老程自己开口，克莱尔站直了身，帮他圆了场，"已经不是同一条道上的人了，就算再有交集，也是为了不同的目的罢了。怎么说呢……就是殊途且不同归吧。"

"殊途不同归……"这几个字回荡在凯的脑海中，久久没有散去。

"凯，你还有什么知道的东西吗，关于你最近接触的这个女人？"

"不会比你们更多了，惠姐。"凯回过神来答复道，脸上依然是五分淡定与五分正经。

老程则在这个时候下定决心，抬起头来："不管怎样，终究还是要去问清楚她的那点小心思，还要搞清楚那第四个暮雨花强化人到底是谁，那人很有可能是里克的同伙，所以现在也在清除的计划之中。"

"第四个？"

"嗯。"克莱尔看了看凯，没有从他的表情中发现不对劲。

"我们在寻找你的时候，在你附近的位置发现了第四个能量强化人的信号，但是我们的仪器实在是不成熟，这些能量都只是出现一会就消失了，至今都没能再次发现。"

"得先修好仪器吧？"凯说。

"没那么简单的，兄弟。"格瑞格打断他，"这是目前的技术开发问题，你要是想检测到现在搭载新能源的交通工具或者机械，那非常简单，但这样的能量是能融入人体里，并且隐藏起来的，没有'小白鼠'实验体很难着手。"

"但是如果他们使用了那样的力量，就会有暴露位置的可能？"

"你悟性还不错。"

"如果你们所说的那第四个人不是坏人呢？"

"凯……"克莱尔提醒他，"那第四个人据我们所知，拥有几乎整个晶体的能量。这些能量的强度可不是罗里克身上那一点辐射和一点变异能比的，一旦爆发开来，危险系数可能是里克他们的几十到几百倍……觉得拥有那种力量的人不会迷失心智，那是小孩子才会做的事情。"

"哪怕只有百分之一的可能，我们也要做好百分之百的准备。"她的语调逐渐犀利，"除非他接受议会的认可与调配，不然不能排除他的危险性，但罗里克的情况已经证明那很困难，几乎是不可能的。"

"克莱尔说得对。"老程点点头，接上这个话茬，用命令的口吻对着大家说道，"永远不要低估任何威胁，遵照命令，在保护好自己的情况下尽一切能力消灭对国家与人民有威胁的敌人。"

"是！"

大家不约而同地开口，凯也只能跟上。

没人知道他那时心里在想什么。

阿丽听到开门声后并没有急着睁开双眼，她知道那个人肯定不会老老实实地一个人来，果然不久耳边那两三张凳子移动的声音就证明了她的猜测。

她睁开双眼却多少有些惊讶。

"克妹。"她没有理会前男友，而是看向他身边那个女孩，"你俩现在不会勾搭上了吧？"

她摆出吃瓜看戏的表情。

"别想多了。"

看着曾经的好友如今这副吊儿郎当的样子，克莱尔有些压不住恼火。

"也是，"阿丽靠在椅背上，"克姐估计也不会同意这门亲事。"

"姐姐要是知道你干的好事，绝对不会原……"

"绝对不会什么？原谅我？"

"对！"克莱尔提高了点声音，她自己也从来没想过会这样跟阿丽说话。上次自己对她那么大声音，还是在两姐妹到阿斯特拉家做客吃饭的时候，克莱尔跑到阿丽房间喊她出来共进晚餐。

那时那个温柔的大姐姐现在活像个毒舌妇。

"你现在做的事情和当年你对抗的那些恐怖分子做的有什么区别？"

老程没有开口，而是轻轻扯扯旁边克莱尔的裤脚，示意她不要那么激动。

"我？我是恐怖分子？"

"妨碍公务，袭击影子小队成员，涉嫌抢夺暮雨花晶体并导致其能量消散，直接或间接帮助罗里克，你不是恐怖分子，谁是？"

"那杀了我爹的又是什么人？"

阿丽一句话就把克莱尔问呆了，克莱尔张大嘴想回答什么，话到嘴边却无法说出来。

"那不重要，"老程终于开了口，"阿斯特拉院长也有叛国的嫌疑。"

"哈？"阿丽听到这话眼角抽了抽，"那议会的老浑蛋说什么你们就信什么吗？"

"我们本来就该相信他们说的话，这是我们的职责，我们可不是逃兵。"

阿丽的表情已经逐渐失控了。

"哪怕他们说的都不是真相？"

老程听到这话并不惊讶："有时候真相并不够好，不管是我们还是人民，都需要更多比真相重要的东西。"

"这就是你在政治课上学到的？"她嘲讽道，"哪句话最漂亮选哪句？"

"这就是我所知道的，我信任议员的领导，我不会逃避责任。"

"那我告诉你们，"阿丽狠狠跺了跺脚，将克莱尔吓了一跳，"你信任的议员只不过把你当枪用！"

"那我也是保护人民的枪。"他说着，"如果这个国家的人民没有选择你，那你再怎么正确也没有用。"

真高尚啊！阿丽心想，自己当初是怎么看上这个蠢货的？

"你亲爱的议会和你都以为我当年还能回到队伍里，当然了，你们可没有被人按在墙边，没有被人不断羞辱，更没有事后还要在冰冷的手术台上像等待世界末日一样被晾着！"

她喊破嗓子，疯狂晃动着脑袋，头发被摇得凌乱。

"你说那是职责，可职责不会关心一个人的健康，不会关心一个人的心理，天天把职责挂在嘴上，你和机器有什么区别？！"

老程已经不知不觉站了起来，瞪大眼睛，看着自己的前女友发疯到狼狈的样子，心中好像有什么东西被触动。

"够了。"

说话的是克莱尔。

"我们走吧。"她没有多看阿丽一眼，大概也是不想看到阿丽那满脸通红，一把鼻涕一把泪的样子。

老程没有多说什么，跟了上去。

"不是她。"门口的格瑞格依然抱着那平板，见到两人的第一句话就是如此，"我听出她的情绪很激动，但能量信号没有出现，一点征兆都没有。那第四个人就这么人间蒸发了，根本找不到。"

老程听完这话，只是摆摆手，随后就转身离开。克莱尔和埃里克靠在一起不知说了些什么，也跟着他走了。格瑞格见队长没有多说什么，就转头往技术部门去了，萨金特和诗岛惠已早早离开——他们压根就受不了这个女人。

只有凯从转角钻了出来，四下环顾，确认队友们都走后，才轻手轻脚地来到审讯室那扇门前。

"是你啊。"

见到进来的人是凯，她立马收敛起刚才那副样子。

"吃点。"凯走到她旁边，从口袋里掏出一袋食堂打包来的剥好的茶叶蛋，递到阿丽手上，"我猜他们把你问得挺狼狈的。"

"差不多吧。"

"我想也是，"凯走到墙边靠着，"毕竟你隐瞒了太多。"

"我猜他们都告诉你了吧？"

"在他们告诉我之前，我就猜到十之八九了。"

"哈。"阿丽有点想笑，却又怕噎着。

"你试探得还是太明显了。"

凯也微笑起来："还有什么事情是你知道但藏着的吗？"

"你不相信我？"阿丽没有回头看他。

沉默片刻，她略略低下头来："我想也是。"

"你救过我的命。"凯终于开口，"再说了，你也只是做你认为对的事情而已。"

阿丽笑道："我想做的可不是什么光彩的事。"

"你……是说复仇吗？"

阿丽愣了愣，才答道："算是吧。照现在的情况来看，我是帮不到你什么了。"

"照这情况来看你想复仇也挺不方便的，更何况你还没搞清楚向谁复仇。"

阿丽听完，沉默了好一会才问："你知道杀了我爹的是谁吗？"

她花费了大量的勇气，才问出这个问题。

"不，暂时还不知道。"凯说。

这个答案也在预想之中，这让阿丽松了一口气。

"你希望我去搞清楚吗？"

"那就取决于你值不值得信任了。"她说着，终于把双眼对上凯——他的神色之中又带了一些黯然。

凯的话锋一转："你和克洛伊、克莱尔也是旧识，不是吗？也许你们认识的时间比我和她们认识的时间更久。"

"我知道。"阿丽缓缓打断他，她知道凯要问些什么东西，"可惜现在都不是一条船上的人了。"

"总会有办法的吧，毕竟你和克洛伊也算生死之交。"

生死之交，这四个字缓缓蒙住阿丽的双眼，可当她挣扎着从记忆里挣脱时，开口却是："那是克洛伊，不是克莱尔。"

他知道阿丽那话是什么意思。

"克洛伊已经走了，没准那是最后一个懂我的人。你知道吗？不，你不可能知道，只有我们两个人经历过相同的痛苦，那种被人按着羞辱的感觉，这世上能有多少人体会到？我也曾想一了百了，不用再受创伤后应激障碍的折磨，我爸都不相信我会有这么强烈的应激反应，导致每个早上我都在噩梦中被吓醒。他到死都没有真正理解过我，也许他想过要做出改变，但他已经没有机会了。"

"除了他们之外，每个人都觉得我还能重返一线，每个人都在假情假意地给我打气，但我做不到……现在他们没了，都没了，我还剩下些什么？"

凯第一次看见阿丽眼角泛起泪光，他本想安慰她什么，但话到嘴边又止住了。

"也许这辈子还有些值得的东西，比仇恨更加重要。"

他思来想去，如此安慰道。

"我会想办法帮你调查一下。"他向门外走去，把手放在门把上顿了顿，回头看去。

"现在他们还没有足够的证据指控你，加上之前有人目击了那天晚上的事，外界知道你的身份，这让议会和高层领导都不敢轻举妄动……这段时间还能想想办法。"

"我想也是。"阿丽说。

"嘿。"

凯准备开门离开时，阿丽最后一次叫住他。

"你还是不打算告诉他们实情对吗？哪怕是克莱尔？"

凯思考了好一会儿，才给出自己的答案：

"是的。"

"为什么？"

"她还没准备好接受我现在的情况。"

"你是怕她和你对着干吧，毕竟你也没底气确定她会帮你摆脱你身上这些东西。"

"是。"凯点点头，接着说，"我们都知道罗里克现在是什么下场了。"

……

凯终于能躺在床上，给家里打去报平安的电话，没有多说什么，总结下来不过就是那一句话："我没事，也没做错什么，我知道要干啥，不用指指点点的。"

挂了电话后他仍然睡不着觉，也许是早些时候躺了太久，他很烦躁，把枕头垫得很高，满脑子胡思乱想。

直到他的手机发出光来。

"睡了吗？"

"失眠。"

"那……练？"

他看着克莱尔发来的消息，知道她也和自己一样辗转反侧难以入眠。但与以往不同的是，这回他犹豫了好半天，才缓缓一个字母一个字母地打出字来：

"练。"

他头一次想拒绝这个邀请，但仔细想想，他好像没有拒绝的理由。

当两个拳头相撞时，克莱尔感到整条手臂都有些发麻。

或许是太久没和凯对练了，怎么这回感觉应对起来有些吃力呢？克莱尔想着。

她试图把更多的精力投入对凯动作的预判之中，只有这样才能应对接下来的攻势，但她还是明显感觉到自己向来擅长的擒拿不怎么管用了。

凯从容出手挡下她的拳，并以更快的拳速予以还击，不过他还是略有留手，拳与拳之间的速度放慢了不少，但还是使得克莱尔逐渐开始气喘吁吁，以至于没有那么多的时间去怀疑自己心里不对的感觉。

于是克莱尔将动作放得更开些，两连踢拉开了距离后，便起腿横扫，不过高位的两段都被凯轻松防下，还震得自己小腿生疼，于是便立马专攻下盘。

谁知凯提前看破了她的动作，轻微抬腿就踢在她将要甩出的脚踝上，但这回力道拿捏得还算精准。

克莱尔还没来得及惊讶，凯就用同样的动作高抬腿踢来，克莱尔躲闪不及，只能抬起手臂防下，谁知凯又立马以同样的思路转攻下盘，只是轻轻一勾，就让克莱尔险些摔倒在地。

此时，最好的方法自然是转变战术，她哈的一声上步冲拳，但又没有贴得很近，只是骗出他的控手，凯果然上当了，企图绕开拳头抓住她的手腕。

克莱尔全身猛地发力，上步绕到他背后去，另一臂借机锁住凯的关节才将他擒住，可凯用更快的反应将肘部往她小腹一撞，整个小臂竖起来，拳背差点就拍在克莱尔的鼻梁上。克莱尔根本没来得及防，甚至根本不知道需要防，她只能挣扎着抬起腿去勾凯的脚，两人双双重心不稳，啪地倒在地上。

"你是不是偷偷练了？"她笑起来，抬手擦去额头的汗，"有两下子了呀！"

"没啊。"凯否认道，随即又意识到了什么，只能耸耸肩继续说道，"好吧，我是研究过。"

她站起身来调整了一下仪态，向凯伸出手。

"差不多了吧？"

"嗯。"

凯抓住她的手，也站起来。

"饿了。"她说。

"我那里还有些……你懂的。"

"哦哦哦——"她笑得心照不宣，她知道凯又偷偷囤粮了。

于是两人走在楼与楼之间的小石砖路上，一盏又一盏洁白如月光的路灯之下，要藏住眼睛里的东西并不简单。氛围变得有些奇怪，两人都预料到对方可能会开口问一些其他的话题，比如他们夜不能寐的某些原因。

"那个叫阿斯特丽德的……"她转头看着凯，"是不是向你透露了一些东西或者做了什么事情，你不太好对他们开口的？"

"没……"凯也平静地看着她，摇了摇头。

"在科学院被她偷袭之后我就什么都不记得了。"

"真的吗？"

"嗯。"

"好吧。"克莱尔轻轻地说，轻轻地把自己的怀疑给埋进了流动的灯光之中。

"倒是你，怎么感觉你有些事情没有跟我说呢？"凯问道。

这下反客为主搞得克莱尔有些不知所措。

"是……"克莱尔沉思良久才回答，"关于阿斯特拉院长的事。"

阿斯特拉。听到这个名字的时候，凯能很明显感觉到自己的脑子颤抖了一下，当他观察到克莱尔神色之中难以掩藏的那些情感以及犹豫不决的语气时，他意识到接下来她要说的是什么。

"我并不是故意的……但是当时我确实上了头，加上里克的攻击迫近，就这么误伤了他。"

克莱尔急忙辩解，并且将头偏向一边，不敢看凯，哪怕他的神情里没有表露出任何责怪。

"我当时真的不知道怎么办，我真的以为自己把阿斯特拉叔叔给……后来看到影像，大家知道了其实那是里克他们干的，但我还是不能原谅自己。如果我没有误伤他的话……"

又是好一阵沉默，两人都不知道该怎么去打破它。

"克莱尔……"

"嗯？"

"你说，如果，我是说如果，当我们真正解决这一切，终于有机会去看看真正的暮雨花的时候，发现它并不如想象中的那么美好，该怎么办？"

"唉……"克莱尔轻轻叹气。

"其实……我也想过，真正的风景不在于它有多美好或多长久，而是在于身边那个一起观赏的人吧。"

两人走进大楼之中，身后的流光消失不见，而身前的走廊还是一片漆黑。

"突然间聊起这个问题干吗？"

"其实也没什么……"

"你不会是想扯开话题，让我感觉好些吧？"

克莱尔还是太懂他了。

"是……"

"哈哈……"

她跨进门，眼中反射的光瞬间熄灭。

"但是我总归有责任，我不打算去逃避它，要不然我也不会站在这个基地里。"

凯看着她，她还是当初那个样子，只不过这回他完全感觉不到她那股略带幼稚的气息了。

"里克他们必须得除掉。"克莱尔接着说，"我不知道他们怎么想的，但是站在绝大多数人的立场，他们必须得被除掉。"

"可是……"凯打断她，"你不必感到太过内疚，不必去成为大多数人的刽子手，不是吗？"

克莱尔理解了他的意思，却没有把头低下："这我也知道……

但是总要有人去承担这些，总要有一个怪物，让所有人同心协力，也总要有一个斩除怪物的人，哪怕手上沾着血，也要握紧那把剑。"

　　直到室内走廊的声控灯亮起，克莱尔在金黄色的光中招呼他时，凯还在犹豫不决。

十九　犹豫不决者

"我×！"

里克砸着楼房废墟的墙壁，好在这是荒郊野岭，没人会注意到这样的动静。

这代表着他们三个人都可以肆意发泄。

在这个夜晚好像一切都是让人看不顺眼的，目之所及的所有东西：几栋楼的废墟、荒凉的杂草、不知从哪传出的虫鸣，还有在他们心头不断浇油的那几个人。

"留手是个错误。"江源说，他双手抱胸站在原地，好像早预料到了这一天。

"他们都将我们视为异类了，又何必对他们畏首畏尾？……"

这时汉娜走了过来，她的神色更加糟糕。

"最担心的事情还是发生了。"

她举起一个不知从哪抢来的手机给两位同伴展示新闻内容。

"近日袭击了科学院与贫民区，严重危害到国家及人民安全的三个暮雨花能量强化人已经被议会下达了红色通缉令……"

"红色通缉令"意味着最高程度的追捕，全国上下所有的力量都会被用于被挂上红色通缉名号的人——这在历史上是从未有过的。

他们早该意识到，他们所拥有的力量在议会面前其实不值一提。

"居然还讲原则，真是天大的笑话！"江源看了之后冷笑道，说得更大声了。

里克则是沉默了下来，没有理会同伴的牢骚，他正企图压制喷涌而出的情绪，思考着接下来的路。

可他想不出个所以然来。闭上眼睛，看到的是一片漆黑；睁开眼睛，仍然是一片漆黑。

"是啊，他们知道要怎么做，他们对此可太熟悉了。"思考良久，他终于开了口。

"……可关键问题在于接下来要怎么做。"

"话说回来，那小子伤到你了吗？"

"他还不是我的对手。"

汉娜欣赏地拍了拍里克的肩膀："那至少我们还不是完全被动。"

"可是……"里克冷静了一些，补充道，"我想不能低估他的潜力，我们必须在他成长起来之前处理掉这些麻烦……这是我们丢失主动权之前最后的机会。"

"你还觉得我们有主动权？"江源恨不得上去掐里克。

"他们可不在乎你的什么不杀原则，你好好想想吧！再这样忍让下去，我们三个都得搭上命！"

"但是那样做，我们不就真的成为他们所说的怪物了吗？"他很冷静地反驳，"院长就是相信我们不会做出格的事情才帮我们的。"

"院长就是太相信人的善良了！"江源本来就在气头上，听到他提起阿斯特拉就更加烦躁不安，"相信到居然以为能够直接劝和，还往影子小队的枪口上撞！"

而里克听他这么一说，自然是不爽的，从他握紧的拳头上就可以看出来。

汉娜闻到了两人之间的火药味，便上前将他们拉开，现在内乱是最愚蠢的。

"那么接下来我们要做的事已经很明确了,"她接着说,"既然我们已经知道了手头所需要的拼图,接下来只需要把它们拿到手就可以……"

八点半,凯被闹钟吵醒,迷迷糊糊地爬起来,用极慢的动作一边说服自己一边把身体塞进那套制服里,最后来到会议室。

推开门的时候他没有听到预料中的格瑞格敲键盘、萨金特扯着大嗓门抱怨早起的声音。

他又四下环顾好几秒,终于确认他确实是最先到的。

坐在自己常坐的那个座位上,他突然想起什么来,这段时间的忙里忙外,让他似乎无视了体内那神秘的存在,也有可能是药物的帮助,他不那么担心这玩意儿会要自己的命了。昨晚侦测能量的系统被关掉升级,而今早主导升级的格瑞格刚刚起床就得来开会,无暇顾及那么多,这是最好的机会。

他需要搞清楚这到底是个什么玩意儿,尽管他不知道怎么做。

他对着空气挥挥手,什么都没有发生,用上些力道,像是掷出某种球体般一甩,倒是有了些感觉。他感到掌心有什么东西在冒出来,像是出汗,但不同的是更为剧烈,像是手掌上长了张嘴在不断往外喷射一样。

当他看向自己的掌心时,不禁颤抖起来,那种被感觉认定为汗液的流体已经覆盖了他整个手掌,散发着微微的猩红色的光,随着他微小的动作,在他指尖流转、成形。

用肉眼仔细盯着这些东西,感觉并不像生物,而像是他在科幻剧里看过的纳米机器。随着逐渐探索,他发现这玩意儿是完全遵照自己的意志来的。不同的是,在他体内这些东西可能是源源不断的，不会有量的上限。

没有人告诉他这个事，但他心里就是清楚，好像他早就知道这是什么东西一样。

他想起来《浪仙》里主角被绝世高手点醒的场景，他把这个纳米机器一样的流体聚集到指尖，向自己脑门上轻轻戳了戳……

尽管他也不清楚为什么要这么做。

就在这个时候，灰色的天花板猛地向他冲过来，先是让他一阵窒息，随后又让他感到极度反胃。

忽地，脚下的地板也裂开来，他只能任由自己被一道炫目的光线所吞噬。他闭上眼睛，下意识去逃避所见，耳旁却突然安静下来。

他睁开眼睛，发现自己在战场之上，光线消失不见，一切都是灰蒙蒙的，而他正处于残垣断壁之中。

他认得这里，这里是提兰城，而且貌似就在市中心的广场那一带，那是最繁华的地方，常年被阳光覆盖上一层金黄，空气中弥漫着炸洋葱花的香甜气味。他经常被克莱尔带到这附近的步行街去做"提包小弟"。

不过现在，空气中弥漫的那些烟尘取代了他认知中的一切美好，他意识到这里出现了巨大的危机。

他环顾四周，在这个情况下能见度低得可怜，发现不了什么人。

不！竖起耳朵仔细去听，还是能听到些动静的，那种弥漫在烟尘之中的硝烟气味源自不远处枪炮交融的"摇滚"乐，他立刻向那个地方跑去。

他冲散了面前的烟尘，不远处，自己极度熟悉的人喊叫的声音最为刺耳。

克莱尔？

他继续向那个方向寻去，穿过已经废弃的儿童游乐设施和横在那里的飞机残骸——天啊，他认得这个机型，这可是现在沃尔兰顶尖的战斗机，驾驶员应该提前跳了伞，希望那人没事——他意识到自己离目标越来越近了。

但奇怪的是，他越是靠近就越是听不到枪声，取而代之的是人的呼吸声，而且那并不来源于他自己。

那就是克莱尔！

他看到了她，透过遮天蔽日的烟尘看到了她，她穿着影子部队的战斗服，一手拎着手枪，一手提着把匕首，嘶吼着，与谁纠缠着。

她完全没有胜算，从她那破损的护甲和嘴角的血迹就能看出来。

凯冲上去想帮忙，却感到自己的步子是那么沉重，就像在梦境里跑不起来那样。

他看到了克莱尔正在交战的对手。

那是谁？红色的面罩遮住了那人的嘴部，这是凯唯一能看清的面部特征。他下意识以为是里克，对，只能是里克，要不然就是他那两个队友中的某人。那种从人身上延伸出来的红黑色晶体，和里克他们三个人身上的无异，不过这些獠牙一般延伸的晶体在这人身上的尺寸和角度都更为夸张。

那人似乎完全不想和克莱尔斗，哪怕他可能已经秒杀了周围的一切，凯很不解地看着眼前的场景，完全没有头绪。

咚！

他猛地睁开眼，这是真正睁开眼来，直接从那幻象之中脱离，像是被谁猛拽着衣服拉走一样。

"早！"

是埃里克进了会议室，顺手把他拉回现实。

"早！"

凯猛地颤抖了一下，下意识地把手放到埃里克注意不到的桌台下。

"你手上有什么东西吗？"

埃里克看着他。

"呃……"

意识到刚才那一幕可能被埃里克看了个一清二楚，凯支支吾吾想不出个合理的借口。

"只是……从食堂拿的手抓饼。"

"哦，这么巧！"

埃里克举起自己手中的那一份。

"我这可是加了火腿肠、鸡蛋、生菜和肉松的豪华版。"埃里克嘴角浮出炫耀的笑容。

"啊哈哈哈……"凯也尴尬地笑起来。

埃里克应该没发现，可他却想穿过桌子，坐到凯旁边来。

坏了！凯立马意识到要完蛋，下意识地缩了一下，自己手上这流动的鬼东西要怎么收回去？他用眼角的余光瞥了一下，绯红以太像甩不掉的虫子般死黏着他。

快下去！或者钻进去！怎么样都好，快！

"你加了啥？给我看看。"

埃里克坐了下来，笑嘻嘻地看着他。凯不知所措，可对方一再催促，于是只能在他的注视下，乖乖把埋在桌底下的两只手举起。

手抓饼，加了火腿肠、鸡蛋、生菜和肉松，甚至还有片煎得有点过头了的培根。

"什么嘛，"埃里克说，"我还以为你不喜欢培根呢。"

"啊这……"

　　凯看着手上和埃里克那份差不多一模一样的手抓饼，整个人都呆住了。

　　这玩意儿是什么时候跑到他手上的？他百思不得其解，轻轻咬了一小口，那味道居然和真的手抓饼没两样——简直是他吃过的最好的手抓饼，完美符合他对手抓饼的每一条期待。

　　这时又有人推门进来，是萨金特、格瑞格与诗岛惠，三个人似乎总是形影不离，不过这回他们看到凯可没给什么好脸色。他们拒绝眼神接触，并且一进门就收敛起那些打趣的笑容，板着脸坐到各自的座位上。这种氛围凯只在审讯的时候见过，但自己当时并不是受审的人。

　　他知道对方想问自己些什么。

　　"早。"

　　他还是习惯性地打招呼。果然不出所料，他们都只是点点头，想要推断出他们接下来要问的东西也不难，凯早就想好了答案。

　　"今天来得可够早的。"

　　"是啊。"

　　"可不像你前段时间那样……"

　　"有什么想问的可以直说。"

　　凯听他们那些阴阳怪气的废话听得有些厌烦了，明明可以直抒胸臆，为何拐弯抹角的呢？

　　"我一直在寻思一个问题。"三人面面相觑，几秒后格瑞格率先开口，"从逻辑上来讲，你不可能从被阿斯特丽德带走开始直到我们接应上，在这么长的一段时间内一直保持昏迷，更何况我们看到你的时候，你还算是清醒的……至少没被罗里克打死。所以你们之间一定会产生对话，不是吗？"

　　看来他们确实没有那么好忽悠，没准还花了不少时间私底下去复盘这次行动和整个事件。凯自然也清楚他们脑子里想的是什么，这个时候装傻反而显得心虚。

"如果你和他们达成了什么私下的协议，最好在我们查清楚之前老实交代。"

"这么说来，你是觉得我们的队友关系还不如那几个家伙？"

他一下把三人都说得有点愣。"好一招反客为主啊！"萨金特嘀咕着。

就在这时克莱尔推门进来了，微笑着向他们打招呼，不过萨金特和格瑞格都不太识趣的样子，依旧板着脸看着凯。

"恰恰因为是队友啊，"格瑞格反驳，"在影子部队，欺瞒队友可不是什么负责任的行为。"

"你们在聊什么呢？"

正当凯想再呛回去的时候，克莱尔问道。她从进门的时候就听到他们似吵非吵的语气，想嗅到空气中那股火药味更是简单。

"我们只是在想，凯兄是不是有什么还没来得及说的事情。"

"别阴阳怪气了好吗，伙计？"他这么说得凯也有些不爽了。

"差不多就得了吧。"

克莱尔也投去略带鄙夷的目光，她坐在凯的旁边，毫不动摇，就像她一直以来那样。

凯看着她，突然有种于心不忍的感觉，感谢的话到了嘴边，却硬是挤不出去。

这个时候老程也进来了，手里还捧着一沓文件，似乎是刚开完其他会议来不及放好就带过来的——他从来不会在队员会议上穿西装，一身肌肉都快把那可怜的衣服撑烂了。

"都到了啊，"他在队长的位子上坐好，"想必你们也猜得到，我刚才是去和谁会面了。"

"议员。"

"没错。"老程说。

"看来这次例行会议没那么简单了。"诗岛惠从他那沉重的表情中可以看出一二。

"议会对我们最近的行动很不满意。"老程也不打算对队员们掩藏什么，他实在太累了。

"在抓捕里克归案的系列行动中，我们并没有表现出特别高的效率。"

他双手托着下巴缓缓说道，从大家的表情就能看出来，没有人是服气的。

"现在他们对里克三人下达了红色通缉令，这通缉令还是法规实行十年来的全国首例。议员们已经强调，下次交锋的时候，我们不应该留手，而应全力剿灭他们。"

老程尽量把语气压得平静，却也不掩盖自己内心的波澜，他和眼前的同伴们一样，等待着决战来临，也该做个了断了。

"我想大家也尽量去理解一下吧，毕竟这是危害全国民众的大事件，他们接下来的行动很有可能造成难以统计的伤亡。"

"不过……"凯疑惑地问道，"为什么这么长时间以来，他们都没有造成大规模破坏或者伤亡？他们明明有能力一下子就……你们懂的，把提兰城甚至整个沃尔兰搅得天翻地覆。"

"你不会是要为他们辩解什么吧？"格瑞格开口刁难，只换得凯的一个白眼。

"我不希望我们队员之间有内讧。"老程打断他们并强调了一遍，那表情似乎在说：别让我重复。

"但不管怎么样，接下来我们就得全力以赴了，不再留手，不再忍让。"

就在老程说的时候，凯又留意了一下身边其他人的表情：克莱尔明显有些兴奋，像是听到什么好消息一样；萨金特和格瑞格依然表现得心事重重；诗岛惠是听得最认真的那个，全神贯注，毫不分心；而埃里克，要是给他个枕头，他可能就去睡回笼觉了。

"让我猜猜，"等队长示意大家可以各抒己见时，凯率先发问，"如果这一次撤退或者被迫取消行动，没有抓到他们的话，上面的人就要不高兴了？"

"是的，甚至有可能按逃兵来算。"

凯听到这个回复后向后靠去，意外地放松，反倒表现出一种"我说什么来着"的感觉。

"那也好，也许这样一来就能一了百了。"克莱尔摩拳擦掌起来。

"我们略微改装了之前议员给我们的那些新式装备，削减了暮雨花能量在其中的占比，这样就算没有能源供给，我们也能正常使用。很快他们就会做好最后的调整，并且把装备发下来，在接下来的作战中就能使用它们。

"昨晚技术人员就开始着手修补搜寻暮雨花能量的程序，虽然一时半会还没法搞定，但是我们找到了一个新的办法。"

老程这段话让凯有些冒冷汗。

"我们在全国范围内搜索辐射能量的信号，也就是里克他们所遭遇的那种太空辐射，我们当初只是抱着试一试的心态，没想到还真的查出些东西来了。"

老程按下遥控器，一张全息地图投影在桌面上，在这数据编织成的蓝色城市外，一个散发着红色光芒的球体正在移动。

"从刚才开始，我们就实时掌握了罗里克的坐标，等装备下来，我们第一时间就可以去剿灭他们。"

"等一下。"众人还在消化刚才的信息时，格瑞格已经率先发现了端倪。

他将脸凑到桌面上离地图很近的地方。

"这是只有罗里克,还是三个人的位置都在那?"

"应该是三个人的位置,毕竟他们长久以来都是一同行动的……我想他们没有理由分散开来,那只会增大他们被发现然后被单抓的风险,只有疯子才会那样赌。除非……"

队友这么一说,老程突然感到有些紧张了,他的表情瞬间沉下来。

"除非他们真的就是一群疯子,还是走了狗屎运的疯子,能在我们上次校准之后刚好分开来,而我们又把他们仨当成一个人来定位了……"

这话让所有人的心都悬了起来。老程重新校准了程序。

"是的,他们已经分开了……江源和汉娜的位置与里克有所不同。里克正处于市郊,与之前无异,而另外两人就在……"

大家身上都起了鸡皮疙瘩,他们紧张地、不约而同地在放大的全息地图中捕捉到了另外两个红点的位置,在终于说服自己相信之后,他们面面相觑,不约而同感到头皮发麻。

他们认识那个位置,真是个有趣的位置。

"他们就在这里。"

地板开裂的时候,老程说出了那句已经到了他们嘴边的话。

二十　失约

　　不知道他们从哪里打进来的，但是江源已经打穿了会议室的地面，那可怜的大桌子也没能幸免，直接被他拦腰截成两大段，原本的地板如今变成了漫天飞舞的木屑，它们肆意遨游在烟尘之中，并伴随着震耳欲聋的巨响。

　　有可能是直接从地底下贯穿而上，还破坏了楼层的结构，大家都感觉到这一侧的楼层开始摇摇欲坠。

　　他们并非做不到这样的事。

　　克莱尔惊呼了声什么，正要掏武器反击，却没有能够及时闪出坍塌的范围，她还没站稳脚跟便摔进被打穿的洞里。凯下意识地伸出手来，大声喊着她的名字，却没能抓住她。

　　"不！"

　　眼前一个身影闪下去，凯不知道那是谁。他还来不及担心，巨大的石头就轰地砸在他身上，他只感觉到被什么东西猛地向墙那边推去，随后就是粉身碎骨的感觉。

　　另一边，入侵的两个强化人已经开始着手清除眼前的威胁。汉娜上来就锁住萨金特与诗岛惠的喉，摇了摇头就把他们甩到旁边。老程怒吼着，抄起一把消防斧，用身躯破开漫天的烟尘，带着无尽的怒意向汉娜攻来。

　　可这样的攻击被江源轻描淡写飞起一脚在半空中拦下，老程被狠狠砸在地上，滚了两圈才缓过来。

　　接着好几发子弹倾泻到两个强化人身上，格瑞格已经拿到一把枪。不过他也知道这只是螳臂当车，便将身躯掩藏到还未散去的灰烟中，与他们保持了一定的距离，只不过那都没有什么作用。

因为等他反应过来的时候，第三只手已经放在他的步枪上，重型的枪管像玩具般被轻易捏碎，汉娜在瞬间就已闪到他身前，这是何等恐怖的速度！他又下意识地去拔腰上的手枪，不过没等他碰到枪他就也躺在地上了。

部队的其他人迅速反应过来，两架直升机已经在他们破坏的楼层外就位。不过鉴于影子小队还在其中交战，他们没有贸然开火。

克莱尔爬起身，发现自己摔到了楼下一层，虽说也坠落了有个三四米，却没感觉到很痛。原来是埃里克救了她，他先她一步跃了下去，既保证她没有顺着洞继续往下掉，又为她充当了护垫。她意识到这些——因为他现在已经不省人事。

怎么那么傻！克莱尔在心里责怪他，却凶狠不起来。

她赶忙拉起埃里克，用尽浑身力气将他带走，果不其然，他们原来所处的地方很快就有一块大石头砸下来，这半边的楼很快就要垮掉了，所幸她用尽了吃奶的劲玩了命地跑，才将自己和埃里克拖出危险范围。

而在楼上，情况更加糟糕，萨金特、诗岛惠与格瑞格三人爬起来试图继续战斗，尽管在江源看来有些可笑。

"来啊！"

他伸手挑衅三人，三人也不废话，一起冲了上去，竟然硬生生将他拖出去几米。

但江源不过是甩甩身子，无须过大的幅度，就把三人丢了出去，诗岛惠摔在走廊上，而另外两人则是狠狠往墙上撞去。虽说眼神依旧犀利，不过都没了爬起来的力气。

在不远处，他们的队长也被汉娜收拾得上气不接下气。

"我是你的话，早就该跑了。"

汉娜放倒老程，俯下身子，用平静的目光看着他咬牙切齿的表情，语气逐渐变得嘲弄。

"怎么可能对恐怖分子退缩？"他从牙缝里挤出这句话的时候，汉娜不禁大笑出声。

"罢了，你也只不过是条议会指哪就打哪的狗，觉得自己有多正义也不是什么奇怪的事。"

"我只看到你们破坏了科学院，利用并谋杀了院长……你跟我说正义？你们又好到哪去呢？"

"哈？"

汉娜一脚踩在老程背上。

"你不会真以为院长是我们杀的吧？"

"有录像为证……"

"小兄弟……'耳听为虚，眼见为实'这句话已经不适用于当下了。"

这话说得老程有些心慌。

"作为队长的你，应该比他们更清楚你们上司惯用的那些手段不是吗？你只是还没被他们用完就扔而已，哪来的什么正义？"

他知道汉娜在说些什么，他知道汉娜说的不无道理。但这不是胡思乱想的时候，现在的场景不允许他多想，往队友的方向看去，他又有了支撑起身体来继续战斗的力气。

如果他们面对的是里克，可能这就是战斗的句号，不过这是江源——尽管汉娜已经投来劝诫的目光，他依然不打算留手。

看着地上三个待宰的猎物，他捏了捏拳头，叫三人感觉到难以遏制的胆寒。

但他举起的拳头在半空中被挡住了，无论怎么使劲，那手臂都不听自己指挥，转身一看，原来是被凯出手抓住了。

"你……"

眼前的三人和旁边不远处的老程、汉娜都傻了眼，看着僵持的凯和江源，他们很快就意识到事情的不对。他们的眼球瞪得快要蹦出来，不仅是因为凯在被巨石砸穿墙后毫发无损，如同鬼影般飘到江源身后，更是因为他已经能死死控制住一个强化人。

而他眼角以及身上的伤口附近流动的绯红以太解释了一切，没有错，和萨金特他们猜测的一模一样，第四个强化人远在天边近在眼前。可惜这一切无论是哪边的人都不愿意接受。

"差不多得了！"

凯知道接下来同伴们会投来怎样的目光，不过现在他也顾不得这些了。他略略使劲就直接把江源抓起来，丢垃圾般甩到墙上，江源只感觉到自己发出一声痛苦的嚎叫，然后砸穿了另一面墙，被掩埋在坠落的钢筋混凝土之下。

没做过多停留，凯又闪步移动，只是瞬间就来到汉娜的背后，没有给她反抗的机会，飞起一脚把她踹进烟尘之中。

随着一声爆炸，除了凯，所有站着的人都摔了个四脚朝天。想必他们是把油罐以及一些其他较为脆弱的设备也给破坏了，冲击波导致大楼接着坍塌，并且越发严重，支撑结构彻底挺不住遭到的破坏，很快就要连站稳脚跟的地方都没有了。

可影子小队的其他人还沉浸在方才的震惊之中，凯拎起旁边的老程，满身的肌肉在他的手上好像比纸还要轻些。

只是弹指一挥间，老程就站在了空地上。随后一阵红光闪动，在几人还没反应过来的时候，凯将更多没来得及撤出的人也送了过来。

"我就说吧！"萨金特两脚落了地就开始愤怒地嚷嚷，好像全世界都不信他却偏偏让他说中了，"我就说凯那小子绝对有问题！"

他跟老队长叫唤着，也没管老程反胃到想吐的样子。就在这个时候，另外两人也被送了出来。随后是还没来得及撤出那部分楼层的其他员工：后勤部队、清洁工、队医、管理人员等等。

虽然还停不下自己那张嘴，但萨金特他们已经不约而同地开始检查其他人的状况，凯几乎把所有人都撤了出来，他们知道现在极度混乱，但越是这种关头，就越需要清醒的头脑。

"快去取装备！快！"

在已经彻底坍塌的大楼废墟里，凯下定决心去了结这事。他踩过一片焦土，本应飘荡在他周身的灰尘都像畏惧他一般纷纷散开，绯红以太在他手臂上流动，成为他外置的血管，最后都汇集到逐渐握紧的拳头上。他的目光在江源和汉娜身上闪烁，两人刚刚从石堆里爬出并缓过神来，看到他的时候眼神又凶恶了几分。无论怎样，都不能放任他们继续下去了。

江源双腿使劲一蹬，轰的一声原地弹射出去，原本落脚的地方留下许多裂纹。他冲散剩余的飞尘，席卷着风与愤怒直冲着凯的命门攻来。

凯自然知道他们不打算留手，便也摆好架势以拳相迎，两拳相撞时的冲击声似乎能把没垮掉的另外半边楼也给弄塌。江源很快就挥出去第二、第三拳，凯也同样予以回击，两人都只管拼了命地进攻，丝毫没有防守的态势。

汉娜意识到对拳时两人产生的变化，江源的力道已经越发疲软，从退后的脚步也不难看出来他后劲不足，反观凯，像是不断吸收着他的力量一样越战越勇……

不能犹豫，汉娜也冲上去助战。随着她的加入，两人再次压制凯，毕竟双拳难敌四手，且两人配合得默契无间。江源中门大开诱敌进攻，汉娜就在凯动手的时刻偷袭他的下腰；而汉娜忙于护住头部时，江源抓住机会拐住凯的右腿，两人合力将他放倒，并同时出腿，结结实实踢在凯的肚子上，将他踢得老远。

凯闷哼一声，感觉自己被踢出十米开外，随着巨响以及粉身碎骨的感觉，他整个人都嵌进了废墟里边，还吃了满嘴的灰。

真是要了命了，他感觉到短暂的骨头断裂，可当他把手放在对应的部位上时，又感到什么都没有发生，他有些不敢确定地站起身来，果然什么事都没有。

江源和汉娜两人本来都要转头离开，打算在带走凯之前先去收拾其他影子部队的人了，听到不对劲的动静时又回过头来，眼前的正是他们所不期望看到的场景——凯仍毫发无损。

"那玩意儿在治愈他的伤！"汉娜很快意识到这点，她眉头拧紧，向同伴说道，"他体内拥有的是比我们还纯正的暮雨花能量。"

"那就把那玩意弄出来！"

如今两人不打算再给凯治愈的时间，一拥而上，这次一定要把他彻底拿下才行。

不过就当他们冲上去的时候，凯嘴角勾起一丝冷笑，他们的拳头挥出去却都扑了个空。

"什么？！"他们原地左顾右盼，意识到发生了什么，他们尽可能地捕捉凯的蛛丝马迹，并下意识地准备背靠着背，以防突如其来的攻击。

不过已经来不及了。

随着红色的光芒闪现，江源感觉像被光速点穴了一般，浑身不能动弹，反应过来的时候，自己已经摔倒在地。

汉娜则是捕捉到凯的动作，回身过去一个鞭腿，力道之大，似乎要将空间给撕裂开来。可惜她的速度始终不如凯，他一个侧身轻松躲过，并在电光石火之间抓住汉娜的腿甩了出去。

他们远远低估了绯红以太的成长能力，这件事情直到他俩都趴在地上时才发现。

"如果你们不曾是杀人凶手，如今又为何做出这样的事情？"

凯没有急着补刀，而是厉声喝问。

"告诉我！"

"你真的想知道真相吗？"汉娜微笑了一下，虽说有些吃痛，但还是站起身来。

"我说过了，杀掉院长的不是我们。也不是你那个气血上头的队友，而是我们曾经所听命的人啊！"

她就差没把议会两个字吐出来了。

凯也猜到了答案，他站在原地与两人对峙，犹豫着要不要相信他们。

毕竟不可信的人实在太多了。

就在这时，其他人也出现在不远处，明显是冲着他们来的，那些都是影子部队的人，黑压压的一片，覆盖了残垣断壁以及土石堆积成的小山，他们已经趁着三人斗争的时候取得装备。三人反应过来的时候，他们已经被无数黑洞洞的枪口包围。

"凯罗索！"

其中一人怒吼道，凯认得那是萨金特的声音。

"你这个叛徒！"他的声音中皆是对这名昔日队友的控诉，但这并不足以让凯动摇。

真正让他动摇的是人群深处的一双眼睛。他认得出来，那是他最不想对上的眼睛。

那是克莱尔。

那时候整片天地都只剩下了对视着的他们两人，而克莱尔用难以置信的目光打量着凯，看着他身上那些忙碌于修补伤口的绯红以太，眼泪已经忍不住要夺眶而出。

上一次见到她这个将要失控的表情，还是在得知克洛伊离开的时候，那表情好像在说："原来……原来你真的变成那样了。"

她还是不肯接受，怎么可能接受呢？她游离在情绪失控的边缘，手止不住地颤抖，哪怕是透过人群凯也能很清晰地感知到，她不肯接受。

凯只是默默地，尽可能地用平静温和的眼神告诉她："我早有选择。"

他其实动摇了，哪怕只是瞬间。他有举起双手让克莱尔缓缓走到自己身边给自己戴上手铐的冲动。透过还未消散的硝烟看向她，就像在迷雾中看见若隐若现的海市蜃楼一般。随她去吧，他那时真的如此想过。

但在某个瞬间，他感觉到克莱尔握紧了手上的枪。她心里哪怕是最细微的颤动都被凯捕捉到，他知道自己哪怕是转一下身，可能她就会下意识地从腰带中拔出武器来。

看来他们终将是对彼此失约了。

太阳光终于照射进这一片废墟之中，他能看到每一个队友的眼神，透过那些漆黑的目镜，他能看到他们紧皱的眉头，也能看到他们的决绝。

老程、诗岛惠、格瑞格、萨金特，甚至刚刚醒来的埃里克，他们的表情无不是如此，手无不扣在扳机上。在看到这一切之前，凯还抱有侥幸心理，但正如他所预测的那样，在知道他真正的底细之后，几乎所有人都举着枪对着他。

这场景拨动了他藏在心里的某根弦，牵起那段回忆，此刻与彼时似乎没什么区别。只不过这次彼时唯一站在自己身边的人也将转而向他开火。

就在众人对峙无言时，又一声巨响，什么东西从天而降，带着巨大的冲击力砸在地面上，又掀起一大片烟雾，沙尘被刻意地卷起，快速扩散开来，很快便蒙蔽了在场所有人的双眼。

影子部队的众人都不约而同向后退去，直到烟雾散去时，他们才察觉到包围圈里的三人都已不见。

没错，就那么凭空消失了。消失的原因只有刚才那几个人知道。

"你……"

凯知道刚才是谁把自己拽了出去，他本想动手，但碍于不知他们究竟有何意图以及他们没有继续和自己战斗的想法，他只能作罢。

"拜托了，请跟我们来。"

里克尽自己所能表现出恳求。

"有些东西你们需要看看。"

二十一　真相？

意识到战斗以如此方式结束的时候，众人都有些不甘心。老程倒是在这时发挥了队长的作用，将大家聚在一起，说了些还算有点激励的话。随后他们不作歇息，投入善后工作之中，至少得收拾收拾，看看还有什么能用的东西，除此之外，也没什么能做的了。

在没人注意的地方，克莱尔悄悄藏了起来。

在凯他们几个凭空消失后，队友们和救援人员开始清扫废墟，老程自然也没闲着。他看着铲车过了大门，看着布满灰的这方天空与大地，心里很不是滋味，此时他受到了议会的传唤。

这也正是他恨不得立马见到的人。

几十分钟后，他站在那乌黑的房间里，才想起拍拍满身的灰。

"说吧。"

就在他这么做的时候，两盏灯砰地亮起来。这房间似乎是为了紧急会面而布置，并没有那些办公室那样高级而典雅的装修，就是某个会堂的小会议室而已。至于为何要紧急召见，或许是隔着屏幕不好表达愤怒吧，老程这么猜测。四位议员都在这里，他抬头看去，他们正井然有序坐在高台之上。

他与他们相视无言。

四位议员自然都知道发生了什么，这个国家大大小小、明里暗里的事情，他们都会进行信息交换，这是必要的。

"先生们……"

"程队长。"

老程本想主动出击，却被"火"议员无礼地打断。

"告诉我，你相信规则吗？"

老程看着他，动用浑身气力压制疑惑的神色。

"是的。"他很快便回答道。

"你相信打破规则、违反规则，应该得到相应的惩罚吗？"

"……是的。"

"不。"

议员果断地说。

"在你意识深处，你还相信着别的东西，不是吗？"

"……也许，我想也许是的。"

这样的答案似乎让"火"议员很满意，他张开手来："既然如此，为何不跟我们说说呢？"

老程尴尬而又不失礼地笑了笑。

"我也相信，每个人都值得更多的机……"

"不。"

老程嘴边的"会"字还没出口，议员就已经不让他再说下去了。

"失败者才会要更多的机会。"

空气逐渐凝固，相视将近半分钟，议员才继续说道：

"明明给了你那么好的装备，给了你那么多的权限，就连坦克、飞机都可以给你弄来，为什么还能被恐怖分子偷袭？"

老程知道这是在责怪自己，不过他不打算毕恭毕敬下去，他往四周看了看，发现没有旁人，便顶着议员居高临下的霸道目光说：

"恕我直言，先生，这是您委派的技术小组在检查坐标时所犯的错误。"

"你是说，这是我们的责任咯？"

"山"议员听了他的话感到很不爽，将烟头重重扎进烟灰缸里。

老程没有像他们预想的那样低下头并乖乖接受这莫须有的训斥，而是把头抬得更高。

"是的。"

他用坚定的目光反抗。

"也许在这些事件上，我们都有责任。诚然，我被对队友的信任蒙蔽了双眼，第四个强化人真的远在天边近在眼前，而我们或许是出于技术原因，或许是单纯的过于信任，总之就是让凯罗索对我们掩盖了真相。"

"通缉令已经下达。他已经不再是影子小队的一员，事实上，他甚至可以说已经不再是沃尔兰的一员。下一次是他最后的机会，但我们不觉得他会把握，就像罗里克他们那样，当人开始狐疑的时候，背叛就是板上钉钉的事了。"议员很快就接上了话。

"反倒是你，你作为一队之长，在经历过指挥失误、队员背叛、基地损毁这些糟糕的情况过后，不会真以为能全身而退吧？"

"火"议员也开口训斥，好像是把长久以来的气都撒在了老程身上。

"那你们想做什么呢？"老程也憋不住心里窝着的那口气，向着高台上的四人大喊。四大议员都吃了一惊，很是诧异，幸亏没有百姓在场，不然他们得多下不来台。

"到了这个节骨眼上，这个刀架在脖子的节骨眼上，你还想开除我、解散影子小队不成？"

"火""山"议员此刻已经是怒发冲冠，从来没有人敢对议员如此无礼，他们恨不得现在就把他开除。

但这个时候，"风"议员开口了。

"不，这个时候我们需要你们，国家需要你们。"她一脸平静道，并直视两位同事那快要杀人的眼神，"如今责怪已经解决不了问题，程队长说的有道理。"

而最后的"林"议员虽然讨厌老程那副嘴脸，但也不得不点头赞同。

见两位议员表态，老程沉吟了片刻，便下定决心乘胜追击："那天晚上在科学院到底发生了什么？"

"无可奉告。"

"山"议员开口，并摆了摆手示意他不要再多说，似乎在告诉他："再多问就把你除掉！"

"管好你自己现在要做的事情就行了！"他补充道，"那些针对强化人的装备，你马上带回去分发，下次强化人的位置暴露时，我要你不惜一切代价，把他们全部解决掉。否则不要怨我们用一些非常手段。"

这的确是最后通牒。老程心里清楚他们所言的非常手段为何，也只能见好就收。

但有些话他还是不吐不快：

"是啊……我们也要承受你们的失败。"

他没有像往常一样再假装殷勤地敬个礼，而是直接丢下个糟糕的脸色就转身离开。

老程直接摔门而去。

他不知道的是，在他离开后，四位议员并没有立刻散会，他们像四颗钉子一样钉在原地，没有动弹。

首先响起的是四人中唯一的女声："你们知道你们在做什么吗？"

他们没有回答，直到抬眼发觉同事正盯着自己看。

"很快事态就会失控，你们知道，这一定会发生。"

纤细的手指砸在台上，轰隆隆震响。

"你们还能做什么？"

"这不是明知故问吗？对我们有威胁的目标都需要被肃清，凯罗索、罗里克及其同伙，阿斯特丽德，甚至包括这一届的影子小队，一旦他们把知道的情报泄露出来，就会有人把拼图拼全。"

"你不会想要……"

"是的。"

听到肯定的答案，"风"议员拂袖转身离开。

绕开候着的保镖，穿过另一侧的门，从楼梯间走下去就可以直接来到停车场，那里总是比较安静且没有多少亮光。正如预料的那样，老程正在那里静候着。

"议员女士。"

他向走来的这位议员示意，为自己方才的略有失态表达歉意——但仅仅是对"风"议员。

"不必感到过多担忧，你刚刚说的那些话也正是我想表达的。对了……也许这里有你们所需要的东西。"她说着，将从包里取出的 U 盘递给他。

"你和你的队员需要知道真相，希望你们能把这个证据用在正确的判断上。"她说，"这些信息都来自当晚科学院的真实录像，只有议会和科学院有权利保存，这些信息在议员之间是必须共享的，但不是我与你之间。我只能以个人名义告诉你们这么多，你知道要怎么做。"

"我不胜感激。"

"声东击西，是吧？看样子你们还挺擅长的。"

里克点了点头，只顾开自己刚才偷来的车，面对凯的嘲讽，他也未曾反驳。他绕了会路，刻意避开那些监控密集的地带，按照早就定好的路线前进，兜兜转转着带着两位队友和凯来到了藏身处。其实这里与影子部队总部的直线距离算不上遥远，更没有跳脱出城市的范畴，只是某个被埋藏在钢铁森林边缘的毫不起眼的小楼。从地下停车场进去，沿着楼梯来到一楼的某个公寓，阿丽也在那里，想必是早就离开了影子部队总部，当凯进屋的时候，发现她正鼓捣着一个什么装置。

"信号屏蔽器，能暂时掩盖宇宙辐射或者暮雨花能量的信号，给我们争取时间。"阿丽没有等他开口发问，见面第一句话就是如此直白的解释。

"就在你们忙着交战的时候，影子部队甚至大半个沃尔兰的军警力量的注意力都在你们那边，这一大段时间足够我回到科学院收集这些必要的东西，并把你们与阿丽小姐带出来。"里克也做出言简意赅的说明，并且在说话的同时把一个硬盘放在桌上。

凯明白了他的意思，绕桌半圈后回到墙边靠着，仍然没有完全放松紧绷的神经："你到底想说什么？"

"这是当时真正的监控录像。"阿丽将硬盘插在旁边的电脑上，"之前我就告诉了里克科学院秘密数据库的方位，在你和你那小女友互瞪着眼的时候他就拿到了这个。"

她的指尖在键盘上舞动，破解硬盘的加密确实不是易事，等待得久了，凯自然感觉到有些无聊。里克又从包里掏出些吃的来，递给其他人。这些东西很明显是不知从哪偷的，那个包也定是如此，但总比没有的好。

"现在外界是个什么状况？"

他向其他人问道，汉娜把那台弄来的手机递给他。

"和你想的差不多。"

　　打开视频，是关于影子部队总部被袭击的新闻，现场救灾工作基本完成，部队也撤到了别的基地去，不过这次新基地的位置对公众保密，至于是什么原因，不言而喻。

　　此时阿丽电脑上的文件加载成功，将大家的注意力都吸引了过去。

　　但那画面中的东西大家都不愿意看，阿丽侧过头去，用眼角的余光挽留父亲生前最后的动态；里克与汉娜沉默了，低下头来，默默哀悼。只有凯挣开江源的手臂，扑到电脑前，看着议会的下属部队像无情的刽子手一样杀害了阿斯特拉，他的嘴唇止不住地抖。

　　视频放完，又沉默了半刻，这半刻钟对大家来说都相当煎熬。好在阿丽与里克开始轮流补充他们所知道的一切，凯默默听完，把每个字都塞进脑子里去，却理不出什么头绪来。

　　他恨不得这房间再大点，这样自己就能满屋乱走，搞不好还能快些消化掉刚才所知道的那些信息。

　　其他人没有说话，但他们的心绪和凯同样杂乱，现在他们都站在那里，沉默而不安，等待着有谁去打破这份沉默。

　　证据已经如此明了了，他们有什么理由不合作呢？

　　凯呼吸得很重，眼睛快要皱成一团，现在他能理解为什么里克他们要决心抗争到底了，要不然他们都会是这样的下场。"没准我也会是这样的下场。"他怀着些许恼火这样想道。

　　里克就在旁边面无表情地看着凯，他那脸仿佛是石头雕成的。那粗糙的脖子和有些对不齐的双肩上都有战斗过的痕迹，身上的衣物也破败且暗淡，倒是还有某处反射着些许光芒——是在一个破了小洞的口袋里，那可能是整件衣服上唯一还能用的口袋。透过那个小洞凯能注意到不完整的照片和一个小女孩的半边脸。

　　"家人？"

凯小心翼翼地问道，里克缓缓点头。

"家人。"

就像天上总会有些奇形怪状的云一样，世界上也会有些被认为是奇怪的人，就像站在这房间里的几人。

凯语气里有些试探："他们还在等着？"

他已足够小心翼翼，却还是听到一声长叹。

"很难说。"里克摇摇头，靠在身后的墙边，"我们的家人也都是军人，但他们并没有经历过那些足以改变他们信仰的事，所以很难理解我们。"

"是一家人的话，总会有机会的吧？"

凯这话倒是让里克笑起来。

"小兄弟，不是所有的拼命都能换来理解，不是所有家庭都会紧密相连。"

"我听说你还有个女儿。"

"是。"

"那你不打算……"

"早就想过了。"里克挥挥手打断凯，"当你终有一天为人父母时你就会明白，给予孩子安全感是多么艰难的事情。你该怎么去告诉她你所做的一切？你该怎么让她去理解你的苦衷？在你连自我拯救都做不到的环境里，如何去奢求更多？"

里克将目光放低些，缓缓吟出一首诗来：

想一想，历史有许多捉弄人的通道，
精心设计的走廊、出口，用窃窃私语的野心欺骗我们，
又用虚荣引导我们。
恐惧和勇气都不能拯救我们，违反人性的邪恶产生于我们的英雄主义，德行由我们无耻的罪行强加给我们。

这些眼泪从怀着愤怒之果的树上采下。

里克拍拍凯的肩膀，说："你应该去和他们谈谈，他们或许能理解你所经历的一切和你想要前往的方向。"

"他们不会理解的。"凯闭上眼轻轻摇了摇头，回绝他的好意，"正如你所说的那样，这并不是件简单的事情，不是吗？"

"不试过怎么知道呢？"

里克试着向凯抛去微笑，虽然有些别扭，但凯已经感觉不到这是众人口中那个杀人不眨眼的魔头。

"你可知为何明明我们体内的能量差距这么大，但在那个雨夜的天台上你却没法从我这占到便宜，在影子部队总部那场战斗里又只能勉强和他俩打平？"

"也许因为阿斯特拉院长的特制抑制药物全被阿丽扎进来了……"

"好吧，这也是一部分原因……"里克摇了摇头。

"但你真的相信一些药物就能抑制这些宇宙级别的强大力量吗？"

"什么？"

凯有些疑惑，并没有听懂他想表达的意思。

"你对这份力量或许比我们还要抗拒，不是吗？"里克说，"你内心没有一个明确的目标，没有下定决心去做，只是走一步看一步而已，自然而然地，你也就发挥不出更多的力量。"

"可你不是也讨厌这股力量？"凯感到有些奇怪，怎么里克现在开始教导自己了？

"……是，所以我们想要去摆脱它，力量对于我们而言是一种诅咒，这就是我们的目标。"

"里克，你在说这话的时候，你得好好想想。"凯突然感到有些讽刺，"被你称为诅咒的力量，你们却不忌讳使用它。"

"那只是为了达到目的的手段而已。"里克脸上的笑收敛了一些，"要说我们在最近的日子里学到了什么，那就是力量并不止这个……"他举了举拳头，顿了两秒，继续说，"真正的力量在于怎么去散播忠诚或者恐惧，议会就是如此，因为只有人们恐惧，他们才能巩固自己的利益。但他们同时又很高尚，无时无刻不在强调是为了国家、为了人民，他们不比我们更加虚伪吗？"

"这不和你原本的准则有些冲突吗？"

"准则？"里克好像对这个词嗤之以鼻，满不在乎。

"在这个世界上，准则只会拖累你，你若一心向善，就没法去对付那些没有准则的人，因为善良会变成你的枷锁，而他们，我的朋友，他们没有枷锁。"

凯看着他那有些诡异的神情，没有再反驳什么。

"但是你真的能像你所说的那样，舍弃掉你在乎的那一切，去告诉世界你不会遵守他们的规则吗？我的意思是，你有那个胆吗？"

这问题貌似把里克难住了，至少让他的神色变得犹豫了那么两三秒。

"反正在所有人眼里我们都是怪物了。"他耸耸肩，装出一副真的无所谓的样子，"我老婆也把门锁紧，像是在躲某个怪物一样，而其他人？呵呵，他们只想着把你逼上绝路。"

比起对凯，这些话更像是里克对自己说的，凯没有对此发表什么意见，他不知如何去劝一个一只脚踏出了悬崖的人。

当一个人行走在悬崖边缘，他的下方是平静的河流，而后方是无数或嘲讽或假意劝导的人时，没人知道他会怎么选。是跳入那生存概率微乎其微的深水，还是回到那群背叛过、利用过、遗弃过自己的人们的怀抱中？没人知道会怎么样。凯又转向汉娜：

"你俩也是这么想的吗？"

汉娜耸耸肩："连我们的家人都将我们拒之门外，可里克从来没让我们饿过肚子。"

在沉默的时候阿丽又递过来一个手环一样的装置让凯戴上，并且做了最后的调试，确定这玩意儿能正常运转。

"这是移动信号屏蔽器，能给你争取十几个小时的时间，只要你不摔坏这玩意就足够。去吧，但隐蔽好自己，尽快回来，我们需要你用最好的状态来应对。"

阿丽对凯说。

"你还有争取的机会，别让这件事变成遗憾，当战斗打响的时候也能少件让自己摇摆不定的事。"

她丢来一份地图，上面用很显眼的红色标注了离开提兰城又不被察觉的路线，一条由地下通道、暗巷以及交错小径组成的出路。

"可你们也知道，"凯靠在门边回头说，"我并不是神，我并非全知全能，我可以帮助你们，但……我不会纵容你们的疯狂。"

"疯狂与否要取决于目的。"阿丽仍然看着自己手头上的东西，但回答得异常快速，"对于你我而言都是如此。"

凯只是无奈笑笑，没有多说什么。"在座的每一位都是善良且危险的人啊，"凯发自内心感叹道，好像自己也要变成这样，或者已经是这样了。

他披上了一件有些老旧的皮革大衣，戴了副墨镜，再加上一些简易的伪装便出门而去。众人在窗边目送他离开，除了阿丽之外的三人都感到有种放虎归山的危机感，他们无法解释这危机感从何而来。

但愿只是自己的多虑吧，他们如是想。

凯走在街上，按照既定的路线前进，一路上他敏锐地提防着

每一个与他擦肩而过的人，以及每一个商场的橱窗角落，甚至是
每一个常人难以发现的地方。好在阿丽是对的，这附近的阴影中
都没有潜藏着不怀好意的眼睛。

二十二　怪物或勇者

再一次，影子小队成员坐在一起。

围坐在这个陌生办公室的陌生圆桌边，他们既没有相视也没有言语，只是让钟表滴答摆动的声音清晰可闻。像是隔了十年才再见的同学，明明有那么多话题却无人知晓从何说起。

"我有预感，上一回是我们大家最后一次这么齐了。"

老程沉默良久才说话，可话吐出来，他就发觉这是个糟糕的开场。

"最好是。"萨金特呛道，"不过我们也不需要他，对吗？"

说这话的时候，他还以面无表情来回应克莱尔恶狠狠的眼神。

克莱尔自然不允许他这么说："你这是诽谤……"

"诽谤？！"

萨金特整个巴掌都拍在桌子上，砰的一声好不吓人，他太阳穴上暴出青红的血管以及怒纹，他彻底不遮掩心中的不爽："他还需要诽谤吗！听听你说的是什么！诽谤？你好好想想吧！你只是不想承认你的青梅竹马变成了你最讨厌的那种人！"

克莱尔还想反驳什么，但嘴张开后吐不出半个字来。

萨金特是对的。

"你对他的信任让你看不到他有二心！也许早在第一次出击去科学院的那辆车上，他就已经开始为他们辩解了。"

"行了行了……"见他越说越激动，旁边的两人扯着他。

"你是有多喜欢他才会把自己真正的职责给忘得一干二净？"

"够了！"

老程也提高了音量去打断萨金特。

他也憋了满肚子气，只是不愿意发泄在这没有意义的地方罢了，可他们这么吵吵嚷嚷的，真叫人恼火。

大家的全部注意力都转移到了如火山一般将要爆发的他身上，等待着一队之长的判断。

而他接下来的话表明他根本就没打算站任何一边："看看你们现在的样子，这还像话吗？！"

他只训了这两句话，大家都沉默下来。

"格瑞格？"

"嗯。"

大屏幕被打开，陌生的 UI 界面出现在大家眼前，格瑞格将老程递过来的 U 盘插进电脑里，并且播放影像。

"答应我，接下来你们所看到的东西一定要保密，而且这一切可能会让你们难以接受。"

见众人都点头老程才按下播放键，科学院的景象亮起，一个他们熟悉又陌生的人正靠在墙角……

"暮雨花强化人呢？"

"……"

"说话！"

"呵呵呵呵……你们甚至不愿意叫他们的名字……量你们也没那个胆。"

砰！

枪声重重响起，重重地打进每个队员的内心。

心里泛起的苦涩让克莱尔感到些许刺痛，好像她的眼里什么东西都装过，却唯独装不下眼泪。她用尽全力压制着揉一揉的冲动，努力忽略着这种微不足道的疼痛，就如同长久以来的训练教会她的那般。

"我们大家都没有意识到事态竟会如此发展。"

老程压下自己的怒火，清了清嗓子继续说道："我知道我们现在的压力很大，但这一切并没有到不可挽回的地步。现在已知暮雨花的大部分能量都被凯吸收，但他并没有伤害我们的意思。"

老程开始有条不紊地分析，眼神也在队员们的脸上跳跃。

"我们现在拿到了武器，随时准备好将整个事件了结，这就足够了。虽然上边不愿意听到这些，我们对付里克的时候还是要全力以赴，但对付凯……"

"说实话，我不知道……"

"我会亲手结果他，"克莱尔轻轻地说，平静到可怕，"或者被他结果。"

她从座位上离开，头也不回地出去。

"我去看看她吧。"埃里克起身追了出去，出门前转身轻轻向队友们道歉。

随后他立马跑过秘密基地那有些昏暗的走道，在转角的地方追上了克莱尔，两人在这光线难以透入的地方对峙。

凯以前只在新闻里见过扒在火车外的人，没想到有一天自己也要如此。好在有超自然力量的加持，想做到这些并不艰难。他在靠近邑沙城火车站的地方跳了下去，趁着夜色悄悄走入城中，专挑没有路灯的地方走，避开了闹市区，没有引起任何人的注意。

家里此时还亮着几盏灯，也许爸妈都睡不着觉吧。他一方面感觉很庆幸，另一方面则感觉很紧张。

从窗户里翻进去，来到自己漆黑的房间里，他并没有发出多少动静。他也不知道自己为何要像个贼一样，但还是蹑手蹑脚地开了一个门缝。

可瑞尔斯就在门外，不知道出于什么原因，他就在儿子的房门口等候着，好像是有什么感应，又好像是在坚信着什么一样地等待。

"凯？"

听到儿子房间发出的动静，瑞尔斯立刻就靠了上来，这让凯吓得不轻，急忙把门关上。

"凯？"

当爹的不停敲着门，他知道是孩子回来了。

凯却躲在门后一言不发。瑞尔斯敲门的频率也逐渐放缓，随着一声叹息终止。

"我并不想责怪你，凯，放心吧。"

他靠在门上，知道自己的孩子此刻就隔在这几厘米厚的木板的另一面。凯的母亲也悄悄靠了上来，无须多言便知道发生了什么。

"我知道这几天发生了什么，但我希望不要因为这个和你渐行渐远，好吗？"

月光透过窗，用隐约的清冷的蓝光帮助老瑞尔斯传达内心的想法。

"当爹当妈的都知道你本意并不坏，只是脱离原本的线路去另辟蹊径，往自己更加认可的方向靠近罢了，对吧？"

顺着冰冷的门，凯的身体不由自主地软了下去，最后坐在地上。

也许他早该和他们说说自己当时多么劳累，在训练场之间奔波、在队友之间小心翼翼，在如今看来这份劳累并没有像当初所言那般，将他带往一个自己所期待的世界。

直到和克莱尔对峙的时候，凯才猛地发现自己需要那样的力量去遵循自己内心的声音，去成为那个当初自己所梦想的"英雄"，但影子小队给不了他那样的力量，议会也给不了他那样的力量，他没法接受自己拼死拼活只为了变成别人手下的棋子，而眼睁睁地任由他们扭曲是非黑白。

"我知道，长久以来我们都给你灌输要更努力、更强大的想法，这并非完全正确，爸妈能看到你身上的闪光点，才会努力去推进，可是我们也没有找准推进的方向。"

家人就是这样，越是关键的时候纽带便越是紧密。

"我知道我不该对你说那样的话……但我相信你心里一定有自己想做的选择，是吧？只是还没办法说出来而已。"

凯突然抬起头来，眼中似乎有些动摇，他能感觉到一双温暖的大手贴在门上。

"孩子……"

是妈妈的声音。

"我们都知道你的心其实不坏，你有自己想走的路，哪怕那条路会有更多荆棘和挫折。我们都在告诉你怎么走会更快捷，怎么走会更顺利，但也许那并不是你追求的结局，也不是你想要的未来，是吧？如果你想要用自己的方式践行你觉得对的事，那就放手去做吧，你只需要知道不管怎么选，我们都会支持你。"

凯扬起不为人知的笑，轻轻地站了起来，这是他内心深处最渴望听到的话语。

这次他没有犹豫，伸手打开门，任由客厅橙黄温暖的灯光照进清冷灰暗的房间里，他伸手去触摸那近在咫尺的温度，那样的温度能融化他被寒冰包裹的心灵。

一家三口拥抱在一起。

"别跟着我。"在墙角的阴影中，克莱尔的眼里闪着明亮的泪花。

埃里克没有走开，而是轻轻地，一点一点靠近克莱尔。

"刚才你说的都是气话，是吧？"

"……"

"拜托……"他伸出手来，"千万别这么想，事情不会发展到那种地步的，好吗？"

其实说这话的时候埃里克自己心里也没个底，他们刚才都亲眼见证了自己所效忠的那些谎言，这样的冲击可不是一时半会就能缓过来的。虽说真相让克莱尔减少了一些对于阿斯特拉院长的心理负担，但更令人心寒。

"有什么想说的，尽管说出来吧。"埃里克拉住克莱尔的手，直视着她不断躲闪的眼睛。

克莱尔犹豫再三，最终放弃了逃避，轻轻地抽泣一声才开口："我本来快要鼓起勇气放下姐姐离开的事实了，就在这个时候，凯也……"

"也许他并没有弃你而去，"埃里克知道克莱尔想说什么，立马接上话，"也许他只是有自己的难言之隐……"

"他能有什么难言之隐？！"带着哭腔的喊叫打断了埃里克苍白的安慰。

似乎是意识到自己过于情绪化，克莱尔转过头去尝试冷静下来。

"如果他真的有难言之隐，也并非不能原谅他……可是……他本来可以不用离开我们的，和他对视的时候，他并没有留下的意思……他也许……也许已经不是我们认识的那个人，我希望还有原谅他的机会，但是你也知道，你也清楚得很：原谅不等于纵容。"

埃里克知道，克莱尔是对的。

"力量会让一个人腐朽，而绝对的力量，绝对会导致腐朽。"克莱尔说得很慢。

她这些年来所经历的一切都在印证这一句话。不管是伤害了克洛伊的强化人，还是里克、汉娜、江源，甚至是她曾经相信的议会，其实都不过是力量或欲望的棋子而已，他们要么被其诅咒，要么被其操控，而凯……他所拥有的力量甚至能够轻易超越这些人，凯将会变成什么样子，克莱尔不敢再想下去了。

"能跟我说说你是怎么想的吗，对于以后发生的事情？"

埃里克对这问题并没有给出自己的答案，他甚至没想好该怎么去回答，他经历的并没有克莱尔那么多，他其实也很迷茫。

"一边是最好的朋友，却弃我们而去；一边是本该代表公平的议会，却干出这样龌龊的事情……抱歉我知道现在不是这么说的时候，但我们的时间真的不多了。"

"嗯……"克莱尔陷入沉思，她不断提醒着自己：她是"魅影"，是影子小队的一员，这个代号可不是什么小说里花里胡哨的外号，而是一个传承下来的守护者的代称。而这支队伍从组建开始就是为了保护大众的安全，是的，这也是她的初衷。

恍惚之间她看到克洛伊站在走廊尽头，在灯光之中向自己招手，她不由自主地走了过去。曾经吵吵嚷嚷的房间随着记忆出现在克莱尔眼前，那里有自己熟悉的粉白色墙壁和超长的双人书桌，还有已经被拆掉的双人上下铺床，另一个自己就躺在下铺，问上铺的克洛伊她梦想加入影子小队的原因。

克洛伊的回答很简单："为沃尔兰的人们。"

是啊，姐姐最初的愿望不也是如此吗？

她很快便从恍惚之中清醒过来，她回答道：

"这不是属于议会的国家，不是属于暮雨花晶体的国家，是大家的国家。"

"我只站在人民这边。"她抹去眼泪，神情越发坚定。

"我失去的那些东西或许都回不来了，但是我不能让其他人也一样。议会也好，里克也好，凯也罢，我不会允许他们利用那些力量肆意妄为。哪怕我没有打败凯的力量，我也不能让他干出那些伤天害理的事，我不能违背我自己的内心，我想他会理解这点的。"

她向前走了两步，又回过头来：

"你要一起吗？去做我们该做的事。

"就像我说的那样。"

埃里克微笑起来，这才是他所期望看到的克莱尔，他捶了捶胸口，点了点头。

"永远在你左右。"

邕沙的夜晚总是更加平静，与提兰城从不熄灭的灯火相比，这里更多的是在湖面上徜徉的星光。

当被问起帮助阿丽与里克的原因时，凯答道：

"曾有人在我不被大多数人所接受时伸出援手，我只是想做和她类似的选择。"

"可你也知道，有时候你无法帮到所有人，并非能力不足，而是他们已经无法被拯救，或是不再值得去拯救。"

"……是啊。"

他直视父母的眼睛，告诉他们自己已不再迷茫。

"我不知道这样的力量能否让我像上帝那样，对所有人都有无条件的宽容和责任感，或许那也并非我所追求，但如果可以的话，我希望所有人都有选择自我的机会，当然，也包括我自己……我不知道这样是否可行。"

"你已经有了答案，是吗？"

"但愿。"

"若是还没找到就去试着找到它，如果是有了答案就试着完善它。"

父母的话语在河畔回响，他抬起头来，看向提兰城的方向。

他扯扯领子，感到一种从未有过的放松，也许是因为今天先后换下影子小队的护甲与伪装的便服，披上了自己最熟悉、最喜爱的那件风衣的缘故。

只有穿着这套衣服时，他才感觉到自己活得够真实。

他又想起了《浪仙》中的一幕，当主角站在山崖边缘眺望远方，犹豫着是否要继续面对那不可战胜、不可逆转的"命"的时候，或许和自己多少会有些共鸣吧。

而他也像主角一样，张开双臂，缓缓闭上双眼，拥抱着夜晚的那常人难耐的凛冽，只不过他是在和自己和解。

随后他一跃而下。

"很多事情在你跨出那一步的时候，你才能看到它的本质。"

高度逐渐降低，风声也逐渐被父母的声音所取代。

"而你看到它的本质，才能用自己的方式去赋予其意义。"

地面逐渐逼近，可下落的凯不为所动。

"就像你所拥有的力量一样。"

那是父母的声音，也是克莱尔的声音，埃里克的声音，阿丽的声音，但更重要、更响亮的那个声音，属于他自己。

凯终于张开双臂，将衣角化作自己的双翼，绯红以太开始凝聚、组合，逐渐清晰可见，两条火光从他的背后迸发，如同推进器一般发出呼呼的响声，令他加速向地面俯冲而去。

这时他已经与地面上那些小楼差不多高了。他想起自己曾看到过的，那些只存在于虚幻世界中的场景，那些自己怎么模仿也无法还原的记忆，猛地拉起身体向那小楼的侧边闪去，绯红以太在他移动的路径上似有若无的残留，留下绯红色的残影，随后很快消失于无形。

他站立在楼的侧墙上，很快又向下一个目标点闪去，只是瞬间便到达了另一处地点，回过头去，发现自己已经移动了几百米。

凯看向自己身体上流动的绯红以太，不由自主地感到欣喜。

"看来我是越来越熟练了，"他这么想。越是熟练，对将来的事情就越是得心应手。

他又想起爸妈说的话，"血影"此名多少有些暴戾，既难以体现自我，也难以让人亲近。

"不如换作'浪影'，如何？"他说。

飘浪于风雨，辗转于流离，来去难寻觅，徒留以孤影。

二十三 浪影

"他们对不起我们的事情都做了，还会跟我们说对不起吗？"

凯刚回到众人的据点推开那扇木门的时候，就听到阿丽又和里克发生了口角。

"你以为你拥有更强的力量就有用吗？不，绝不，他们永远能找到办法对付你，他们会想尽一切办法威胁你，只要你不按照他们的计划行动，他们就能找到理由把你彻底歼灭掉。"

"你不会是想说他们会利用……"

"对！"

他用狐疑的语气告诉阿丽："我们把家人安置在很安全的地方，只有我们才知道的地方。"

"你看看，这就是你在你的部队里可能学不到的东西。"阿丽伸出手指，指着头上不知道什么东西，还将手在里克眼前晃来晃去。

"你们的部队可不会教你们如何快速搜寻——我的意思不是说救援的那一类，而是动用所有的监控、人证物证、网络信息、通信，以及你能想到和想不到的一切手段去找到藏在这个国家某一个角落的人，你也许知道这样的风险，但你低估了它。"

"你……怎么就……那么确定呢？"

里克双手捂着脸，深吸一口气后看向天花板，在经历了短暂的思考后用有点结巴的语气问道。

阿丽叹了口气，知道自己所言并非杞人忧天："因为我不仅在影子小队干过，我爸还给影子部队提供过那些技术。"

看到里克那不敢相信的表情，阿丽没有因为辩论的胜利而开心，而是叹了口气拍拍他的肩膀，便继续去准备了。

凯在旁边听着也有些害怕，因为自己确实忘了叮嘱父母去躲藏起来。

他焦急地在房间里乱走，直到电视机里又一则新闻报道打破他那有些不知所措的思绪：

"经调查，影子部队前成员凯罗索以及阿斯特丽德也参与了与罗里克等人有关的恐怖组织活动，议会正在考虑对两人发布同样的通缉令并调查其家庭信息。但影子部队方面拒绝执行，根据影子部队负责人以及影子小队队长程浩瀚的说辞，现在没有决定性的证据能表明两人和罗里克三人同流合污，两人存在被利用、蛊惑的可能，影子小队成员、现任'魅影'克莱尔女士向议会递交了信件，表明凯罗索与阿斯特丽德的家人也有受到威胁的可能。"

"克莱尔……"

凯目不转睛盯着电视屏幕，完全没注意到阿丽像个女鬼一样从他身后冒了出来。

"她这是想干什么？"

"也许是给我们争取机会……"凯说，"在尽力撇清我父母的嫌疑，让他们不至于被卷进这样的事来。"

"呵呵呵呵。"

阿丽突然不屑地笑起来，笑声尖锐，像个神经病院里的疯婆娘。

"看来没爸没妈在这个时候反而显得方便，不是吗？可以无牵无挂无所顾虑了。"

电视上的新闻继续播报，主持人的语气变得更加严肃：

"影子部队已经准备好随时应敌，根据有关人士透露，他们已经将侦测暮雨花能量信号的技术正式投入使用，一旦监测到通缉犯们身上的能量信号或者变异信号，就会执行标准城市疏散指令。届时，部队将全军出击，对这些危害国家安全的犯人进行彻底地歼灭，请各位市民注意定期查看议会的疏散信息。"

而这时，里克他们三人也站在凯的身边，用同样沉重的表情看着屏幕上主持人滔滔不绝地解释。

"我敢打赌，他们原先的新闻稿里用的词更加难听。"阿丽讥讽道。

"言归正传，我们接下来该怎么做？"江源开门见山地问道。

"你不能指望他们会坐下来和你喝杯茶、吃个甜点，然后心平气和地讲讲双方的苦衷。"

是的，他说的极有道理。

"但是也不能一跑了之。"汉娜边摇着头边说道，"就算我们成功去往其他的国家，也会遭到同样的待遇，不是被迫当枪使就是被当成怪物歼灭。"

"那我们迟早要直面他们。"里克也赞同同伴们的观点，"不管以什么样的方式，最终都不得不直面他们的武装，他们随时准备着出击，不是吗？我想不拼出个你死我活，他们是不会善罢甘休的。"

凯听到这里有些不乐意了，伸出手来打断他："但不是所有人都这么想。"

"怎么说？"

"还有人在试图争取一个和谈的机会，不管是老程还是克莱尔，我了解他们，他们会因为 1% 的开战可能做好 100% 的准备，但也会为百分之一的和平可能做出百分之百的争取。"

"那还真是难能可贵的高尚呢。"

"听我说完。"凯没有理会汉娜的阴阳怪气,"所以我认为我们应该做好相同的准备,我们不能傻傻地等到他们破解了我们的信号屏蔽,然后发现我们的位置。"

"你是说你还想去和他们谈谈?这太愚蠢了,"里克转过身去摇头否认道,"他们都想着怎么把我们剁成肉片了,你还想着和他们谈判?"

"既然克莱尔给我争取了这个机会,我觉得我可以去试试,若是真的打起来你们再出手,但我必须警告你们,无谓的杀戮无法解决问题,我也不会完全放纵你们。"

"你真的觉得这样可行吗?"

里克转身靠近了一步,盯着凯的眼睛。

"不然你们想怎么样?和一整个国家的武装力量作对,希望自己能杀出一条血路来,然后颠覆政权什么的吗?"

凯一句话把其他人都问住了。

"我们需要告诉他们真相,哪怕真相并不够好,不管是我们几个还是克莱尔,都不应该去承担议会犯下的错,难道不是吗?议会因为手上的力量变得没有底线,那我们也要因为手上的力量变得没有底线吗?"

凯看向江源和汉娜,他们都转过身去思考,还无法从他们的脸色中捕捉到答案,他又看向阿丽,她已经被说得在原地发呆,似乎还没缓过神来。

但就在他回头去争取里克的意见时,里克点了点头。

"那就照你说的做。"里克退后了一步,"把他们引来,让他们疏散民众,真打起来了也不至于殃及无辜。你负责和他们谈判,但要保证他们不能拿下你,我们会用便携的屏蔽器藏在附近。"

阿丽从靠着的墙边走了过来,点点头对这个计划表示认可,达成统一意见的三人看向剩下的两位队友。

"行！"江源放弃了思考，不耐烦地把整张脸都皱成一团，"但是，要是他们想开战，那我一定会把他们杀个片甲不留！哪怕是你那个叫克莱尔的……小女友。"

"你试试看。"

"现在我们不要闹矛盾，好吗？只不过你要知道当战斗打响，每个人都使出全力时，我们没法顾及所有人，在极端的情况下，我们的第一选择永远都是保护好自己。"

汉娜在两人间浓烈的火药味飘荡开来之前充当起和事佬，站在两人之间并轻轻伸手将他们推开。

"那就这么办。"

"时候到了。"

当提示声从部队的电子设备中传递到众人耳朵里时，他们齐齐站起身来，好像一直在等待着这一秒的到来。

那些高端武器早就准备好，等待着被他们拎起，他们也学习过这些武器的使用方法，至少在理论上搞清楚了一击毙命和伤而不杀的区别。

穿戴装备的同时，他们还分出了一点点的精力去关注现场状况：凯竟然在光天化日之下，旁若无人地走在提兰城北新旧城区交界的地带，那里有很多正在建设的工地和还没有开放的居民楼盘。

显然那是他精心挑选的地方，那里没有多少人，哪怕是在直升机的转播画面上，也只能看到画幅边缘有寥寥几位市民在警察的引导下向外跑远。

这对于克莱尔来说是一个好消息，意味着凯并不想发生流血冲突，也就是说还有和谈的可能性，而他也在争取。

"这小子真够蠢的。"格瑞格没有停下往身上套护具和储存各种物资的模块，也没有止住那闭不上的嘴，"那个地方无论是在陆地还是在空中，都有很好的打击角度，不管是监控追击还是围剿，他都让自己陷入被动，无处可藏。"

"少在这里卖弄你那没人关心的学问。"

克莱尔自然是没给他好脸色看，用极其难听的话呛了他一下，拿起装备就向外冲去。埃里克更是用肩膀轻微向格瑞格背后顶去，在他回头怒视自己之前，就跟着克莱尔一头扎进队伍中最前排的那辆运输车里。

"回来再找这俩小屁孩算账。"萨金特将这一切收在眼底，也感到些许恼火，但毕竟现在不是计较的时候。

城市中拉响的防空警报听着十分刺耳，凯对此感到好奇，这样的声音究竟是从哪里发出来的？他环顾四周，却没看出个所以然来。

随着更多旋翼划破空气的声音在耳畔呼啸，他感知到武装直升机已经入场，引擎轰鸣声从面前传来，几辆运兵车从他眼前几百米外的十字路口处拐过来，他观察着那些军绿色载具的涂装，突然想起自己以前也坐在这么一辆东西上。

真有意思，他当时可没想到有一天车上的人会来"索自己的命"。

两辆装甲运输车横在他面前距他大约一百五十米的地方，不知是谁把门一脚踹开来，闹出了不小的动静。他看到影子小队带领着数不清的特战队员鱼贯而出，他还没见识过这样的规模。

随后，他在人群中捕捉到克莱尔，他暗自怀疑是不是绯红以太加强了自己的感知能力，毕竟在无数戴着护甲与面罩的人中一眼认出她来可不是什么易事。

她先是跟随队伍排列阵形，将凯团团包围起来。他自然也察觉到侧面和背后都来了人，在极短的时间内就迅速组成"绞杀阵"，每把枪的保险都已经关闭，每一根手指都几乎贴在扳机上，每一面防爆盾都坚挺而立。

但是克莱尔除外。

躲在街边写字楼二层的阿丽从掩体里探出半边脑袋来，顿时觉得这不是个好主意，但也无可奈何，只能先将手上的装备全部检查好——她自己早就在逃离影子部队总部时顺手取得了一套队服，以及藏身处的一些小刀小棍。她计划若是真的打起来便混入人群中，快速取得枪械并且黑入他们的通信频道里定位议员，至于那些更要命的事情就交给另外四个不怕子弹的人了。

她只需要向自己最需要复仇的对象索命，就这么简单。

"你们知道我只想和谁谈。"

凯假装很冷漠，对着面前的前同事们喊道，随后他向前轻轻走了一步，如同恶虎迈向惊慌的羊群，惊得影子部队的人都不约而同后退。

"去吧。"

克莱尔看向旁边的队长，对方立刻就给予准许，她深吸了一口气，闭上眼，出列向凯缓慢走了过去。

凯见克莱尔还有些紧张，收回了手上流转的绯红以太，战术目镜让他看不到她的眼睛，但他却懂得她的心思。

他摊开手臂，像是对许久未见的老友展现自己一般："还不算太糟糕，对吧？看上去不如他们几个那样骇人，事实上，和原本的我没有什么大的不同。"

"真的是这样吗？"

当那冰冷的语句从克莱尔嘴里冒出来，把他打回现实时，他差点以为自己认错了人。

克莱尔侧身站着，刻意将重心压低，此时，两人的距离已经足够凯透过那目镜看到她的眼神，他很失望地发现那是一种戒备的状态。他并不感到奇怪，他想自己不应该感到奇怪。

"你压根没考虑过怎么样做才是最好的，"她有些怨气，"你压根没考虑过你们会导致什么后果，也没考虑过你们会有什么样的结局。"

"你知道议会到底干了些什么勾当吗？"

他质问道，他能看到问出这个问题时克莱尔眼睛里闪过的恐惧和痛苦，但是面前这个女孩拒绝回答。

"我想他们也瞒不住你。"

凯非常清楚，此时他们的对话会被转播到其他人的耳朵里，当然也包括了那些他想对话的人。

"军备计划、'吟游者'号、暮雨花晶体、阿斯特拉院长、影子小队、罗里克、你、我，不过都是棋盘上的棋子，再怎么样也只有卒、象之分，本质上并没有什么不同。"

"那又如何呢？"

克莱尔抬起头来，果断回答道。她的果断让凯有些猝不及防，没人能料到克莱尔竟然能如此平静地"接受"这一切。

"下棋者动动手指就能摆布棋子，这很正常，不过你也要知道，不是所有的棋子都会被舍弃，而那些不被舍弃的，才能争取最后的胜利。"

"可你又怎么知道你就是那个争取胜利的棋子？"

"我不知道，但我知道我的职责是去争取胜利，对于国家而言，就是让更多的人免于悲剧——免于那些曾发生在我身上的悲剧。"

"那对你而言我又是什么呢？"

这回轮到他把克莱尔难住了，克莱尔也知道隔空有耳，只能先以沉默回应。

"可你总归要说出来的。"凯表现得很从容，像是两人日常打打闹闹后的谈心一样，他知道这是最后一次了，必须好好珍惜。

无论她所言是否由衷，他都不会感到奇怪，这是克莱尔自己的选择。

不过再次出乎意料的是，她没有回答，这也让这场僵局被拉得更长。

直到凯隐隐约约从克莱尔的耳机中听到些什么，两人对视了一会，都逐渐收起差点要流露出来的温和。

看来有人是真心不想让他们好好叙叙旧。

萨金特、格瑞格与诗岛惠都走了上来，像三个冷面杀手一样站在克莱尔身后，格瑞格还抱着个平板。萨金特伸出手，用有些粗暴的力道将克莱尔拉到旁边，凯正想训斥，那平板就被举到自己面前。

他差点没认出那是议员们，不过仔细想想，他也没真正见过这几号人物，他甚至都没有仔细观察过报纸和教科书上他们的面容。

"归还你体内所有的能量。"不知是哪个议员，上来就开口命令他，他分不清谁是谁，根据这像上级一般的语气，他猜测是"火"议员。

"这份力量不属于你。"

"那就属于你们吗？"凯冷冷说道，一改先前对克莱尔的包容。

"国家不会亏待你的。"他们开始给他画饼，"我们都不是斤斤计较的人，只要你不提起过去那些恩恩怨怨，并将阿斯特丽德和罗里克逮捕归案，你还能成为国家英雄。这是稳赚不赔的买卖，不是吗？"

凯冷笑一声，他们居然管这叫买卖！

"你的同伴们也提起过，你从小便有做英雄的梦想，为此你经历了这么多的苦难，这难道不是很美好、很值得赞扬的事？一个历经千辛万苦成为英雄的故事，不比你一意孤行的结局好上无数倍？"

"好像比起我，你们更喜欢把'英雄'这个词挂在嘴上。"凯丝毫不给面子，"但还有一件事你们最喜欢，就是把比你们更英雄的人给变成怪物。让人冒着风险在天上尝试你们声称没问题的新能源，让人拼死拼活只为了凸显你们高大伟岸的领导形象。而你们，只是坐在那里，抽着雪茄，想着怎么去提出些更宏伟的目标，完全忽视其他人要为这个目标付出的牺牲，而当我们鼓起勇气直说自己的所见所闻时，就会被你们扣上叛徒、反动的帽子，你现在居然想让我成为和你们一样的人？一个你们定义的英雄？

"苦难不会给我成功，也从来不是我的追求，我不会成为大家眼中的英雄，因为那样做的话，我就无法成为自己的英雄。"

听到凯的话，里克与阿丽都感到出了口恶气，好不痛快。

"如今你有这样的力量，为何不好好负起英雄的责任？"

事到如今他们还在恬不知耻地说这些话。

"那只是你们给的责任。"凯冷冷地回应。

当然，这也是对克莱尔说的：

"我拼尽全力，照着被划定好的路线来到影子小队，我曾以为这么做能够满足我的渴求。直到我发现我拼死拼活也只是在使着别人的枪，指着我不想伤害的那些人，我才领悟到别人赋予的使命、责任都是笑话。"

"除了这个，我们还能给你别的，难道你想被你的同胞们唾弃？难道你想弃自己家人于不顾？"

凯还想反驳什么，却被克莱尔的动作打断。她取下头盔与护目镜，终于不再隐藏自己眼中的乞求。看着她的泪水滑过面庞，凯心里好像被刀割了一样痛。

"不要再犯蠢了……回来吧，回到我们身边来，我们约好去看看暮雨花的，记得吗？"

藏在附近的四人都紧张地看着凯，毕竟他们都知道那是凯心里最柔软之处，议员那一番道德绑架换作他们之中的随便哪个都会严词拒绝，但最在乎的那个人也在恳求自己"浪子回头"的话，他们也说不准。

不过凯已经想好了该怎么做，他很平静地转向克莱尔，与她对视几秒，好像是最后的流连。

他只能对克莱尔表示歉意，一字一顿地给出了自己的答复：

"我无法接受这样的恩泽，而舍去我来时的路。"

二十四　各自的来路

"既然如此，你敬酒不吃吃罚酒，那么接下来发生的事我们可不做担保。"

议员这话像是什么暗号一样，萨金特三人听完便向后退去，他们的动作直接将气氛降回冰点。凯不难猜测接下来会如何，所以只是目送他们走开。萨金特走得有些匆忙，甚至忘记了再丢一个恶狠狠的眼神。诗岛惠走的时候还伸手拽住克莱尔的大臂，像是家长带走自家孩子般把克莱尔给拉回队伍中，克莱尔那略有不舍的目光被重新遮掩在护目镜之下。他们钻进了原先的队列中不见身形，如同石沉大海一般消失不见。

"小兄弟。"

凯听得出那是前队长的声音，那声音一改往日的威严或亲和，被陌生感所占据。

"这回真的别怨我们。"

他也以面无表情回礼，假装这没什么大不了的。

"打。"

他听到所有人的通信器里都传出议员的声音，冰冷、直接，简单的一个字在他耳朵里回荡了好几分钟。

"不管怎么样，我不会道歉。"凯在心里对大家说。包围他的部队开始改变阵形，他只是站在那里，静静看着他们，那表情好像是在看一场不那么好笑的拙劣表演。他不打算束手就擒，如沙般流转于指尖的绯红以太似乎就是他的整个世界；接下来的时间他会证明自己并没有错。他自己也不知道需要多久，也许直到时间尽头都得不到想要的答案，但他不会束手就擒，也不打算束手就擒。

"来吧！"

他撑起手臂高声喊道，回音传过了整片钢铁森林。

面前的部队列阵完毕，也是时候了。

分寸有度，他在最后一秒提醒自己，他们如今已然是敌人，却也是自己的故人。

"开火！"

他听到所有人的通信器里传来的凶狠的指令，听到狂风卷起地上的尘沙，听到无数根手指在同一时刻扣动扳机的轻响，以及这些手指的主人们剧烈的心跳。

世界都变慢了，至少在凯看来是如此。他看到无数子弹像被慢放了一样挣扎着从枪口的火舌里挪动出来，那速度和护目镜下克莱尔泪水挤出眼角的速度一样缓慢。

萨金特选择相信自己突如其来的直觉，选择相信自己背部莫名其妙感到的那一股寒意，并试图掉转枪头。他的直觉是对的，在他看到那红色残影的时候他就意识到这点了，但还不够，远远不够，他眼睁睁地看着凯抓住他想要掉转的枪身，力道之大让他除了弃枪之外无任何对策，他知道这已经不是自己所能对抗的了。

正当萨金特松开握着步枪的手转而往腰上的手枪摸时，凯就看破了他的动作，先他一步卸掉了他所有的装备，那些枪械都被拆成零散的部件，雨一样噼里啪啦地落在地上——之所以这么说，是因为凯对其他人的装备也做了同样的事情，包括诗岛惠、埃里克和克莱尔，在他们反应过来之前，他就把他们的装备全拆了。

等他们反应过来时，凯还站在最开始的地方，手上还攥着他们打出的几发子弹，当着他们的面扔在地上。它们与其他所有子弹一起落在地面，发出略显清脆的响声。

"你！"

他们能做的只有怒目圆睁，拿凯一点办法也没有。

"我没打算伤害你们，"凯很冷静地说，"退后！"

里克仍然没有从藏身处挪动哪怕一步，他看到场上的形势不禁皱起眉头，不好的预感从脑子里冒出来。

"你已经做出了选择。"

又是议员的声音，这一次似乎是从城市的广播系统里发出来的，而且声音还调得不太好，模糊不清，凯在脑袋里消化了几秒才知道说的是什么。比起先前的威逼利诱，议员现在的语气更像是某种公开审判。

"你根本不知道你们试图掌控的是怎么样的人。"凯对着议员说，"我劝你们收敛一下你们的傲慢和贪婪，难不成你们真希望这事闹得你死我活？

"可为了大局，为了人民和国家，让你们付出代价又怎么样呢？"

这句话不是从广播系统里传出来的，也不是从某人的通信频道里说出来的，只有凯听到了议员们所说的话。

议员们根本不在乎。里克早说过了，议员们只想要他们身上那些能量，相比于这些能量给议员们及其所言的伟大愿景带来的好处，他们几个人的生命又有多重要呢？

旋翼划破空气的声音再次传入凯的耳朵，是一架直升机来到他们的头顶，但这直升机没有任何可见的武装，只在起落架之间的底部装有一个高科技投影。

"凯罗索，不打算让自己有个好结局的话，好歹也考虑一下别人。"

那投影仪放出影像，几个立体的人影出现在他与部队之间的那片空地上，他认不出这些人来。

但看到这些人的脸时里克三人坐不住了，他们纷纷从藏身处探出身来。

"找到他们并不容易，但我们做到了。"

凯猛然意识到了什么，这几个被蒙着眼睛、绑住双手跪在地上的人，正是里克、江源、汉娜的家人。

"你们疯了吗？"

他终于有些沉不住气了，这正是议员们想看到的效果。

"让他们出来，不然你知道会发生什么。"

投影中，一个穿着军装的人将枪抵在其中某个俘虏的后脑勺上。

克莱尔闭上眼睛不愿看到这些。

"让他们出来！"

话音刚落，凯右后方的部队突然一阵骚动，所有的影子部队成员都被某种莫名的力量吸引过去，都掉转枪口并让出一条道来。凯不知所措，能做的事情也只有摇摇头，让自己接受现实。里克三人举着双手，一点一点走入这个包围圈。

"很好，非常好。"

广播中议员毫不掩饰那得意的嘴脸："凯罗索，你好好看着，好好看一看他们的前车之鉴，你应该庆幸你身上有更多的能量，有更多的价值，这也让你拥有更多的机会。不然的话，就这么让你的家人加入进来，实在太可惜了，不是吗？"

凯脸色一黑，拳头握出汗来。

阿丽手指在平板上飞舞，都没有时间去擦掉额头的冷汗。

"快啊……快啊……"

她轻轻催促着，眼睛跟着移动的坐标在地图上乱窜。

议会出动这张底牌的时间比她预想的还要早，好在自己黑入了影子部队的系统，只要追踪到信号来源，找到俘虏就不难。

"知道他们在哪了，我现在过去，争取时间。"

她对着通信器说完便离开，三步并作两步冲下楼去，谁知刚过一个转角，就被一个枪托狠狠砸在脑门上，阿丽惊呼一声，便感觉身体不听使唤地向后倒去……

"你真的以为我的系统就那么好黑？"

两个影子部队的人上前把意识模糊的阿丽架起来，格瑞格凑到她的耳边说："我们可不是只练嘴上功夫。"

包围圈又变紧了。

眼前是黑压压的一片，又有其他持有武器的部队前来支援，将先前被缴了械的前线部队顶替下去，而已经有大胆的人往前多跨两步，用凶狠的声音命令他们举手投降。

凯没有理会那家伙的使劲的叫唤，他看着里克。

"可你们真的会下手吗？"里克突然抬起头来，眼神变得不对劲，"你们真的会在众目睽睽之下做出这些事来吗？"

凯知道他指的是什么。

议员明显能听到里克说的话，却以沉默回复。

"你们也没那个胆。"说这话的时候，里克首个想到的人竟是阿斯特拉。

他笑了起来，表情似乎刻意摆得更为狰狞，江源和汉娜也了解了他的意思。他们抬起的手不约而同地放下。

"别做傻事！"

投影中里克的妻子松开绳索站起身来，旁边汉娜和江源的家人也同样，见做戏不成，只能"好言相劝"。

"你们就降了，又会如何呢？去做大家的英雄，大家都不会害怕你们的样子，也许很痛苦，但不比现在好吗？"

　　果然只是假意威胁，凯感觉这是意料之中的事，但大脑仍止不住颤抖了好一阵。

　　那勇敢的士兵还想拿枪抵着里克，似乎以为自己的威严足以震慑这疯子。

　　"你们不就想比比谁更能舍弃一切吗，奉陪到底，如何？"

　　坏了，听到这句话的时候，凯能够百分之百地确认，要出大事了。

　　天幕很应景，乌云遮住太阳使大地逐渐阴沉下来，像是舞台上正在进行的话剧要开始那最黑暗的一幕，克莱尔向腰间摸去，原来凯还给自己留了一把枪。

　　"手举起来！"

　　那士兵还在威胁，谁知下一秒里克的拳头就穿过了他的肺。

　　血光横飞时江源和汉娜也转身扑向最近的敌人，他们立即开火，将世界淹没在火舌与枪响之中。

　　投影那一头的官员愣住了，他威胁过这么多人，却从来没想过真的会有人主动让事态失控。他向议员们请示，毕竟没有他们的准许自己也不能武断地下达命令。可他对着通信器询问了半天后，却失望地发现自己没有得到肯定的答复。

　　"不能动手。"他只听到那边传来简单四个字，随后所有的通信都中断了。

　　他们确实没那个胆，至少不会在光天化日之下这么做。

　　剧烈的打斗与枪火声传到格瑞格那边，紧接着是电台里发了疯的调度指令，他们也不得不把昏厥的阿丽丢到一边，抬起枪加入战斗。

　　凯不敢相信两边竟都不愿让步，还愣在原地几乎没动，任凭金属弹头如雨点敲打着身体。但里克他们可管不了那么多，那一拳可真是叫他大呼过瘾，好像这几天以来所有的憋屈、愤怒与不甘都发泄出来了一样，从来没有人跟他说过那样的感觉是如何令人欲罢不能。压死骆驼的最后一根稻草落下，大厦将倾的最后一根石柱坍塌。

他毫不放慢向人堆冲击的速度，将地面砸出一个巨坑，伴随震天的呼喊与爆炸声，一大队士兵飞到半空中去，而里克竟然像踢足球一样把掉落下来的士兵往稍远方向的影子部队那边踢，这种打法使得影子部队成员们防不胜防，只得且战且退。

到处都有士兵们的尸体，过去欢声笑语的市中心广场变成宣泄愤怒与欲望的天堂。

老程边打边让自己的队员们后退，直到这时，他才猛然发觉哪有什么特殊战术，当强化人发挥出绝对的力量时，任何的技巧都是无用功。

"把武器准备好，快！"

一个士兵尖叫着飞进旁边的大楼里，撞碎阻拦在他飞行路径上的所有玻璃，连人带装备在一楼的光滑大理石地板上滚了好几圈，最后被墙拦了下来，发出砰的声响。

在那墙的旁边，这声响刚好将半昏迷的阿丽给惊醒过来，她一手捂着头，一手扶墙支撑起身体，立马意识到这是里克他们在大开杀戒……她捡起那被踢过来的倒霉士兵的装备快速检查片刻，还好没有损坏。

她闭上眼睛深呼吸，也到了自己抉择的时刻，看到里克三人不再掩饰那纯粹的怒火时，阿丽心里的恶魔也将要被释放出来，好像自己也可以杀他们个措手不及，为老父亲报仇，也为曾经那个被他们漠视的自己报仇。

"杀！"那个恶魔在阿丽耳边低语。杀！让那群走狗付出代价，让议会那群傲慢的"上层人士"付出代价！

想到这里，阿丽端着枪迈步出来，那可怜的士兵伸出的手刚好碰到她迈出去的右脚，阿丽只是轻轻碰了一下那手，却好像被什么东西抓住了腿一样。

曾经也有一些人这么倒在自己面前，这让阿丽陷入回忆之中。

她终究是逃不过那段回忆。

凯面前冲来两名挥舞着长臂金属武器的影子部队打扮的人，他叫不出他们的名字，但他还是回过神来，在刺啦冒着电火花的金属叉触碰到自己之前就转移到了两人的背后，他的手掌先是覆盖了一层薄薄的绯红以太，随即也冒出了叉子上类似的电光，向两人护甲薄弱的地方轻轻释放。

将他们电晕就够了。

"啊！"

一发高精穿甲弹打在凯的背上，直接击穿他的风衣和心脏从另一边飞了出去，巨大的冲击让凯重心向前倒去。

狙击手。

可惜的是，就在狙击手以为偷袭得手的那一刻，凯迈出左脚站定，随后回过头去。

那狙击手的眼睛大到能撑满整个瞄准镜，尤其是当他看到自己打穿的凯罗索的心脏以及其他器官，甚至是破了洞的衣物在瞬间便被绯红色的流体所覆盖并迅速复原的样子后。

凯已经知道了攻击的方位，便做出瞄准的动作，绯红以太从手臂中冒出，只是片刻便凝结、排列，最后成为一把一模一样的狙击枪。

糟糕了！

观察到凯的动作不对劲时，狙击手便赶忙动用全身的力道翻滚，想做出闪避动作。就在他做出反应时凯就已经打出那发子弹，电光石火之间子弹击中狙击手藏身的掩体，飞行的子弹借由弹道的改变转移角度击中了狙击手的那把枪，令其支离破碎。但那颗以太子弹甚至没有擦破狙击手的皮，只是废了他手上那杆枪而已，随后便如同风中灰烬般消散于空气里。

火力网已经明显减弱，显然冲进人堆的里克三人把他们打得几乎找不着北，贸然开火更会误伤自己人。尽管凯能听到掉落的无线电里指挥官一再怒吼着让他们不留子弹，但大势已去。

但还是有这么几个不怕死的，他们举起步枪一边开火一边向凯靠近，凯利用绯红以太撑起一层护盾，虽说伤口都会治愈，但子弹打在身上多少还是会有些感觉。感应到他们距离足够近时凯收起护盾，转身扔出几把以太飞刀，只是眨眼的工夫飞刀就轻描淡写划破空气，将他们的枪劈成两半。

趁他们还没缓过神来，凯突然向前闪动，用比飞刀还要快的速度来到最近的那个人面前，捂着他的嘴就把他猛地推倒在地，他立刻昏了过去。

凯伸出手来，向前射出以太飞索，勾住一人的护甲将他拉到面前，反手就是一拳打在他胸口。那力道拿捏得刚刚好，只是足以让他昏厥过去而已。

凯转身向着第三人，对方竟然还拔出了手枪，凯用飞索将手枪勾起，用力从他的手上扯下来，向背后的偷袭者砸去，随后上前快速双冲拳把第三人放倒。

最后一个勇敢的士兵摆动拳头砸来，被凯伸手拦下，凯利用身体的弧度将肘部向后砸去，只用大臂外侧碰到那小子，就已令他不省人事，倒在地上呻吟。

阿丽听到似乎有谁在呼唤自己，她知道那是什么声音，轻轻转过头去，眼前的灯光逐渐暗淡，外界的呐喊与炮火声也从耳边慢慢消失，只有硝烟飘进楼里，把墙壁熏得灰黑，这和当时的场景竟颇有几分相似。

那是克洛伊的声音。

克洛伊还穿着装备，正被束缚着双臂，两腿也被死死铐住，她的身体前倾，跪在地上，头发向下垂落，满脸的污泥与恐惧。

阿丽为什么能看出恐惧来？因为她当时就以同样的姿势被绑在旁边。

恐怖分子的头头将两人的队友扔在屏幕前，他也穿着影子部队的制式装备，只不过那装备上全是红色的痕迹，阿丽和克洛伊认得出那是谁，却已经没有力气叫出他的名字来。

"所以来谈谈我的条件吧。"

那戴着黑色头套的恐怖分子坐在屏幕前，另一头是西装笔挺的某人，不用猜都知道那是沃尔兰的某个高官。

"三百万每个人，还有暮雨花晶体的能量。"

可真是狮子大开口。

"这简直是荒谬！"那官员怒斥着，脸上的青筋暴起，"简直是疯狂！"

可那恐怖分子毫无惧色，反而十分从容。

"你们派来的这小子可要撑不住了，实在不行，我们就多出去抓几个，给你凑个打折价什么的？"

"浑蛋玩意！"

阿丽缓缓睁开无力的双眼，透过凌乱下垂的头发和模糊的空气看着这一切。

"而且……"黑头套转过身来看向她们。

"你们挺会挑人的。"他的语气中竟有赞赏之色，"这俩姑娘都够水灵。"

"不管你们要做什么，我们都不会答应你们的条件。"另一头的官员警告道，"这只会加重你们的罪行！"

"可你们除了谴责又能做些什么呢？"黑头套把脸凑到屏幕上，"看看你的样子！这些穿着军装、穿着护甲的都治不了我们，你们几个穿西装的就以为自己能做到吗？"

这下子把那官员说得哑口无言。

恐怖分子则是心照不宣地笑起来，很满意地看着自己的俘虏们。

"……我们会不计一切代价消灭你们。"

这话从那官员嘴里说出来时，阿丽的心已经凉透了。

"你们已经很久没碰过女人了吧？"黑头套恐怖分子对着手下招呼道，他们心领神会。

"不要……"阿丽和克洛伊摇着头，身体抽搐起来，却阻止不了他们靠近自己……

"不要啊！"

现在的阿丽不愿意再看自己过去的模样，闭上眼别过头去，却无意间看到躺在地上的同伴，已经血肉模糊的他伸出手来，看着两位队友被欺辱的样子，还想试着救下她们。

阿丽睁开眼睛，刚才的一切消失了，看不到绑在架子上被蹂躏的自己与克洛伊，看不到那灰暗大楼中充满恐惧与哀嚎的某个房间，取而代之的是白色的墙壁、白色的天花板、白色的床铺与被子。

她看到自己和克洛伊躺在床上。

"一切都会好起来的。"

她听到当时的自己这么骗那个曾并肩战斗的同伴。

一切并没有好起来。就在那天的晚些时候来了一群人，围着两人的病床说了好长一段时间话，刚开始她们并不知道这些话语是什么内容，但逐渐清醒后还是能听到一些字眼：职责，复健，归队，即刻。没有一个词语是她们那时想听到的。她们那时都是病人，身体里有了肮脏的病菌，而心灵受到的伤害则更加恐怖。但依旧西装笔挺站在床头的人可不管这些，他们不想看到两个病号。

随后，护士们走进来将克洛伊从床上抬起，想带她去进一步检查。

就在走出门的那一瞬，克洛伊转头看向阿丽，眼睛里满是泪水。

算了。

砰！

红色染上洁白的门框与石壁，一片血泊中，克洛伊倒在那里，向着某个方向伸出了手。

就和那个队友死去时一模一样，也和如今阿丽脚底下那个被丢来的士兵一模一样。

"我们都只是被到处使唤的，可以被随时丢掉的可怜人罢了。要仇恨的人并不是他们，又何苦去互相刁难呢？"

她不禁有些恍惚了，或者说犹豫了：向前走，帮助自己最好朋友的妹妹与凯对付失控的里克，还是如自己原本盘算的那般，转头直接找议员以命换命……

算了。

二十五　前车之鉴

"他这人怎么这样啊？"

"就是啊，说他两句他还不愿意了！"

"我们国家的军人都是吃软饭的吗？"

网络平台上关于这场战斗的视频以及直播越传越火，不过这些弹幕评论都如出一辙，要么是一边倒地谴责大开杀戒的强化人，要么是一边倒地谴责无能为力的军队。

"林"议员注意到了这火爆的收视数据和流量，不禁笑出声来，引得另外两位同事投来看傻子般的目光。

"我说，直接公开用家人威胁他们不太合适吧？""风"议员走了进来，"而且效果适得其反。"

她的语气可不怎么友善。

真扫兴啊，三人竟统一地翻了个白眼，他们可从来没有过如此默契。

"让我提醒你们一下，这样的行为已经压在底线之上，若是动用私刑，我们谁都不会有好下场。"

"你不也一样吗？""火"议员转过头去反呛道，"这样的事情我们不都做了不少？你能否认吗？只不过你还能躲在你的律法和情报网之后装作圣母，而我们是真的在挽回损失。"

显然"风"议员没料到他会这么说话，她也没法反驳。

"正因如此，"她说，"必须让他们知道真相。"

她看向指挥墙上数不尽的屏幕，很快便找到了标记着"斧影"

的那一个。

"你们最好祈祷他能搞定，也最好祈祷凯罗索不会像罗里克那样。因为罗里克可以无忧无虑地发泄他的力量，想要干掉每一个拦着他路的人可太简单了；而凯罗索，纵然他有更强大的力量，他的处境却更加艰难，你们应该庆幸没有用相同的手段去威胁他，不然他能把整个沃尔兰都给掀翻。"

"就算他真的想那么做，我们也有比威胁更直接、更有效的方法。总而言之，等着瞧吧。"

凯清楚，要是里克想活命，大可以抬起双手半跪下来说些道歉的话，没准现在就不用打成这样，还可能得到一笔丰厚的奖赏。但他们都不会这么选。他一路穿过嘈杂的人群，没有理会子弹电棍打在身上的感觉，若是有人执意要拦便将他们推开就好，要是还有更疯狂的士兵急着建功立业，他就只能多费点力气将他们打晕。

他想过像他们那样下死手，宣告自己永远不会和这等人同流合污，那确实是一种痛快。但他放不开，明明拥有更强的力量却更加束手束脚，凯自己也不懂如何描述那时的心情。

那时凯还有更担忧的事——穿过人群后，他又看到了在前方大开杀戒的里克，以及更多被打得不成样子的曾经的同僚。他焦急起来，生怕同样的事发生在克莱尔和埃里克身上。

他看到汉娜就在自己身边，骑在一个女兵身上暴揍，凯吓出一身冷汗，立马闪身上前接住汉娜抬起的拳头。

"差不多就行了。"

汉娜不领情地甩开他："他们想利用我们的时候可没觉得差不多就行。"

"他们也没对你们的家人动手，不是吗？"

"那是因为我们在反抗，要是动了手他们更没有办法控制我们！"

　　凯愣住了，但他还是把汉娜推开，汉娜转身又去应对其他冲上来的士兵。

　　凯在女兵身边蹲下，她没有影子部队的标识，可以确定不是克莱尔或者诗岛惠。她已经被打得不省人事，好在还有呼吸。凯试图在脑海中寻找愈合伤口的能力，但不出片刻他便意识到自己没有见过，更不知其中原理。

　　这个阶段的他还没有自己想象的那么全能。

　　又有士兵冲了上来，凯立刻起身并很识趣地退后，任由他们将那女兵和其他还活着的人给拖走，站在原地看他们完成这些动作后才面对那些还有战斗欲望的人。

　　他同时接下前两个人的拳头，并将他们向身后甩去，俯身躲过第三个人挥来的电棍，顺势抬起手臂将他击飞。第四个人从身侧冒出来，抓起他的风衣便往地上扯，凯差点重心不稳倒在地上，好在及时调整过来，直接将偷袭者拎起来。这样一来那些持枪的人也不敢开火，而凯把那人甩在他们身上时，他们便再也没机会开火了。

　　但其中一人就躲开了飞来的同伴，然后举起步枪对凯肆意倾泻着火力。凯毫无惧色走上前去，子弹打在他身上那感觉和雨滴无异。

　　"站在原地！"士兵一边开火一边警告，"不然我保证地上会多躺具尸体！"

　　步枪子弹打光，他还掏出了手雷，似乎是打算与凯同归于尽，可就在手指扣在拉环上时，凯已经近在眼前。

　　"我的尸体，还是你的？"

　　手雷已经抠动并且被扔出，却被凯稳稳接下，凯无比淡定地用手掌将其扣在怀里，随后转过身去……

轰！

一声炸响，有浓烟冒出来，那士兵和他的队友们都呆在原地，眯着眼看着浓烟中的那个身影。

凯走了出来，绯红以太修复了他被炸伤的皮肤和衣物，当士兵们再次见到他时，凯还是那完好无损的样子。

"撤退！马上撤退！"

那个士兵赶忙指挥起来，众人举着枪往后退了几步就转身离开。

"这个怪物没法用常规手段解决！"

听到这句话时，凯愣了一会，竟一时间没注意到自己就是他们所说的那个"怪物"。犹豫的时候他没有追击，追上了又如何呢？难道他能劝说他们改变对自己的看法吗？

他摇摇头，回过头去扎进枪火之中，继续寻找曾经最好的朋友们。

他把视线停留在东南方向的小战场上，江源正在那里和影子部队的人对战，已经放倒了不少人。

不远处有批人正在赶来，他们身上的装备是前所未见的。凯眯起眼睛，发现他们都装备着中型外骨骼装甲，身上还有红橙色的能量流动——想必也是来自暮雨花晶体，他们的枪械也都是没见过的新款式，只从那口径上就不难想象其威力之大。

"克莱尔！"

凯吼道，驱动身体向那个方向闪去。

就在这时，冲在队伍最前面的克莱尔已经抬起枪，打出一发穿甲子弹，江源正打算甩掉手上的人时，肩膀被击中了。子弹直接打进了他的身体，嵌在肉里。随后克莱尔取出遥控器，正要按下时，江源反应过来。

"你！"

江源恼羞成怒，一个大跳避开了众人的火力，随后精准落在克莱尔身前，在落地前他就挥动没有受伤的那一条手臂，利用重力以及自己的怒气将重拳如神罚般降下。

这一击会打穿克莱尔的护甲，还有她那脆弱的身体——这都是江源的幻想。当他挥动拳头，轰的一声打在某个坚硬的物体上时，他的幻想破灭了。

"我说过了。"

凯站在那里，那坚硬的物体正是他的手掌。

"别！动！她！"

凯没等冲击消散便把江源向远处丢去，江源在天上划过一个优美的弧线，重重地摔在地上，摔了个狗啃泥。

江源支起身来，擦擦嘴角的灰尘，余光不自觉看到手上还多了些红，这让他轻笑出声来："你小子，还真是个说到做到的主。"

"说到做到？"克莱尔疑惑地打量着凯，他又说什么了？

凯仍没有转头，连眼神的偏移都没有。

看来他是铁了心了。

里克一拳将拦路的士兵打飞出十几米，转头就看见他们在对峙。

江源冲上前去，两个影子部队的人上前试图拦截，被他硬生生顶开。

克莱尔及时反应过来，抬起枪，正想要开火，却被什么东西猛地推到一边去，随后江源抱着凯就往地上摔。

凯先是往他脸上来了一拳，接着抬腿把他踹开，迅速起身查看克莱尔的方位。

她刚才被凯推开后，已经移步到了相对安全的位置，和影子小队的其他人会合。这意味着凯可以再放开一些了。

"现在的杀戮不会给你们换来自由！"他向江源怒吼。

　　可对方只是觉得有些好笑，张开手臂："在默许了我们的动作之后，你现在才想起来和我们说这些？"

　　凯想不出反驳的话语，这确实是他不敢直面的现实。

　　就在他分心的时候，里克也冲了出来，巨大的力量使凯猝不及防地被按倒在地上。

　　"你以为我们还能有自由吗？！"里克的声音尖锐得可怕，"好好想想吧！曾经我也像你这样，觉得这不能解决什么问题，却让他们更加得寸进尺！现在你还优柔寡断吗？"

　　凯感到自己整个身体被里克使劲拎起来甩到一边，在地上砸出了一个坑洞。

　　"人是要选边站的！凯，凯罗索！

　　"所以要么就别挡我们的路，要么我们把你和那腐朽的议会一起除掉！"

　　杀红了眼的他们看来是不打算讲道理了。

　　这时一发高能榴弹在里克和江源的脚下炸开，轰的一声，屏蔽了凯的听觉。

　　是影子小队的其他人，他们带着新式的装备赶了过来，对着里克他们开火。

　　有谁扶起了凯，一人架起他一条手臂将他拉起来，他在恍惚之中看到那两人，果不其然，是克莱尔与埃里克。

　　他们好像对自己说了些什么，或许是刚才爆炸引起的耳鸣使得凯听不清楚。

　　不过他也能猜出个大概来。

　　里克与江源看到烟尘散去，自己居然完好无损，原来是汉娜将他们迅速从爆炸中拉出来，才免得他们被炸伤。

　　隔着十几米，三人与凯正面对峙，其他部队由于伤亡过大已经逐渐回退，将战场让给了他们。

凯的听觉恢复了大半，察觉到身边有枪械准备的声音，是影子小队的其他人站在自己身边。

"晚点再处理你。"

凯看着曾经的队长，他好像苍老了很多，却依然如猎鹰般目不转睛盯着敌人。

凯又看了克莱尔一眼，她亦是专注非常，这让凯不禁微笑起来，他们都还是老样子啊。

"上！"

不知谁一声令下，众人一齐出动。凯冲上前去，将里克挥来的一拳别出中线，又抬肘护头，挡下他的第二拳，这两拳冲破了空气，发出小型的音爆来。

其他人则避免与江源、汉娜正面交锋，又开始迂回交叉火力，好在他们的装备已更新，经过加强的子弹已经不只是在里克他们皮肤上擦出火花这么简单。

克莱尔下趴躲过汉娜挥来的手臂，抬脚踹中她的腿关节，迅速起身并用尽力量跳起，拔出小刀朝她后颈捅去，得手后又迅速翻滚脱离。埃里克看准时机打出一发穿甲弹，正中汉娜的腰腹。

另一边的江源则不是那么好对付，他的皮肤似乎相对坚硬些，他直接无视了诗岛惠和萨金特倾泻的火力冲了上去，其速度之快超出两人的预期。幸亏他们闪躲及时，不然也会被按倒在地。老程趁着江源动作的空当打出穿甲弹，江源掉转身体重心勉强躲开。

"清空弹夹！"

见一击落空，老程很冷静地向队友们说道。更多的子弹打在江源和汉娜身上，而老程则是向后退去拉开距离，来给枪械换弹争取时间。

江源自然知道老程的意图，怒吼一声冲上前去，格瑞格一边开火一边移动到江源与老程之间，用火光和战吼为自己壮胆。他不惜挡在队长前，但此举无异于自寻死路，江源举起手臂，利用冲撞的动能将长有尖刺的部位捅进格瑞格的护甲，随后把他甩到一边去。

队友的状况让老程慌了神，上了膛的子弹还没来得及快速注能，哪怕那过程只需要一秒。而江源已跳起身来，重拳即将落在他的方位，他的手已经抓住腿上的战术斧……

砰！

冲击波的气浪震飞了还在半空中的江源，在他冷笑着将猎物击杀之前，将他打到几米开外。

阿丽收起捡来的能量冲击枪，她也没想到自己离开这些年，武器的花样竟已如此繁多。她从不远处走上前来，边走还边从背后取出步枪。老程看着来势汹汹的阿丽，猛然发现，刚才的气浪震坏了手上那把高精密的穿甲步枪，便下意识将其向后一放，并拔出斧头。

他已经准备说出："现在不是和我战斗的时候。"

但阿丽的目标不是自己，至少如今不是。她抬起枪向老程身后再次试图发动攻击的江源射击，老程也快速反应过来，转身对着江源将斧头掷出，不偏不倚砸在他胸口处。斧头刃尖的能量如熔岩般烧灼江源的皮肤与肌肉，好像终于教会了他什么叫疼痛。

两个人趁着机会冲上去，一人在左一人在右，步调依旧整齐协调。他们略微俯身躲避江源横空乱舞的手臂，老程扑到江源背部，拔出身上的另一把斧头像劈柴般疯狂挥砍，而阿丽对着江源的膝关节疯狂扫射。

江源也自知大势已去，只得抓起背后的东西向身前甩去，随后两眼一黑，重心不稳，小腿没了知觉，向前倒去……

"江源！"

　　里克听到了汉娜的哀号，这才将头转过去看向队友的方向，却也将破绽暴露在凯面前，他因此付出了代价——脸上结结实实挨了一拳，整个人轰然倒地。

　　克莱尔也瞄准时机，将先前没能启动的那个遥控器按了下去……

　　倒地的里克看向江源，总有个声音告诉他，这是他们最后一次如此对视。

　　"就这样吧。"江源笑得很释然，"死局罢了，我们都已尽力，至少落得个无愧的下场。"

　　克莱尔的手指按下遥控器的红色按钮，宣告了江源的死刑即刻执行。

　　某种莫名的力量从里克双臂上升腾起来，凯刚刚才捕捉到那一丝怒焰，就被里克直接掀飞了。

　　"啊！"

　　紧接着，汉娜也爆发了她的小宇宙，只是瞬间的工夫便来到诗岛惠面前，一拳将她打飞十丈。

　　"上！""火"议员对着麦克风大吼，"把异端全部清除！"

　　士兵们接到指令，却没有第一时间就从相对安全的位置蜂拥而出，只有最勇敢、最不怕死的那几个提起刀枪上前。

　　里克举起双拳，漆黑的血管暴起于手臂之上，在众人反应过来之前他就迅速向地上砸去。巨大的力量直接崩裂了脚下的石土，方圆百米内没有哪个人是站得住脚的，就连凯也被再次掀翻在地。

　　"小心！"

　　埃里克猛地将克莱尔往自己身后一拽，几块拳头大小的石头猛地砸在他的背上。

　　"长官，目前剩余三个强化人之中的两个再次暴起，普通子弹构不成伤害，影子部队所使用的高级装备也收效甚微。"

"让空中部队介入，允许动用更多重火力，不计代价。"

"让装有'血狐导弹'的战斗机起飞，先用 10% 的威力，若是他们还挺得下来便逐渐加大。"

话音刚落，屏幕内外的所有人都听到旋翼划破空气的声音。

凯飞速和克莱尔交换了一个目光，后者观察周围那些残垣断壁以及自己距离安全区的位置，迅速躲在厚实的掩体之下，还不忘拉上身边的埃里克一起。

萨金特扶起昏迷不醒的格瑞格，退后的影子部队带着重伤的诗岛惠，众人一起向战场外围冲去，阿丽一把抓住老程这个反应迟钝的家伙向旁边的废墙冲去。

里克与汉娜自然也有时间趁着他们各自躲藏无暇顾及时搞突然袭击，但凯明显比他们更快一步。

他没有离开，反而是冲上去斜着一脚踢中汉娜的关节，并快速闪身移动，来到正面把她按倒在地，随后凯又利用自己的速度直接去攻击里克。

就在他与两人互相攻击时，直升机的机枪开始扫射，里克与汉娜沐浴在子弹之中，在愤怒的加持下这些金属的雨滴对他们已不构成伤害，反倒是凯那闪来闪去的攻击搞得他们很是心烦。

子弹雨同样落在其他人藏身的巨石之上，克莱尔缩起身体抱着头，试图减少子弹穿过掩体后命中自己的概率。

"不要动用重火力！总部！不要动用重火力！这里是斧影！我们还有队员处在轰炸区内！"

老程对着通信器大吼大叫，阿丽蹲在旁边看着他那有些惊恐的表情，猜到了接下来会发生什么事。

"抱歉，队长，请你尽快撤离。部队已经在附近架设了掩护区，请你们自行前往。这是议员们的决定，请你自求多福。"

　　老程见对方彻底掐掉了通信，狠狠骂了两句，并将通信器摔在地上砸了个粉碎，随后绝望地瘫倒在地。

　　阿丽站起身来走过去，低头看着老程，抬手一巴掌打在他脸上。

　　"他们不管你的队员，你也想不管？！"她骂道，"还想把他们救回来就快去！"

　　老程嗖地站起身来，两人转头便冲出掩体，往轰炸区中心跑去……

　　"你这个无药可救的蠢货！"里克将凯死死按在地上，"还不明白吗？只有以杀止杀才能将那些真正肮脏卑劣的人彻底除去，如此简单的道理你居然还不懂？"

　　"那根本解决……不了问题……"

　　凯有些喘不过气。

　　里克则把凯掐得更死。

　　"你迟早会和我一样！"他怒斥着。

　　"你所信仰的都会背叛你，你所深爱的都会抛弃你！因为你和我们一样选择了做所有人眼里的怪物！怪物就不应该被怜悯！"

　　凯还想反驳什么，但自己如今喘气都困难重重。

　　"看看你！你根本就不知道自己想怎么做，你甚至都没法下决心解放自己的力量！"

　　逐渐无力的感觉让凯难以思考。

　　"在这世界上，每个人都是利己主义者，这还要我告诉你吗？哪有什么正义、英雄和怪物，到头来不都是为了自己？"

　　意识逐渐模糊，但里克所说的每一句话都扎进凯的心里，每一个字都给他造成清晰的疼痛。

　　"走！"

克莱尔和老程架起中弹的埃里克，阿丽正要跟上三人，却听到重拳轰击之声，她循着声音望去，看到凯已经奄奄一息。

"你说过的，对吧？"她转头看着自己的前男友，"尽所有力量救下自己的伙伴……"

老程知道阿丽要说什么，点了点头。

"那就再记住下半句，"阿丽一个跨步上前，两张脸贴得很近很近，"尽所有力量消除真正的敌人！"

老程知道她话里的意思。

"我向你保证。"

这答案让阿丽很满意，她走上前去，吻上了程浩瀚。

"走。"

她将他们推走，用袖子擦了擦嘴，再让手指快速在终端屏幕上飞舞了一会儿，随后将设备随手丢掉，转头便冲向凯的所在。也许这是个正确的选择？她在心里安慰自己，反正她早就把自己的生死置之度外了，哪怕真的要走，那走得更有意义一些也好。

汉娜率先注意到阿丽，便主动出击，几百上千米的距离几秒就被甩在她的步子之后。阿丽将身上所有的子弹都招呼给汉娜，显然没有什么效果。她又拔出斧头来——这是刚刚从老程身上偷来的——扔了过去，成功命中汉娜大腿，减缓了她的行动。

汉娜不得不停下脚步吃痛地拔出斧头来，她清楚这斧头上的强化能量能够烧灼自己的身体，却没想到斧柄上还贴了个微型炸弹……

砰！

爆炸让汉娜几乎站不稳身子，阿丽趁着如此机会上去便是一套组合拳，巨大的爆破声以及随之而来的打斗声音传到凯的耳朵里，竟然让他清醒了一些。

但真正让他感到恐惧的是"血狐"导弹从飞机中打出，在飞行过程中震碎沿途两侧大楼玻璃的声音……那声音似乎和死神的笑没有什么区别。

"不！"里克意识到导弹的落点正是汉娜两人所在之处，赶忙松开了凯，试图冲过去解救伙伴。汉娜也知道情况不对，赶忙稳定身姿，反手一拳将阿丽打倒。

凯看到这一幕就发生在不远处，却无力支撑起身体。

"呵……"阿丽咳出一大口血，却死死抱着汉娜。

"可惜啊，我没法亲自报仇了。"

"血狐"落地，降下红色圣光，驱散天下的阴霾。

最后一眼看到这个世界和"他"，阿丽知足地笑了。

二十六　绯红獠牙

同伴消失在面前，没有留下任何东西。

凯无力地伸出手臂，就算那样也没法把阿丽从白光中拉出来，但阿丽并不在意这些。她没有管自己遍体鳞伤的身体，好像早就习以为常。她的双眼放出最后一丝华光，并投来一个微笑，带着不同于以往的真诚。

她张口说了些什么，声音清晰又极其微弱，凯却听得清清楚楚。

"让花成花，让树成树。"

那也许是她最后的愿望，他不知道。

至少阿丽也对他笑了笑，并不是先前那种无奈的笑，而是真正的微笑。

就像凯刚认识克莱尔时对方投来的那种微笑一样，他已经很久没有这种感觉了。

就在这时，冲击波终于将旁边摇摇欲坠的大楼彻底击垮，一棵钢铁森林中的"参天大树"向凯的方向倒下，他知道这一切的发生，却没有动弹。

轰！

他被埋在下边。

里克站在红光之中，他并不处于爆炸的中心，冲击波打在他身上，却只是强弩之末。

爆炸留下一个深坑，坑内四处都是火焰。外围的士兵们都躲在能量护盾后边，无不是卧倒在地死死护着眼睛，就算这样，他们还是差点被冲击波给掀起来。

克莱尔轻轻从掩体里探出头来，那深坑的规模着实吓了她一跳，好在老程拼了命把他们带到这里躲好，不然他们就算没死，也要废掉半截身子。

克莱尔听见部队里有人在惊呼着什么，目光随着周围的所有人一起投进坑洞中……

那红光并没有散去，这很不应该，理论上导弹所带有的能量不会在空气中残留。

里克也很纳闷，但他只是把纳闷藏在心里，因为比起这个来说愤怒要更加剧烈一些。

"为什么导弹没有命中罗里克？！""山"议员对着通信器大吼大叫，"系统不是已经锁定他和凯罗索的能量信号和变异信号了吗？为什么会打偏？！"

"长官，似乎有人入侵了我们的系统，篡改了追踪信号的定位，让目标变成了汉娜……"

"阿斯特丽德。"

这个名字解释了一切。

"无所谓，反正追踪也只能追踪这三个人的信号，接下来就是罗里克和凯罗索。"

"等等……""林"议员打断了同事们的排兵布阵，向画面的一角指去，"那是正常的吗？"

其他人察觉到他略颤的嗓音。

里克也终于察觉到不对，这群士兵从来不畏惧与他的愤怒对视，从来不害怕自己展露的獠牙和利爪。

耳边传来吱呀作响的声音，是附近的大楼因为爆炸的波及而摇摇欲坠，其中一座不偏不倚地正倒在所有人看着的那个方位——凯所在的方位。

"你说过的。"

沙哑、骇人的声音从里克身后传来，每个字都如惊雷般直击里克的神经。

"我不像你们那样能释放自己的力量，我不像你们那样拿得起、放得下。你说的没错，我本来就是个自私的人。"

里克回过头来，才猛地发觉自己身体里那股黑色的、强烈的恐怖压根不是来源于自己的大脑。

它们都是从地底渗出来的。

"好。"

凯从那黑色与炽热中走出，先前砸在他脸上的那栋大楼竟然被黑色与炽热的能量所吞噬，直接不见了踪影。

"你也来体会一下这样的力量吧。"

绯红以太在空气中翻腾起舞，凝结成绯红的雪花。

凯已经完全突破了院长那抑制剂的限制，里克猛然意识到，也许他早就突破了，那抑制剂只是某种借口罢了。

有什么东西掐住在场所有人的咽喉，压低他们的肩膀，还将他们的双脚钉在地上。克莱尔冒出一身冷汗，每根手指都颤抖得厉害。

凯完全走出绯红以太的包围，再将真身现于世间，绯红以太凝结在他身上，腿部、手臂、肩膀，甚至是背后与头上，都结成了绯红的角……或者可以形容为獠牙。

这是一套从凯身上长出来的獠牙护甲。

那些獠牙全都由绯红以太凝结，呈现出红水晶的质感，那种红并非是沃尔兰人平常所见的旗帜上的鲜红，而是血一样的深红，那种令人胆战的、难以名状的深红。

他的半边脸也被面罩覆盖，所以其他人可能想象不到他那沉重的呼吸，但他的脸颊还是能被世人所见，尤其是从眼睛向下延伸的那两条白线。

如同泪痕一般。

里克不敢承认自己居然感到恐惧。

克莱尔轻轻低下头来，风卷起眼角的泪花，她觉得这就是命运对她的捉弄，痛苦叫她寸步难行，却又给了一些希望。

但她还是再次提起武器。

"全员听令！用上所有的弹药，不计代价消灭凯罗索！"

里克不用猜也能想象到通信器里议员们的吼叫，好消息是自己暂时不是那个最需要被处理掉的人了。

最恐怖的那个怪物才是所有人最大的对手。

战斗机此刻全部介入，机枪和导弹都招呼在凯的身上，却好像给他挠痒般。

狙击手们打出带有能量强化的穿甲弹，无数条猩红的直线在半空中被描画出来，但无不是落在凯身上后就停止，变成一坨坨落在地上的废铁。

借着火力的掩护，拥上来一群勇敢的战士，似乎是带着落日前最后的那丝光芒，企图冲破黑夜的降临。

凯将右手举至胸前，没有在手指上施加过多的力道，只是轻描淡写地向右滑动，巨大的威能便压得上前的人们无法动弹，甚至飞来的子弹和远处将要打出的导弹，也如同时间暂停那样被死死定在原地。

随后凯又将手向上方高抬并一甩，他们便全部被甩飞出去，七零八落地摔倒在地上，那些杀伤性的东西也直接蒸发，至少现场的所有人都没有看到那些东西被绯红以太转瞬间侵蚀的情况，它们就凭空在人的眼中消失了。

甚至刚才空袭的战斗机都不见了踪影，飞行员们无不是眼前猛地晃了晃，人就已经从半空中自由落体了，好在他们的降落伞都被某种力量自动打开，不然真的会有人因惊魂未定而摔成肉泥。

里克倒是没有被那骇人的气浪给震到，冲上前，凌空出手，凶狠的一击带着震耳的气浪袭去——至少被凯一动不动接下之前，这样的攻击看着还有些威力。

带着十几吨力道的拳头轰击在凯那坚硬的以太护甲上，发出震耳欲聋的音爆，但没有让凯的表情有丝毫波澜。

里克来不及惊讶，因为他已经被猛地按倒在地，并随着地面剧烈的抖动被镶嵌在土石之间了。

这力道似乎不亚于刚才那发"血狐"，只是还没有重到夺去谁的命而已。

"疏散所有人。"议员用冰冷的语气对下属说，"让'血狐'全功率输出。"

"什么？！""风"议员听闻此言大惊失色，"那样的威力，你们就算提前半个小时让他们疏散撤离也没用！"

"林"议员明显不如另外两人那样坐得住，直接站起来指着屏幕："那比起如今凯罗索的力量，如果任由他发展下去，你觉得哪个更为可怕？"

其他三人可管不了那么多，纷纷挥手让手下赶快去发布指令。

"你们可想好了这么做的代价？"

"消灭不法的叛贼，不是天经地义的事吗？"

"山"放下手上的雪茄，这是他今天少有的动作。

直到飞石全都落下，气浪不再压迫神经，周边的楼房不再摇摇欲坠时，他们才看到凯与里克——前者直直站着，后者已经不省人事。

"里克是三人之中最强的，他的变异也最为严重……但那也只够他撑一个回合。"

　　议员们也不知这话出自谁口，只知此话说出后一片寂静。

　　直到某个士兵前来汇报："议员先生们，'血狐'已待命，在场部队正在撤……"

　　"马上动手。"

　　"……"

　　"听不懂人话吗？"

　　"先生……"

　　"动手！"

　　"……是。"

　　克莱尔搀扶着队友向战场外圈撤去，每走一步路就要猛地喘口气，却不妨碍她将步子迈得越来越大。

　　"我们到不了安全区……"

　　被她和埃里克一起架着的诗岛惠说，同时嘴角淌出血来。

　　"试过才知道，别多说什么了。"

　　埃里克制止诗岛惠，就差伸手堵住她的嘴。

　　老程在旁边走得有些踉跄，沉默着没有发声，他知道队友是对的。

　　一架白色飞机掠过，发出刺耳的声音，好像是死神敲打起门窗。它划出了人与天空的界限，克莱尔吐出一口气，抬头看去，感叹这片火烧云将要变得更红，而自己却无能为力。

　　"可惜。"

　　他们的脚步终究还是慢了下来。

　　而克莱尔转头看去，那飞机底部已经被打开，有什么东西弹出来。

　　凯自然也注意到这一切，用绯红以太改变自己的生物力场，飞到半空中去，并抬起手来。

那飞机自然就蒸发了，连带着下边挂着的导弹，又是只剩一个驾驶员挂着降落伞摇摇晃晃地下落……

但那只是障眼法。

真正的"血狐"导弹已趁着凯分心时飞到他的身后，当他意识到时，那导弹离他也就几米距离了。

换言之，死神的镰刀已经架在他脖子上。

克莱尔闭上双眼，放下了把自己压得喘不过气来的装备。其他人都忙于架设能量护盾，妄图在这个距离找寻求生的希望，其实最多只能让自己死得没那么难看。

"可惜，还有好多话没来得及说出口。"

屏幕前一片白光。

所有的屏幕都是一片白光，哪怕是打出导弹的飞机远离后，对着爆炸现场的摄像头也只能看到一片白。这也正常，毕竟从理论上来说，所有能看到现场的东西都会跟着现场一起湮灭。

就像所有影片和故事的终结一样，皆是归于这一片白，短暂的瞬间在白光中变成永恒，宣告故事结束。

即便到了现在，议员们和指挥处的所有人都保持沉默，他们自然明白其中的利害攸关，却无不是将脸埋在沉重的阴影之下，好像只有这一片阴影的黑，能够暂且治愈那刺眼的、恐怖的白。

瑞尔斯一直盯着手机的转播画面，但媒体的直升机不得靠近，他也只能看到远处的一片白，在画面中只有那些滚动的彩色弹幕还依稀可见，内容无不是成功拿下怪物的喝彩，或对拥有如此强大武器的庆幸。这是沃尔兰的大多数人第一次见到暮雨花能量武器，此前这种东西只停留在都市传说里。

没有人注意到"风"议员将自己的议员勋章狠狠摔在地上踩了个粉碎，然后甩头离去；没有人注意到管理通信的人员因为巨大的声音而短暂失聪，甩开耳机并捂着耳朵趴在地上呻吟；没有人注意到"林"议员被这突如其来的场景吓到，从座椅上弹开的样子；更没有人注意到"火"议员那不知是得意还是惊诧的表情。

只有"山"议员皱起了眉头，他伸出手指，指向屏幕中不知何处。

"这导弹……溢出的能量不应该是红色的吗？"

他话音刚落，好像上天就解答了他的疑惑，白色的光芒迅速暗淡、消散，以惊人的速度消失，将现场的情况归还到每一个屏幕之中去。他们原本还等待着白光过后那一声震响，那一段时间是最难熬的，但爆炸声却迟迟没有传来。

没有冲击波，没有升腾的热浪，更没有设想中那巨大的红色蘑菇云。城市还在那里，除去战区中的乌烟瘴气，城市的其他地方还是完好无损。

那白光逐渐收拢、聚合，变成一个可见的球状，随后逐渐变红，形状也不稳定起来，直到变成一团红色的火球，如同太阳一般闪耀炙热，但变化还没停止。

那火球更加暗淡，且越来越小，越来越小，直到消失在凯伸出的手掌中。

那所谓的白色恐怖根本就不是爆炸的能量，只是爆炸能量被吸收时溢出的光芒罢了。

其实对于凯来说，比核弹还恐怖的"血狐"也不过如此。他看着手上的能量收拢、聚合，最后彻底消失的全过程，表情没有一丝一毫的变化。

这回指挥室里真的是死一般寂静，连仪器都很合时宜地不发出嘀嘀声。

那新点的雪茄悬在烟灰缸上，已经烧了大半截，拿着雪茄的手始终没有再抬起来过。

天色不再异样，而是真正开始变得橘红，克莱尔眼看吸收完能量的凯将要向地面落去，便拎起武器猛地冲出人群，趁其他人还没反应过来时脱离队伍跑向凯。

"呵呵……"

凯落在地上，与他相伴的是能量散开后的点点红光，于半空若隐若现，如花瓣一般飘零，最后融入天色。里克踉跄着从自己被嵌进去的坑里爬出来，看着那飘零的花瓣，无奈且狰狞地笑着。

"这不比你想象的要艰难吗？"嘴角流着血，里克却全然不顾这些，"全世界都要和你为敌，而你却要控制自己，连一条人命都要拿捏好力道，生怕打破你那好笑的原则。"

凯转过头来，那霜白色的两条泪痕似乎印证了里克的观点："并不总是原则。"

里克嘴角扬得更歪了，咯咯地笑出声来，直到被咳嗽打断。

"是啊。你说会有哪个想逆着重力冲到天边的人不曾满目星辰？"

他突然从背后抽出把手枪来，那是影子部队某个人的配枪，有针对强化人设计的那种，在凯反应过来将这把枪变成烟尘或泡沫前，里克就对自己脑门来了一发。

"我们这样的人终究是太可悲了。"

血溅到凯的身上，带着难闻的气味以及不甘，凯闭上眼睛，里克这回是真的倒下了，只有他自己能够了结自己。

凯帮里克闭上双眼，长叹口气，这可能是他们这类人唯一的幸运。

他突然听到身后有细微的动静，又轻轻转过身去。

"你来了。"

果不其然，是他最想见到的那个人。

"你知道我来做什么。"

克莱尔轻轻地说。她体力剩余并不多，只是勉强撑着身体站在那里，面色却出奇平静。

"嗯。"

两人在夕阳的余光中对视，无言了许久。

克莱尔需要时间去打量，打量这个自己本应早就无比熟悉的人，他身上的獠牙在光芒中闪着红霞，似乎有种温暖于其中，却又有一些鲜血落在上边。她知道这并非凯的本意，她也看到了方才的那一幕，却还是握紧并抬起手上的枪。

但她的手指压根没扣在扳机上。

"你会向我开火的。"

凯并不为此感到难过。

"你一直不缺乏理由。"

可这一次克莱尔犹豫了，并不如凯讲得那般肯定，不，她根本给不了自己一个开火的理由。

"总要有人去承担这些，总要有一个怪物，让所有人同心协力，也总要有一个铲除怪物的人，哪怕手上沾着血，也要握紧那把剑。"

这句话原封不动，只不过如今换了张嘴说出来。

"不就是刚才你们所做的吗？"凯继续说，"真正的敌人站在你们面前时，便没有什么钩心斗角、明争暗斗，你们也不用在乎各自的正义或不幸，而是会想怎么处理掉那最大的威胁。"

"这并不适用于如今……"

"如今并不是和平盛世，此后也不太可能，这可不是我说的。"

是啊。克莱尔是不愿意承认，但他们不都是被如此教育的？

"是我杀了他，策划了这一切。"

凯的话震惊了克莱尔，那平和的样子好像是他真的干过，还能自然而然当着别人面复述一遍那样。

"不……"

凯没有理会克莱尔那反对的表情，无比平静地继续说着："总之把所有能怪的事情都怪在我头上吧。如此，你们都还是大家心目中的英雄，里克、阿丽、院长他们也能落得些清白……但愿。"

"不不不……"

克莱尔上前一步，好像是想堵住凯的嘴，他却伸手拦下，"在沃尔兰的人们配得上真正的和平之前，在议会真正懂得怎么掌握力量之前，还是让我来当这个恶人吧。"

"可那并不是真相。"

"真相？"凯顿了顿，"对于人们来说，真相又何时重要过呢？"

那猩红的獠牙化为灰烬飘散，消失于这夕阳之中，脸上那两条泪痕也被收了起来，融进那双坚毅的眼睛中。"他说的是对的，"克莱尔告诉自己。如今就算把真相披露出去又如何呢？也不过是又卷起一场风暴罢了。

"沃尔兰需要一个英雄。"克莱尔轻轻地说。

"沃尔兰也需要怪物。"凯缓缓摇头，"英雄能团结一个国家，怪物也能，而如今的沃尔兰不能只拥有英雄。"

克莱尔看着他，神情里多了几分陌生。"你变了。"

凯勉强笑了笑，双手整理了一下风衣，好像某个很有风度的绅士，克莱尔感觉眼角有些苦涩，可这次的告别却不如先前那样决绝。"至少你没变。"

"可惜……我们都没变成自己预想中的那样。"

她缓缓说出这埋藏了许久的遗憾，却没有习惯性地将手往脸上擦过。

凯长出一口气，顿了顿，将手埋进口袋里："但现在也不算太糟。"

不算太糟……吗？

当克莱尔站在台上，台下的人们将鲜花、微笑和掌声抛上来时，她没有丝毫快乐。

她知道其他人也一样。

"我们经历了风雨。"

"山"议员代表议会讲话，他直直地站在克莱尔身前的演讲台边，努力收着自己的啤酒肚。

"我们还没有取得胜利。"

他的话非常沉重。

"我们勇敢的战士们驱逐了危害我们的魔鬼，为曾经的航天英雄们的悲剧画上了句号。但是我们还没有打败那个幕后黑手、那个策划了这一切的人，我们还没有夺回暮雨花晶体。"

克莱尔听着这些，眼睛止不住酸楚。

至于现在凯的心绪如何？也许只有时间能解答了吧。

"我们不应该，也不能够指望他就此隐退，沃尔兰的人们需要互相团结，互相帮助，提升我们的力量来应对下一次的危机，这样的力量比暮雨花还要强大！"

也许他说得对，眼下的沃尔兰人需要的是团结和希望。

她想起凯那时回过头来，对她说："你将一直是沃尔兰的英雄"。

她的眼睛亮了些。

看着台下伸出的双手无不举在胸口前敬礼，克莱尔放眼望去，满目皆是"托路萨"。强大的"敌人"使人们空前团结。

她知道自己要追捕他，研发更新式的武器试图消灭他，这是她对自己的承诺，也是她对凯的承诺。

她放下那黑洞洞的枪口。

　　凯笑着摇摇头，抬起手来搓着些什么，等到克莱尔发觉他手心有什么东西的时候，绯红以太的能量已经藏回他衣袖之中。

　　那是一副红玉模样的手镯。

　　"如若我也变得危险，你最清楚该做些什么。"

　　凯转身离去，走出几步路时还高举起左手，在半空中晃了晃，像是某种道别。

　　看着他那黑色的身影融入夕阳的光芒之中，两人都没有哭出来。

　　他们都清楚对方能撑得下来。

　　议员们步履蹒跚地下了台，被淹没在闪光灯的海洋之中。当他们抬起头来时，老程已带着几名警探站在他们面前，他们将接受最后的正义的审判……

　　那就这样吧。

　　她真的很想向前大跨几步，把话筒抢到自己手上，只是现在揭露真相对人们而言为时尚早，人们需要一个能团结奋进的"借口"。

　　暮色下，有一滴水落在克莱尔的手上，冰冰凉凉的。

　　她想可能不会有人带自己去看那暮雨花了，暮光中的暮雨花可美了。

尾 声

凯讲完他的故事，那沉溺在暮光中的花仙子还在原处转了转，其中一半缓缓地落下来，另一半则是飘向远方去。

那首诗又浮现在眼前，文字随着飞舞的花瓣跳跃，甚至在花瓣落下后仍然没有消散。

想一想，历史有许多捉弄人的通道，
精心设计的走廊、出口，用窃窃私语的野心欺骗我们，
又用虚荣引导我们。
……
恐惧和勇气都不能拯救我们，违反人性的邪恶产生于我们的英雄主义，德行由我们无耻的罪行强加给我们。
这些眼泪从怀着愤怒之果的树上采下。

他也并不算参透了其中的意味，那还需要不少时间。好在他知道自己在做什么。

这也是难得的平静，凯想着，便找了块空地坐下，让总是过度劳累的筋骨放松一下。

他记得当时自己悬浮在城市之上，身披獠牙装甲，他能听到无数的声音。

是绯红以太放大了他的所有能力，自然也包括听觉。

他听到无数的啼哭，无数的怒吼，无数的悲鸣……

要说他在什么时候下定了那样的决心，也许就在那一刻。

"我记得她穿上战袍时的模样，却模糊了她平日最爱的打扮。"

"没事的。"他安慰自己，没什么大不了的，暮雨花的花期足够长久，足够等到他下一次到来。可他不知这种苦涩的感觉应该向谁倾诉，世上可有第二个人能感同身受？

他下一次到来时一定不会是一个人，难得如此美景，安能独赏？下次一定会有那个和他打打闹闹的家伙，也许上山时会吵吵嚷嚷，但看到如此美景，他们绝对会静下来，也许会挽起对方的手，不约而同地发出无声的感叹……

"暮雨花都开了。"